ÉCOLE DE LA PEUR

En rase campagne, aux portes de Farmington, dans le Massachusetts.
(Adresse exacte tenue secrète pour raisons de sécurité)
Pour toute correspondance, veuillez envoyer vos courriers à l'adresse suivante :
BP 333, Farmington, MA 01201

Cher candidat,

J'ai le plaisir de vous annoncer que vous avez été retenu pour suivre cet été le programme de l'École de la Peur. Vous le savez, l'École de la Peur est une institution réservée à de très rares privilégiés. Dirigée par l'insaisissable Mme Wellington, notre institution entend éradiquer les peurs des enfants grâce à des méthodes peu orthodoxes. Les quelques parents, médecins, enseignants et anciens élèves connaissant son existence veillent à en maintenir le secret. Le sort de nos élèves dépend de votre discrétion à tous. Nous recommandons ainsi vivement à nos futures recrues ainsi qu'à leur famille de n'évoquer l'École de la Peur qu'entre leurs murs, télévision allumée, robinets ouverts, et sous les aboiements du chien.

Au nom de Mme Wellington et de l'équipe tout entière de l'École de la Peur, je tiens à vous souhaiter la bienvenue au sein de notre établissement.

Veuillez recevoir l'expression de notre sincère considération.

Dicté, mais non lu par
LEONARD MUNCHAUSER
Premier avocat de Mme Wellington et de l'École de la Peur
Cabinet de conseil Munchauser et Fils.

LM/kd

TOUT LE MONDE A PEUR DE QUELQUE CHOSE

La mottephobie est la peur des mites

CHAPITRE 1

La cloche, ce n'est pas juste la cloche. Ce n'est pas que du métal qui résonne, c'est bien plus que cela. C'est le goût du barbecue, la brûlure des coups de soleil après avoir joué dehors toute la journée, l'odeur du chlore des piscines. C'est la promesse de parties de football, de nuits chez les copains, de tournois de jeux vidéo ; et tout ça sans jamais s'interrompre pour faire ses devoirs. Bref, quand la sonnerie retentit, l'été commence.

À l'école pour jeunes filles de Brunswick, dans le quartier chic de Kensington, à Londres, vingt élèves en uniforme attendaient la proclamation officielle et définitive de la fin de l'année scolaire. Au désespoir, elles gardaient les yeux rivés sur l'horloge, guettant la sonnerie. Un chœur de petites chaussures bleu marine en proie à l'impatience s'élevait, cognant contre les pieds des chaises déglinguées, étouffant la voix du maître.

L'indiscipline n'était pas une nouveauté pour ces jeunes filles, mais ce jour-là particulièrement, elles s'y employèrent avec la maîtrise des gardes du palais de Buckingham, ces soldats coiffés d'un bonnet à poil, dont le devoir est de ne jamais trahir la moindre émotion dans l'exercice de leur fonction. Dans une frustration grandissante, les jeunes filles se demandaient si la cloche n'était pas partie en vacances; c'était bien le genre à oublier de sonner durant des examens, des exposés ou autres folles réjouissances.

Mille espiègleries se bousculaient déjà dans l'esprit de dix-neuf jeunes filles, tandis qu'au dernier rang de la classe, l'une d'elles se concentrait de toutes ses forces pour que la cloche ne sonne pas. La petite Madeleine Masterson aux cheveux de jais avait choisi cette place parce que, de là, elle ne voyait ni l'horloge ni la cloche. Jetant autour d'elle des regards furtifs, elle répétait en silence ces trois mots : «Ne sonne pas.» Pour la première fois de sa courte vie, elle ne ressentait qu'inquiétude et effroi à l'idée de ce début d'été.

D'habitude, Madeleine appréciait les longs après-midi de calme au salon, devant un livre, à faire un puzzle ou encore à surfer sur Internet sur son ordinateur portable. Madeleine s'enorgueillissait de comprendre la politique internationale mieux que la plupart des gens. La majorité des élèves ne connaissait pas le nom de l'actuel Premier ministre de Norvège, Jens Stoltenberg; elle, si. Et elle connaissait également – mieux, elle savait le prononcer – le nom du Premier ministre du Groenland, Hans Enoksen; d'Islande, Geir Haarde; le nom du président de la Mauritanie, Sidi Ould Cheikh Abdallahi; du Bénin, le président Yayi Boni, et ainsi de suite. Selon elle, chacun des cent quatre-vingt-douze États membres des Nations unies méritait qu'on l'étudie.

Madeleine aurait volontiers passé l'été à l'école pour jeunes filles de Brunswick si cela lui avait permis d'échapper au plan échafaudé pour elle par ses parents. Elle boirait à l'eau de la fontaine, s'approvisionnerait au distributeur automatique. Il fallait seulement veiller à disposer de suffisamment de monnaie. L'idée prenait forme dans sa tête : elle dévaliserait la bibliothèque, dévorerait les livres par brassées, courrait à sa guise dans les couloirs, et dormirait dans les draps impeccables de l'infirmerie. Oui, passer l'été à Brunswick serait tout à fait merveilleux!

Hélas, Madeleine se vit catégoriquement refuser la grâce qu'elle implorait, à savoir empêcher la cloche de sonner à 15 heures précises. Le bruit assourdissant retentit à travers les immenses couloirs de Brunswick, provoquant la ruée des jeunes filles en uniforme strict bleu et blanc, les couleurs de l'établissement. Telle la course de taureaux de Pampelune, la bousculade vers la grille de l'école était une épreuve dangereuse. Mais Madeleine s'en moquait. Elle avait insisté auprès du maître pour attendre dix minutes, assise sur sa chaise, qu'enfants, nourrices et parents aient dégagé le trottoir devant l'école pour quitter les lieux à son tour.

Ce jour-là, Madeleine était d'ailleurs si terrorisée qu'elle s'attarda en classe trois quarts d'heure après la sonnerie de la cloche. Mentalement, elle dressa la liste par ordre alphabétique de tous les délégués des Nations unies pour passer le temps. Madeleine savait que sa mère et le chauffeur l'attendaient ; cependant, il lui fallait rassembler tout son courage pour affronter l'été. Hélas, le courage ne vient que très rarement à ceux qui sont en proie à la terreur. Et Madeleine ne fit pas exception à cette triste loi.

Mme Masterson, très bienveillante à l'égard de sa fille, avait prévu ce retard ; aussi avait-elle apporté le *Herald Tribune* pour lire dans sa Range Rover ; d'ailleurs, elle trouvait la banquette arrière autrement plus confortable que le canapé du salon. Après avoir lu les articles qui l'intéressaient, Mme Masterson replia son journal et aperçut Madeleine qui approchait de la porte d'entrée de style victorien de l'école de Brunswick. Elle sortit de la voiture quand Madeleine émergea de l'ombre, portant un voile de tulle et une ceinture de bombes aérosols. La jeune fille aspergea l'air autour d'elle puis se précipita vers sa mère.

— Bonjour, ma chérie, comment s'est passée ta journée d'école?

— Très bien, Maman, je te remercie de poser la question. La voiture a-t-elle bien été fumigée aujourd'hui?

— Oui, Maddie.

— J'espère que tu ne me racontes pas de craques, Maman. Je ne suis pas dupe. J'ai l'odorat très fin!

— Des craques? C'est ridicule, enfin! Je t'assure que la voiture a été soigneusement désinfectée.

— Merci, Maman. Tu ne me demandes pas la cause de mon retard?

— Non, ma chérie.

— Eh bien, si tu n'y vois pas d'inconvénient, j'apprécierais que tu me grondes pour ce retard, et que tu me punisses sévèrement, par exemple en m'empêchant de sortir de tout l'été et même plus longtemps encore si tu le juges nécessaire.

— Ne t'inquiète pas, Maddie, c'est comme d'aller camper, dit Mme Masterson avec enthousiasme.

— Je ne suis pas née de la dernière pluie, Maman! Dans les campings, les cabines de douche sont très mal isolées, les araignées, les mille-pattes et les cafards vont me grimper partout sur le corps! Je ne peux pas passer l'été dans un environnement aussi répugnant!

La peur terrible, obsessionnelle, que Madeleine avait des araignées, punaises et insectes de tout ordre inquiétait énormément ses parents. Tous les aspects de sa vie s'en trouvaient affectés, depuis l'école jusqu'au sommeil. Chaque soir, Madeleine récitait une prière pour ne pas être la cible d'une araignée pendant la nuit, après quoi seulement elle consentait à se glisser dans son lit noyé sous les épais rideaux de sa moustiquaire. Une timidité naturelle l'empêchait déjà de s'ouvrir aux autres. Mais cette peur l'handicapait encore davantage.

Elle restait souvent à la maison, rechignant à se rendre dans les lieux qui n'avaient pas fait récemment l'objet d'une désinfection en règle. La vue des tentes de fumigation aux rayures de couleurs vives suscitait chez elle une excitation que les enfants manifestent généralement pour les cadeaux d'anniversaire ou les départs en vacances. Malheureusement, rares étaient les parents à Brunswick à se montrer ravis de satisfaire aux exigences coûteuses – en argent et en temps – de cette jeune fille derrière son voile de tulle.

Pour comprendre l'origine exacte de la terreur de leur enfant, M. et Mme Masterson avaient fouillé dans leur mémoire à la recherche de tous les incidents où elle aurait pu être traumatisée par un insecte ou une araignée. En vain. Car cette peur était déjà très ancienne ; elle n'avait pas un an lorsqu'elle s'était mise à hurler à la vue d'un faucheux. En grandissant, la peur de Madeleine s'était intensifiée, et M. et Mme Masterson étaient convenus qu'il ne s'agissait pas d'une phase normale dans la croissance d'un enfant.

À six ans, Madeleine avait eu une véritable crise de panique, avec suffocations, palpitations et malaise, en découvrant qu'une cigale s'était faufilée par la porte d'entrée dans le salon. La terreur l'avait prise à l'idée que cet insecte musicien ne lui saute au visage pendant son sommeil. À cette seule pensée, la fillette – qui avait déjà l'estomac sensible – s'était évanouie après avoir vomi tout son repas. Revenue à elle, Madeleine avait adressé un ultimatum à ses parents : déménager, ou appeler le dévoué Wilbur, employé d'une entreprise de désinfection.

En effet, Wilbur avait déjà passé bien des nuits chez les Masterson ; non seulement il figurait sur la liste de leurs correspondants favoris, mais la famille lui envoyait des cartes postales lorsqu'ils partaient en vacances. Il était devenu l'un des leurs, et bien le seul être au monde à se réjouir des peurs de Madeleine. Sans elle, en effet, il n'aurait certainement pas pu se payer son séjour annuel sur l'île de Bora Bora. Aussi, lorsque M. et Mme Masterson

17

l'avait appelé ce soir-là pour les débarrasser de la cigale, c'était bien volontiers qu'il s'était exécuté. Se déplacer pour un seul misérable insecte coûtait les yeux de la tête, mais Madeleine avait insisté.

Devant l'école pour jeunes filles de Brunswick, Madeleine se préparait à monter dans la voiture lorsqu'elle sentit un frisson le long de sa colonne vertébrale. Instinctivement, elle s'empara de sa bombe aérosol, prête à vaporiser l'insecticide.

— Non! Ne m'asperge pas! supplia l'une de ses camarades de classe, choquée, levant les mains au-dessus de la tête en signe de reddition.

— Pardon, Samantha, j'ai senti une présence dans mon dos, je ne savais pas ce que c'était, dit-elle en abaissant sa bombe de répulsif.

— Parce qu'une araignée t'a déjà tapé sur l'épaule, à toi? Sans rire, Madeleine! ajouta Samantha, exaspérée. Bon, j'organise une fête chez moi demain après-midi, et j'ai pensé que ça te ferait plaisir de venir.

— Ça te dérangerait qu'on fasse ça chez moi?

— Pardon?

— Cette fête. On pourrait peut-être la faire chez moi.

— Alors tout le monde penserait que c'est toi qui l'organises!

— C'est vrai... Ta maison a-t-elle été désinfectée, dernièrement?

— Désolée, ma mère refuse une nouvelle fumigation. Tu ne veux pas passer manger une pizza, au moins?

— Je regrette, mais je pense que ça ne serait pas prudent. Et puis, ta mère n'aime pas tellement l'odeur de l'insecticide.

Le cœur lourd, Mme Masterson écoutait l'échange entre les deux jeunes filles, priant pour qu'après l'été le «problème» de Madeleine se soit envolé. Si intelligente, polie et douce que fût Madeleine, elle manquait pourtant de mesure quand il était question d'insectes ou encore d'araignées. Mme Masterson avait dû soulever ce point

18

épineux lorsque, quelques mois plus tôt, sa fille lui avait demandé de signer une dispense pour les cours d'éducation physique.

— Maman, s'il te plaît, tu peux écrire à Mme Anderson pour lui signaler que je ne peux pas courir dehors, en raison d'un redoutable virus mangeur de chair que j'aurais attrapé récemment?

— Et ce virus ne te pose pas de problème à l'intérieur? Seulement à l'extérieur? avait demandé Mme Masterson, amusée.

— Maman, le virus prolifère avec les ultraviolets!

— Tout de même, tu n'as pas à t'inventer une maladie aussi grave pour éviter de courir dehors. Que dirais-tu de quelque chose de simple, un rhume par exemple? Je n'ai pas envie que l'école appelle une fois encore le centre de médecine préventive contre les maladies infectieuses!

— Maman, tu ne vas pas remettre ça sur le tapis? Je ne savais pas que la fièvre aphteuse existait vraiment. J'étais terrifiée, ça m'est passé par la tête, voilà!

— Les virus mangeurs de chair existent aussi en vrai, Maddie.

— Oui, Maman, mais Mme Anderson ne m'a pas laissé le choix. Elle a dit qu'à moins d'avoir attrapé un virus mangeur de chair, je serais obligée d'aller courir avec les autres.

— Maddie, tu ne crois pas que ce serait plus simple d'aller dehors, quand même?

— Maman, ce n'est pas que je veuille faire de mauvais esprit, mais je préférerais mille fois attraper ce virus plutôt que d'aller courir dehors.

M. et Mme Masterson avaient essayé la thérapie traditionnelle et l'hypnose pour chasser les peurs de plus en plus envahissantes de Madeleine. En vain. Tous deux, le thérapeute comme l'hypnotiseur, avaient déclaré que Madeleine avait développé une phobie, l'arachnophobie. Bien sûr, donner un nom à cette terreur s'était révélé inutile. Sommée par Mme Anderson de se rendre à l'école sans voile ni aérosols, Madeleine avait un beau jour mis en scène son propre enlèvement.

Après avoir découvert la demande de rançon dans la cuisine, Mme Masterson avait retrouvé Madeleine recroquevillée sous sa moustiquaire, au fond de son armoire.

— Madeleine, que fais-tu là-dedans ?

— Maman, j'ai été enlevée, tu ne vois pas ? Ça te dérangerait de revenir un peu plus tard ?

— Chérie ? Qui t'a enlevée au juste ?

— Comme je n'avais personne sous la main, j'ai dû le faire moi-même.

Hochant la tête, Mme Masterson avait demandé :

— Il y a une raison particulière à cet enlèvement ?

— C'est cette folle de Mme Anderson qui me force à aller à l'école sans voile ni insecticide ! C'est cruel et très rare, comme punition. Je crois que je ferais bien de consulter un avocat.

— Pour être honnête, ma chérie, je ne crois pas qu'un seul avocat dans ce pays accepterait de s'occuper de ton cas. En partant du principe que tu comptes *sérieusement* poursuivre ton école en justice.

— Maman, je n'ai pas le temps de discuter ; j'ai été kidnappée, je te le rappelle.

— Si je vais voir Mme Anderson pour la convaincre de te laisser revenir avec ton voile et tes bombes insecticides, tu oublieras l'enlèvement ?

— Eh bien, peut-être. Mais tu dois tout de même payer la rançon. C'est cinq livres[1].

— Je ne les ai pas sur moi, mais je peux demander à ton père, en bas, au salon. Tu veux bien sortir sans crainte ?

Peu de temps après l'alerte à l'enlèvement, la conseillère pédagogique de l'école de Madeleine, Mme Kleiner, avait demandé à rencontrer M. et Mme Masterson pour un entretien privé. Contrairement à ce qu'avait imaginé

---

1. Livre sterling, monnaie anglaise (l'équivalent de sept euros et cinquante centimes environ).

M. Masterson, son bureau n'était pas équipé d'un canapé confortable, mais de deux chaises baroques très raides. Mme Kleiner referma derrière elle, donna un tour de clé et glissa une serviette sous la porte. Mme Masterson savait que c'était un geste de prévention lors d'un incendie, pour bloquer le passage de la fumée. Perplexe, elle allait s'en inquiéter auprès de Mme Kleiner lorsque celle-ci alluma la radio. La conseillère aux cheveux gris retira ses lunettes ovales puis essuya la sueur qui perlait sur l'ourlet de sa lèvre supérieure.

— Je vous remercie beaucoup d'être venus aujourd'hui. Je voudrais vous faire part d'une chose très importante, dit Mme Kleiner d'une voix douce.

— Nous sommes très heureux que vous vous intéressiez à Maddie!

Mme Kleiner hocha nerveusement la tête.

— Il y a vingt ans environ, j'ai inscrit ma nièce Eugénia à des cours d'un genre très particulier, pour la guérir de sa terreur des chiens. Dès qu'elle en voyait un dans la rue, elle s'évanouissait. Elle pouvait être en train de traverser la route, vlan! Eugénia se retrouvait à terre, le nez sur la chaussée, avec les taxis et les camions qui lui fonçaient dessus! Tout ça parce qu'elle avait vu un minuscule petit caniche blanc à un kilomètre de là!

— Quelle horreur! s'exclama Mme Masterson.

— Les caniches ne m'ont jamais vraiment intéressé, ajouta M. Masterson d'un air absent.

Les deux femmes préférèrent ignorer ce commentaire.

— Il fallait un traitement radical pour guérir Eugénia de cette phobie, mais un traitement qui ait fait ses preuves, ce qui n'est pas facile à dénicher. Pourtant, après de longues recherches, nous avons trouvé.

— Je suis ravie de l'entendre. Quel est ce traitement? demanda Mme Masterson.

Mme Kleiner jeta des regards furtifs de droite et de gauche, puis murmura :

— L'École... de la Peur.

— L'école de *quoi*? s'exclama M. Masterson.

— Chhutt! Il ne faut pas crier ce nom sur tous les toits. Et vous ne devez raconter à personne ce que je vais vous dire! Sous aucun prétexte. Les détails de ce programme doivent absolument rester secrets, afin de donner aux élèves la plus grande chance de guérison.

— Mme Kleiner, est-ce d'une école ou de Scotland Yard que vous nous parlez? demanda pour plaisanter M. Masterson.

— Monsieur, il s'agit d'une école à nulle autre pareille, qui exige la discrétion la plus totale. Êtes-vous prêts tous deux à faire ce sacrifice pour votre fille? s'enquit Mme Kleiner d'un air sévère. Sinon, j'éteins la radio, j'enlève la serviette de sous la porte et je cesse de murmurer. On m'attend pour une partie de backgammon. Si vous ne voulez pas sérieusement aider Madeleine, dites-le-moi tout de suite.

— Bien sûr que nous voulons aider notre fille, et nous sommes très sérieux, répondit Mme Masterson, jetant un regard furieux à son mari. Je ne vous parle même pas de l'inquiétude que nous cause l'état de ses poumons... Tous ces insecticides ne lui font certainement aucun bien. Rendez-vous compte, elle se lève trois à cinq fois par nuit pour les vaporiser afin de garantir leur efficacité!

— Êtes-vous bien certains de supporter ce sacrifice? demanda Mme Kleiner en les dévisageant froidement.

— Certains! répondirent ensemble les deux époux.

Mme Kleiner leur expliqua alors que l'École de la Peur, réservée à une élite, était dirigée par la mystérieuse Mme Wellington. L'école était même si fermée que le grand public ne connaissait pas son existence. Si l'on interrogeait un facteur, un marchand de légumes, un standardiste ou encore un juge, ils seraient bien incapables d'expliquer ce qu'était l'École de la Peur. Les gens n'avaient pas idée de l'existence d'un tel lieu car les parents participant à ce programme, médecins et professeurs impliqués veillaient scrupuleusement à en garder le secret. Le choix des candidats était laissé à la discrétion des anciens, qui devaient se porter garants des nouveaux postulants. Mme Wellington exigeait pour chacun une lettre de recommandation.

Elle opérait une vérification très rigoureuse de leur profil comme celui de leur famille. Grâce à des recherches minutieuses, elle parvenait à obtenir des informations étonnantes, défiant toute logique : l'âge auquel l'enfant avait mangé ses premières purées, ou encore les difficultés qu'il avait eues pour écrire son prénom en cours élémentaire première année.

Une fois toutes les informations nécessaires récoltées, Mme Wellington souhaitait qu'on lui adresse une lettre d'au moins mille mots, détaillant les peurs de l'enfant ainsi que les traitements traditionnels qui avaient échoué. Des points étaient retirés pour toute erreur de grammaire ou d'orthographe, et de même si l'écriture était illisible. Le formulaire d'inscription soulignait expressément que toutes les lettres devaient être manuscrites, car Mme Wellington avait la plus grande méfiance à l'égard des technologies douteuses telles que les machines à écrire ou les ordinateurs.

Jamais, depuis leur changement de compagnie d'assurance-santé, les époux Masterson n'avaient eu vent d'une procédure d'inscription aussi compliquée. Il fallait prendre les empreintes digitales de tous les membres de la famille, se soumettre à toute une panoplie d'examens aux noms très particuliers, tels que l'Examen de Démence de l'Enfance Normalisée ou l'Évaluation des Défauts de Personnalité. Accomplir cette difficile procédure tenait de la prouesse, étant donné que la correspondance se faisait par courrier postal. Mme Wellington ne divulguait l'identité de ses employés que lorsque la candidature d'un élève avait été acceptée. Si les candidats ignoraient tout de Mme Wellington, celle-ci, en revanche, ne négligeait aucun détail dans ses investigations.

Si par malheur Mme Wellington apprenait qu'une

information avait été divulguée au cours de la procédure d'inscription, le candidat se voyait disqualifié sur-le-champ, puis recevait un avertissement de la part de son avocat, du cabinet Munchauser et Fils. Et n'importe qui pourrait vous le dire, personne ne voulait se frotter à Munchauser, absolument personne. Les anciens élèves s'intégraient ensuite dans la société sans jamais souffler mot de leur séjour à l'École de la Peur. C'était un véritable vœu de silence, motivé par deux sentiments : d'une part, la loyauté totale envers Mme Wellington, et de l'autre, la peur de s'attirer les foudres notoirement célèbres de Munchauser.

Léonard Munchauser Père était connu pour son caractère imbuvable, son tempérament impitoyable et sa dureté. Il en allait ainsi avec les siens. On raconte qu'il avait un jour arraché les sourcils de son fils, un par un, pour le punir d'avoir renversé du lait. Pis, les sourcils de Léonard Munchauser Fils avaient gardé la trace de ce traitement : ils poussaient désormais tout de travers, par touffes éparses. Aussi atroce que cela pût paraître, cela n'était rien en comparaison de la perfidie à laquelle Munchauser Père avait recours pour protéger ses clients. Et nul n'avait plus d'importance à ses yeux que Mme Wellington et son École de la Peur.

TOUT LE MONDE A PEUR DE QUELQUE CHOSE

La plasmaphobie est la peur irrationnelle des fantômes

CHAPITRE 2

— Q ue veux-tu dire par «Grand-mère est morte»? Comment as-tu pu laisser une chose pareille se produire? hurlait Théodore Bartholomew dans la cuisine de l'appartement désordonné de sa famille, à Manhattan.

Le jeune garçon corpulent, avec sa peau d'albâtre, ses cheveux châtain foncé et ses yeux chocolat au lait encadrés de lunettes, fixait sa mère sans parvenir à se remettre du choc.

— Mamie était âgée, cela arrive. Les personnes âgées finissent par mourir un jour ou l'autre.

Compatissante, Mme Daphné Bartholomew parlait avec douceur, posant sa main sur celle de son fils.

— Mais toi aussi tu es vieille! Regarde toutes ces rides que tu as! Tu vas bientôt mourir toi aussi, alors!

— Je ne suis pas si vieille que ça!

— Je ne vois que ça, ces taches de vieillesse sur tes

27

mains, et tes rides! s'exclama Théo, qui commençait à haleter. Je me sens mal, vite, va me chercher mes sels!

— Je ne me souviens plus où tu les ranges, rétorqua Mme Bartholomew, exaspérée.

— Il faut donc que je fasse *tout,* tout seul, dans cette maison?

Théo sortit une trousse de secours de sa veste, s'empara d'un tube blanc qu'il ouvrit sous son nez. Même à quelques centimètres de distance, Mme Bartholomew sentit l'odeur âcre des sels.

— Ça va, mon ange? demanda cette dernière avec tendresse.

— Ma grand-mère est morte, ma mère va bientôt y passer, et je viens de respirer mon dernier tube, comment veux-tu que ça aille? se lamenta Théo.

À douze ans, Théo Bartholomew était le plus jeune des sept enfants de la fratrie, et de loin le plus... Eh bien, le plus tout. C'était le problème avec Théo : on aurait eu bien du mal à le décrire, tellement il était tout à la fois. Il était certainement le plus porté à la dramatisation, le plus nerveux, le plus anxieux des garçons de Manhattan. Mais c'était également un enfant gentil, sincère, un peu naïf, et tout un tas d'autres qualités plus inhabituelles. Son esprit s'égarait souvent dans des zones obscures, qui déclenchaient en lui des torrents d'angoisse qu'il ne se privait pas de faire partager.

Curieusement, ses frères et sœurs n'avaient pas de plus gros souci que de savoir qui aurait accès le premier à la salle de bains, le matin. Rien de surprenant donc à ce que Théo ait réagi plus vivement que les autres à l'annonce de la mort de leur grand-mère. Avec un certain manque de délicatesse, il faut le reconnaître, ses frères et sœurs s'étaient réjouis de la place qui allait se libérer dans l'appartement. Mais avant de juger les enfants Bartholomew, il faut rappeler que les appartements de Manhattan sont incroyablement exigus, au point que nombre de propriétaires comptabilisent les placards comme chambres à coucher.

L'intérêt que les enfants Bartholomew portaient à la chambre de leur grand-mère heurta profondément Théo. Selon lui, il fallait conserver cette pièce en l'état pour honorer sa mémoire, avec son appareil acoustique, son dentier et ses cachets pour le cœur. Les affaires de la vieille dame étaient le dernier vestige de son passage dans l'existence; s'en débarrasser revenait à commettre un terrible sacrilège. L'idée d'aménager sa chambre en une chapelle, tout comme celle de faire imprimer des tee-shirts de «Tu nous manques, Mamie», fut écartée par veto lors d'une réunion de la famille Bartholomew.

La déception de Théo grandit encore durant la cérémonie des funérailles, car aucun de ses frères et sœurs ne se jeta sur le cercueil. Ce geste, d'après lui, témoignait de la loyauté et de notre amour pour le défunt. Théo ne quitta pas des yeux le cercueil de chêne recouvert de lis blancs pendant le discours de M. Bartholomew au cimetière de Morristown. La voix de son père résonnait dans sa tête lorsqu'il se rua sur le cercueil, renversant les bouquets de fleurs, écrasant son visage contre le bois lisse. S'il était mort le premier, sa grand-mère aurait fait de même en son honneur, Théo en était certain. C'était comme courir l'embrasser une dernière fois, même s'il ne pouvait le faire que derrière un couvercle.

Ses larmes ruisselaient le long de ses joues tendres jusque sur son costume trop serré. Théo sentit une main dans son dos. C'était Joaquin, son frère aîné, qu'on avait envoyé pour le ramener à sa place. Théo lâcha le cercueil et consentit à suivre son frère vers le banc. Théo poursuivit cependant son cinéma à grands coups de «pourquoi?» lancés vers le ciel dans un cri déchirant.

— Parce qu'elle avait quatre-vingt-quinze ans, répliqua posément Joaquin.

Théo le fusilla du regard, agacé par cette réponse si terre à terre.

— Quoi? fit son frère. C'était une question purement rhétorique, non?

Joaquin ne comprenait décidément rien à rien.

Peu de temps après les funérailles de sa grand-mère, le garçon déjà très angoissé de nature se mit à avoir une peur plus terrible encore de la mort, et à éprouver le besoin irrépressible de suivre à la trace chaque déplacement des membres de sa famille. Chacun devait l'appeler toutes les heures pour lui confirmer qu'il était toujours en vie. Il consignait tous ces renseignements dans un petit carnet intitulé non sans à-propos « Mort ou Vif ». Ce titre était assez frappant, mais Théo avait, il est vrai, un certain sens du mélodrame.

Assis dans le salon plongé dans la pénombre, entre les rangées de livres et les tableaux accrochés aux murs, Théo ouvrit son carnet « Mort ou Vif » et commença par sa sœur aînée, Nancy. La dernière fois qu'il l'avait vue, elle sortait de l'appartement vêtue d'un seul gilet par-dessus sa robe. Théo avait peur qu'elle n'attrape un rhume, qui affaiblirait ses défenses immunitaires ; elle contracterait alors une méningite et contaminerait toute la famille. Il lui avait d'abord envoyé un texto pour lui conseiller, prudent, de revenir prendre une veste, un masque chirurgical et des lingettes antibactériennes, mais elle avait ignoré son message. Comme il composait une nouvelle fois son numéro, Théo secoua la tête, songeant à l'inconséquence dont ses frères et sœurs faisaient preuve en matière de sécurité.

— Nancy, c'est ton frère, dit-il avant de marquer une pause, s'attendant à ce qu'elle lui réponde gentiment. J'imagine que je dois me nommer, puisque tu as quatre frères ? C'est Théo.

— Crois-moi, j'avais deviné, Théo !

— Je suis content de l'entendre, rétorqua-t-il tout sourire, sans prêter attention à l'agacement manifeste de sa sœur. Je dois vérifier que tu vas bien et que tu es en sécurité. Et je voulais insister pour que tu reviennes à la maison chercher un manteau bien chaud, un masque chirurgical et des lingettes.

— Arrête de m'appeler, je suis avec mon petit copain, là ! fulmina Nancy.

— Je prends ça comme la confirmation que tu es bien vivante et que tu vas bien. Mais veille à ce que ton copain se lave bien les mains avant de prendre la tienne, il y a beaucoup de microbes qui circulent à cette époque de l'année. Allez, amuse-toi bien. Je te rappelle dans une heure.

— Je te l'interdis! hurla Nancy.

Mais Théo avait déjà raccroché. Même la plus stricte des clauses du règlement intérieur de son école contre le téléphone portable ne pouvait l'empêcher d'appeler sa famille. Durant les heures de classe, il exigeait alors que chacun le rassure par texto avec ce simple mot : mort, ou vif. Ce qui n'était pas nécessairement le plus logique, puisqu'un mort ne peut écrire de message. D'ailleurs, Joaquin et deux autres de ses frères lui répondaient souvent par le mot «mort», pour se moquer.

Théo ne trouvait pas ça drôle, lui. Malgré son système élaboré et très contraignant, il était toujours tourmenté par ses pensées morbides. Ses frères et sœurs le surnommèrent Théo le Thanatophobe[1]. Mais il ne se reconnaissait pas dans ce surnom, car il n'y avait rien d'irrationnel dans cette angoisse, selon lui : il suffisait de voir le nombre de morts chaque jour dans les journaux, tous ces accidents de voiture, ces maladies, ces crimes et autres fins absurdes.

La terreur de Théo atteignit son comble lors d'un séjour de ses parents partis camper dans le parc national de Yosemite, en Californie du Nord. Entre les vestiges des glaciers de la préhistoire et les immenses séquoias, il n'y avait absolument pas de réseau, ce qui les avait empêchés de l'appeler de leur portable pour le rassurer. Théo était en proie à une véritable panique : il voyait déjà ses chers parents dévorés par des grizzlis.

Sans consulter ses frères et ses sœurs, Théo décida qu'il était totalement irresponsable de ne pas tout tenter

---

1. La thanatophobie est la peur irrationnelle de mourir.

pour les sauver. S'ils ne pouvaient pas le joindre, il les joindrait lui-même, coûte que coûte. Aussi harcela-t-il les gardes forestiers du parc par téléphone : ses parents furent successivement blessés, attaqués par des bêtes féroces, encerclés par le feu, ou tout simplement perdus.

— J'ai dit *perdus*! Vous faites exprès de ne pas comprendre? Ils m'ont demandé d'aller chercher de l'aide! hurlait Théo dans le combiné.

— S'ils n'ont pas de portable sur eux, comment diable ont-ils pu signaler qu'ils étaient perdus? rétorqua à juste titre le garde forestier.

— J'ai le don de...

— De raconter des sornettes!

— J'entends des voix! Les chaînes publiques vont sortir un reportage sur moi à l'automne, mentit Théo. Je vous en supplie, vous devez partir à leur recherche!

— Écoute, gamin. J'ai déjà perdu huit heures hier à cause de cette histoire d'incendie complètement bidon, alors je ne vais pas tomber dans le panneau une nouvelle fois!

Lorsque les gardes du parc menacèrent d'intenter un procès contre Théo, M. et Mme Bartholomew comprirent qu'il était temps de solliciter de l'aide. Comme ils étaient tous deux professeurs de théologie à l'Université de Columbia, ils décidèrent en premier lieu de demander conseil à leurs collègues. On leur suggéra d'abord très grossièrement d'envoyer leur fils en camp d'entraînement militaire, ou encore de l'inscrire à un programme spécialisé dans une clinique d'amaigrissement. Puis ils rencontrèrent un professeur de psychologie dont le fils avait surmonté sa peur maladive des langues étrangères grâce à un séjour dans une institution privée de la Nouvelle-Angleterre. Sa peur était autrefois si prononcée que le garçon refusait de sortir dans la rue sans casque sur les oreilles. Bien entendu, avant de prononcer le nom de l'établissement, le professeur alla regarder si quelqu'un venait dans le couloir et referma la porte de son bureau. Comme tous ceux qui étaient dans le secret, le professeur baissait le ton lorsqu'il évoquait l'École de la Peur.

M. et Mme Bartholomew salivèrent à l'idée de guérir la thanatophobie de Théo ainsi que ses autres terreurs. De leurs sept enfants, Théo était celui à qui ils consacraient le plus de temps ; son angoisse perpétuelle avait fini par les épuiser. M. et Mme Bartholomew demandèrent un jour à leurs autres enfants de rester un instant dans leurs chambres pendant qu'ils s'entretenaient avec Théo. Assis sur une causeuse bordeaux, au salon, ses parents lui expliquèrent leur projet : il passerait l'été à l'École de la Peur.

— Vous êtes fous ? L'École de la Peur ! On dirait le nom d'une secte ! Pourquoi ne pas m'envoyer en Corée du Nord, pendant que vous y êtes ? demanda Théo, sarcastique, secouant la tête d'un air dégoûté.

— Théo, c'est comme une colonie de vacances, ce n'est pas un camp d'embrigadement communiste ! rétorqua sa mère.

— Comment peux-tu ne serait-ce qu'y songer un seul instant ? Ils interdisent les portables, là-bas ! Tu n'as donc pas de cœur, femme ?

— Arrête un peu ta comédie, veux-tu, Théo, l'interrompit M. Bartholomew au moment où ce dernier tombait à genoux devant eux.

— Regardez bien ce visage, vous deux, c'est peut-être la *dernière* fois que vous le voyez !

— Théo, ils vont t'aider à profiter de la vie, à ne plus t'angoisser sans cesse. Tu ne trouves pas ça bien ? reprit son père, s'efforçant de garder son calme.

— M'angoisser ? Moi ? Je ne suis pas angoissé. Je ne fais qu'observer la vie dans ce qu'elle a de plus concret, de plus dur, et de relever ses dangers potentiels. Ce n'est pas ce que j'appellerais être angoissé ! s'exclama Théo dans le vain espoir de se montrer convaincant.

— Théo..., soupirèrent à l'unisson ses parents, le cœur débordant de pitié.

— Quoi ?

— Tu refuses de prendre le métro...

— Et alors ? Un incendie peut très bien se déclarer

33

dans les couloirs, ou quelqu'un me pousser sur la voie au moment où la rame arrive. Le maire s'obstine à ignorer mes lettres dans lesquelles j'exige la construction d'une barrière de sécurité. Sans parler de tous ces gens qui posent leurs mains sales partout. Beaucoup d'entre eux ne savent toujours pas à quoi sert le savon dans les toilettes, vous voyez à qui je fais allusion, hein? Joaquin. Il passe ses mains sous l'eau trois secondes, persuadé que ça suffit pour les laver!

— Et le fait que tu portes un parachute sur toi quand tu prends l'avion? demanda son père.

— Simple mesure préventive, en cas de panne de moteur. Je crois vraiment que ça fera fureur, à l'avenir.

— Et ton masque chirurgical? fit Mme Bartholomew avec douceur.

— Je ne le porte que durant le pic de l'épidémie de grippe. N'importe quel bon médecin vous le dira, les enfants sont plus vulnérables que les adultes. On a recensé quatre-vingt-treize décès en 2003, liés à la grippe.

— C'est de ça que tu as peur? De la mort?

— Jusqu'à ce que quelqu'un en revienne pour me raconter ce qui se passe après, je ne suis pas certain de vouloir mourir, effectivement. Et tant que je sache, Mamie ne nous a toujours pas rendu visite...

— Théo, je crois qu'il est temps que je te parle de deux ou trois petites choses, dit son père avant de se lancer dans une grande explication sur les nombreuses croyances en la vie après la mort.

Théo demeura assis, très calme, écoutant sagement tout ce que son père avait à dire, hochant de temps à autre la tête, ou bien l'inclinant, très attentif à tout retenir. Finalement, lorsque son père eut terminé, Théo se frotta le menton et leva des yeux inquiets vers ses parents.

— Tu es rassuré maintenant? demanda, pleine d'espoir, Mme Bartholomew.

— Pas vraiment. Tu ne trouves pas ça suspect, toi, qu'il y ait plus de choix sur la vie après la mort que dans un bar à salades?

TOUT LE MONDE A PEUR DE QUELQUE CHOSE

*L'illyngophobie est la peur irrationnelle
d'avoir le vertige ou des étourdissements
en baissant les yeux*

À deux cent soixante-dix kilomètres environ de Manhattan se trouvait le collège Roger-Williams de Providence, dans le Rhode Island. Niché au sommet d'une rue paisible bordée d'arbres, non loin de la très prestigieuse Université de Brown, se situait l'établissement traditionnel de briques rouges où Lou Punchalower était inscrite. À douze ans, la jeune fille aux cheveux blond vénitien et aux yeux de jade, le visage couvert de belles taches de rousseur, avait tendance à dire tout haut ce qu'elle pensait, à lever les yeux au ciel plus souvent qu'à son tour et à se mettre à dos tout son entourage.

Lorsqu'on leur demandait de décrire Lou, nombre de ses camarades de classe s'en tenaient à un seul adjectif, simple mais efficace : «méchante». Si cette appréciation était juste, il faut cependant souligner que Lou était au fond d'elle très douce, mais l'air de défi qu'elle affichait en permanence le cachait bien. C'était un peu une rebelle, comme en témoignait la paire de menottes à son poignet gauche. La véritable signification de ce bracelet fut révélée lors d'une sortie particulièrement mouvementée au musée de l'Espace et de l'Aviation.

Généralement, les élèves adoraient les sorties éducatives, loin des leçons à apprendre, des salles de cours et des devoirs à la maison. Pour cette sortie, la classe de sixième avait choisi de visiter ce musée, plutôt que celui, assez ennuyeux, des Arts et Métiers. Contrairement à ce que croyaient les enfants, il renfermait bien d'autres trésors que des objets en papier mâché ou autres collages de nouilles. Mais pour eux, visiter le musée des Arts et Métiers, c'était comme passer l'après-midi avec leurs grands-parents.

Avant de s'inscrire à cette sortie, Lou avait mené sa petite enquête sur l'aménagement du musée, pour savoir s'il était équipé d'un ascenseur ou d'un escalier. Elle avait parcouru le site Internet de l'établissement avec attention, et même appelé l'accueil à plusieurs reprises, pour être bien certaine que les escaliers étaient accessibles.

Sur les vingt-quatre élèves de sixième qui pénétrèrent dans le musée de l'Espace et de l'Aviation, tous, sauf Lou, sirotaient goulûment un soda. Elle refusait de manger et de boire lorsqu'elle s'éloignait de chez elle, pour éviter d'utiliser les toilettes. La plupart des lieux publics avaient selon elle la taille d'un cercueil et, surtout, pas de fenêtres. Elle préférait donc esquiver le problème purement et simplement. Légèrement déshydratée, Lou traînait à l'arrière du groupe dans le hall du musée.

M. Brampton et Mme Johnson gardaient le troupeau d'élèves ce jour-là pour la sortie. Et, à voir l'expression de leur visage, ce n'était pas de gaieté de cœur.

— Du calme, les enfants. Maintenant c'est dans vos têtes que vous allez parler! dit M. Brampton. Mme Johnson et moi-même allons diviser le groupe en

deux pour emprunter l'ascenseur. Et vous êtes prévenus : si j'en vois un avec son portable ou que j'entends
un seul téléphone sonner, je le confisque, un point c'est
tout.

Depuis les derniers rangs du groupe, l'on entendit le
cliquetis caractéristique des menottes de Lou qui levait
la main.

— Euh, monsieur Brampton, je préférerais prendre les
escaliers, c'est plus sain.

— Malheureusement, les escaliers sont interdits au
public aujourd'hui, ils les repeignent.

— Quoi? Je ne suis pas au courant. Je préférerais les
emprunter quand même; les odeurs de peinture n'ont
jamais fait de mal à personne, dit Lou tandis que sa paupière gauche se mettait à tressauter, signe habituel de
stress chez elle.

Ça ne se voyait pas vraiment, mais Lou avait l'impression qu'un énorme galet roulait sous le voile de sa paupière à chaque battement de cils.

— Ce n'est pas possible. Tu dois rester avec le groupe,
et nous allons prendre l'ascenseur.

— Hors de question! Je préfère encore rester ici.

— Tu vas prendre l'ascenseur comme tout le monde.
S'il n'en allait que de moi, je serais ravi de te laisser là,
mais quelqu'un pourrait t'enlever, et cela nuirait à
l'image du collège.

— Et quelle image en auront les parents quand ils
apprendront que vous m'avez jetée dans une prison
d'acier où j'ai trouvé la mort?

— Ce n'est pas une question de choix, mademoiselle
Punchalower, c'est un ordre! Montez dans l'ascenseur!
Et nous reparlerons de ton attitude une fois de retour en
classe.

— Je refuse d'entrer dans cet ascenseur, ou dans n'importe quel autre, vous n'avez pas le droit de me forcer!
Je souffre de claustrophobie, je peux vous fournir une
attestation de mon médecin!

— Je ne vais pas le répéter : tu vas me faire le plaisir de suivre tes camarades. Allez, exécution!

— C'est vraiment injuste, vous ne forcez jamais Howie à courir pendant les cours d'EPS!

— Il a une jambe cassée!

— Exact, et cela l'empêche de courir. Moi, ma maladie m'empêche d'emprunter les ascenseurs ou d'entrer dans un espace confiné. Pourquoi est-ce si difficile pour vous de le comprendre?

M. Brampton lui jeta un regard furieux puis secoua la tête.

— D'ailleurs, vous n'avez pas le droit de m'obliger à quoi que ce soit.

M. Brampton, maintenant en rage, fendit le groupe d'élèves tel Moïse face à la mer Rouge. Une fois devant Lou, il se pencha sur elle du haut de son mètre quatre-vingt-six. Avec ses petits bras croisés et sa paupière qui tressautait, Lou disparaissait littéralement dans l'ombre de ce géant. M. Brampton la poussa devant la porte de l'ascenseur sans prêter la moindre attention à ses gémissements incessants.

Le cœur de Lou se mit à battre à tout rompre. Sa respiration se fit plus courte; elle sentait le métal froid de ses menottes sur la peau de son poignet. Elle traînait vainement des pieds sur le sol, essayant de contenir la vague de panique qui menaçait de s'abattre sur elle. Les semelles de ses Converse crissaient à chaque pas sur la dalle du musée.

Lou avait un plan. Cette scène, elle l'avait répétée bien des fois dans son esprit, pressentant qu'elle arriverait un jour ou l'autre. Peut-être pas nécessairement là, au milieu de ces gens, mais elle avait toujours su que cela finirait par se produire. Ce n'était qu'une question de temps : quelqu'un, un jour, l'obligerait à prendre un ascenseur, à entrer dans une salle de bains sans fenêtre ou dans tout autre espace confiné.

Des flots d'adrénaline se déversèrent dans le corps de

Lou; elle se faufila entre les jambes de M. Brampton et, avec l'agilité d'une gymnaste olympique, accomplit un saut périlleux arrière, retomba sur ses pieds puis détala à toutes jambes. Si un jury avait pu la voir accomplir cette figure, il lui aurait facilement attribué un dix. Elle courut de toutes ses forces dans l'espoir de semer M. Brampton qui vociférait derrière elle. Fort heureusement, celui-ci était ralenti par le frottement de ses grosses cuisses.

Lou disparut sous le ventre d'un bombardier de la Seconde Guerre mondiale, sur la gauche à l'entrée de la salle. M. Brampton, dans sa précipitation, ne vit pas l'avion, et s'emplafonna contre l'appareil. Le choc résonna dans la salle, et laissa les marques des têtes de clous sur l'arcade de ses sourcils. Son corps robuste chancela d'avant en arrière, puis s'écroula sur le sol. Les camarades de Lou assistèrent à la scène, fascinés.

Devant ses compagnons ivres de joie, Lou accrocha ses menottes à la tige de métal qui surplombait les roues de l'avion. Sans un regard vers son professeur qui gisait à terre, assommé, Lou s'assit pour reprendre son souffle. À quelques centimètres d'elle, M. Brampton remua, et dans un grognement, se toucha le front.

— Vous allez devoir tirer l'avion derrière moi, si vous voulez me faire prendre cet ascenseur, déclara Lou, très fière du plan qu'elle avait mis à exécution.

Dans un silence furieux, M. Brampton se dirigea clopin-clopant vers l'ascenseur. Il n'osait pas ouvrir la bouche, de peur de se mettre à hurler. Sans doute aurait-il proféré des injures.

Le lendemain, le principal du collège confisqua à Lou ses menottes puis lui expliqua qu'elle serait privée de sorties pour le restant de sa scolarité au sein du collège Roger-Williams. M. et Mme Punchalower reçurent par lettre recommandée l'avertissement suivant : Lou serait assignée à domicile pour les deux prochaines sorties de l'année, avec obligation de rédiger un devoir sur l'histoire des ascenseurs.

Si M. et Mme Punchalower ne voyaient pas d'inconvénient à ce que leur fille reste à la maison ni même à ce qu'elle ait des devoirs supplémentaires, ils ne pouvaient en revanche supporter l'idée de ses camarades rapportant avec enthousiasme à leurs parents la scène qui s'était déroulée ce jour-là au musée. Ils étaient en effet de ces parents qui s'enorgueillissent des exploits de leurs enfants ; or le comportement de Lou pouvait difficilement passer pour glorieux. Une semaine à peine après cet épisode tristement célèbre, M. et Mme Punchalower crurent entendre murmurer dans leur dos durant une partie de golf au club de Providence. Mme Punchalower s'était donné un mal fou pour offrir une image respectable de sa famille, et voilà que Lou était en train de tout compromettre.

Après la visite du musée, Lou remarqua qu'on chuchotait beaucoup chez elle, dans cette maison où régnaient déjà bien des tensions. Elle soupçonna un instant ses parents de préparer quelque chose, mais en vérité elle n'y prêta guère attention. Ce n'est qu'aux premiers jours de mai que Lou se rendit à l'évidence : elle ne pouvait plus ignorer les agissements suspects de ses parents, d'habitude si routiniers. Jamais, durant les douze années de sa vie, ils n'étaient allés relever le courrier. Que les lettres finissent même par atterrir sur la commode de l'entrée était un mystère ; tout ce qu'elle savait, c'est que ses parents ne s'étaient jusqu'alors jamais souciés de questions si triviales. Et voilà qu'ils *insistaient* soudain pour être les premiers à ouvrir la boîte aux lettres ; Lou, tout comme Marvin, son petit frère de huit ans, ne devaient s'en approcher sous aucun prétexte.

— Maman...

— Qu'est-ce que j'ai dit mille fois déjà ? Ne jamais m'appeler ainsi ! répondit d'un ton sec Mme Punchalower.

— Très bien, Mère, reprit Lou avec affection ; permettez-moi d'aller chercher le courrier aujourd'hui.

— Certainement pas, jeune demoiselle. Vous et votre

frère avez interdiction de quitter la maison avant que votre père ou moi-même ayons pu nous en charger. Si je vois l'un de vous à moins d'un mètre de la porte d'entrée, je vous prive de sortie pendant un mois.

— C'est ça, oui...

— Est-ce une façon de répondre, jeune demoiselle? Et à votre mère de surcroît? rétorqua sévèrement Mme Punchalower.

— Non, très chère Mère, fit Lou, levant ses yeux verts au plafond.

Les doutes de Lou s'accrurent un certain mardi matin, vers le milieu du mois, lorsqu'elle vit ses parents exulter au beau milieu de la pelouse. Ce comportement était hautement suspect pour un couple qui considérait que danser à un mariage était du plus mauvais goût. Seul un événement prodigieux pouvait provoquer un tel débordement; Lou voulut en avoir le cœur net.

Elle se précipita dans le couloir et s'allongea sur l'impeccable moquette couleur crème. De là, pointant la tête de derrière le mur, elle avait vue sur le salon. Elle entendit la porte d'entrée s'ouvrir en grand, puis le claquement de talons contre les dalles de marbre du vestibule. Lou vit ses parents se parler à l'oreille d'un air conspirateur, tandis qu'ils se repassaient successivement une enveloppe rose. Mme Punchalower, trépignant de joie, finit par glisser l'enveloppe sous le coussin de tartan du canapé.

Quelques instants plus tard, Lou enfournait dans sa bouche une cuillérée d'All Bran aux raisins tout en observant attentivement sa mère du coin de l'œil. Lou devina que la lettre rose la concernait. Plus tard, comme elle se dirigeait vers l'arrêt de bus, suivie de son frère Marvin, une petite voix irritante occupait ses pensées. Au lieu de se poster comme à son habitude sous le panneau jaune, elle l'entraîna non loin de là, derrière une rangée de poubelles.

— Qu'est-ce que tu fais? gémit-il quand elle l'eut forcé à se coucher sur le sol.

— Tu restes avec moi.

— Non, je vais à l'école. J'ai un contrôle de maths.

— Je te connais ; je sais que tu vas le dire à Dotty, si je te laisse partir...

Marvin était un vrai rapporteur. S'il prenait seul le bus, il ne pourrait pas s'empêcher de raconter à Dotty, la conductrice du bus, que sa sœur séchait les cours.

— On va attendre longtemps ? pleurnicha Marvin.

— Jusqu'à ce que Père et Mère soient partis. Je suis sûre qu'ils mijotent quelque chose...

— Qu'est-ce que ça peut te faire ? On ne les aime pas, d'abord. Allez, on va à l'école...

— D'accord, mais tu ne viendras pas te plaindre s'ils te vendent à Bonne Maman.

— Me vendre ? s'étrangla Marvin, choqué.

— Bonne Maman te couve du regard depuis un petit bout de temps. Elle est triste de ne plus avoir d'enfant chez elle. Et puis, il lui faut quelqu'un pour lui masser ses oignons de pied !

— Et comment ça se fait que Bonne Maman ne veuille pas t'acheter, toi ? Tu es plus grande que moi !

— Qu'est-ce que j'en sais ? Je ne suis plus aussi mignonne...

— Je le savais, que ma jolie frimousse allait finir par me causer des problèmes, marmonna Marvin.

Lorsqu'ils virent passer les voitures de leurs parents, Lou et Marvin sortirent en rampant de derrière la rangée de poubelles et coururent vers la maison. Lou se débattit avec son trousseau de clés, espérant qu'aucun d'eux n'ait oublié quelque chose à la maison. Mais elle parvint à ouvrir la porte et se précipita sur le canapé, suivie de près par Marvin. Sous le coussin de tartan se trouvait l'enveloppe rose pâle découpée dans un carton coûteux et imprimée en lettres d'or sur le dos.

Les Punchalower étaient membres du country club de la ville ; ils recevaient souvent des invitations très chic, mais jamais d'une couleur aussi vulgaire que le rose. Et jamais, par le passé, ils ne leur avaient caché une invitation. L'adresse de l'expéditeur correspondait à une boîte postale à Farmington, dans le Massachusetts. Lou ignorait que ses parents avaient des connaissances dans le Massachusetts, et qu'ils fréquentaient de surcroît une personne qui se servait d'une boîte postale. N'étaient-elles pas, en effet, réservées aux formulaires d'inscription pour les concours ou à ces originaux qui vivaient retirés à la campagne loin de toute civilisation?

Lou ouvrit l'enveloppe avec mille précautions, pour en extraire une lettre indiquant que leur candidature avait été retenue. L'enveloppe contenait également un prospectus et un plan. Ses parents s'étaient peut-être finalement résolus à l'envoyer au pensionnat, comme ils l'en menaçaient bien souvent. Ses yeux se plissèrent, puis roulèrent hors de leur orbite lorsqu'elle découvrit le nom de l'institution en question : L'École de la Peur. Elle devait se présenter à la gare routière de Farmington, Massachusetts, ce lundi 25 mai[1], à 9 heures du matin, où elle serait accueillie par un émissaire de l'école.

Une main posée sur sa paupière gauche qui commençait à trembler, Lou se retourna vers Marvin :

— Je vais avoir de sérieux ennuis. Les gares routières n'augurent jamais rien de bon!

Mme Punchalower avait eu vent de l'existence de l'École de la Peur grâce à un spécialiste de grande renommée, le Dr Guinness. C'était un homme merveilleux, au seuil de la soixantaine, qui avait une profonde compassion à l'égard des terreurs de Lou, mais qui n'avait pu la convaincre d'entrer dans son cabinet au quatrième étage d'un immeuble équipé uniquement d'un ascenseur. Lou avait tenté de faire pression sur le gardien pour qu'il la laisse escalader la rampe d'incendie, mais celui-ci avait poliment refusé.

---

1. Le calendrier scolaire, aux États-Unis, n'est pas strictement le même qu'en France. Les vacances d'été commencent souvent au mois de juin.

— Si vous ne me laissez pas grimper, je vous jure que vous ne reverrez jamais vos enfants! avait déclaré Lou, prenant sa plus belle voix de truand.

— Je n'ai pas d'enfant, avait répondu le gardien dans un bâillement.

— Euh... Votre femme, alors.

— Je n'en ai pas non plus.

— Et des amis?

— Non plus.

— Oh allez, tout le monde a des amis.

— Pas moi. Je n'ai qu'un poisson rouge.

— D'accord, minable, avait dit Lou en levant les yeux au ciel. Si vous voulez revoir votre poisson, je vous suggère de me laisser emprunter la rampe d'incendie. Sans quoi je ferai frire votre petit copain pour le dîner!

— S'en prendre à la vie du poisson rouge d'un homme, c'est vraiment ignoble, mais non, vous ne grimperez pas à cette échelle.

— Pouah! avait soufflé Lou, vexée, en claquant la porte de l'immeuble.

Impossible d'exercer la moindre pression sur un homme qui avait un poisson rouge pour seul ami.

De façon peu orthodoxe, le Dr Guinness avait alors accepté de recevoir Lou dans sa voiture, sur le parking. Au lieu de prendre place sur le divan du thérapeute, Lou s'installait sur la banquette arrière et le Dr Guinness à la place du conducteur. De temps à autre, comme l'atmosphère devenait étouffante, il allumait la climatisation de sa vieille Mercedes de 1973, très gourmande en carburant. En raison des règles strictes de confidentialité établies entre le docteur et sa patiente, les fenêtres n'étaient jamais ouvertes que d'une fente, de crainte qu'un curieux ne vienne écouter aux portes.

Après cinq mois de ce traitement, le Dr Guinness avait fait une violente crise d'urticaire, à cause de la chaleur, et contracté un terrible torticolis à force de se retourner pour voir Lou sur la banquette arrière. Il avait demandé à voir ses parents à l'issue de leur dernier entretien.

— J'ai bien peur qu'il ne soit temps pour moi de cesser de voir Lou, leur expliqua-t-il calmement.

— Comment? Vous n'êtes pas sérieux! Cela ne fait que cinq mois que vous avez commencé! Ma femme suit une thérapie depuis dix ans et son analyste ne l'a jamais laissée tomber! enragea M. Punchalower tout en tapotant sur son BlackBerry.

— Édouard, je vous en prie, cessez d'employer cette expression! Laissée tomber, quelle horreur! Et puis Jeffrey n'est pas un analyste, c'est un coach!

— Vous ne m'avez pas bien compris. Je pense que Lou a besoin d'un programme plus intensif que ce que je peux lui offrir. Quelque chose de très spécial, de très *fermé*.

— Oui?

Les yeux de M. et Mme Punchalower s'étaient illuminés à ce mot «fermé». Rien ne pouvait plus les enchanter qu'un lieu «très fermé».

— Je vous parle là de l'École de la Peur, avait murmuré le Dr Guinness, dans un chuchotement à peine audible.

TOUT LE MONDE A PEUR DE QUELQUE CHOSE

*L'agyrophobie est la peur irrationnelle
de traverser la rue*

CHAPITRE 4

N ichée au cœur d'une zone rurale du nord-ouest du Massachusetts, se trouvait une petite ville connue sous le nom de Farmington. Quatre cent quatre personnes, vingt-huit chiens, quarante-neuf chats et six chevaux avaient le bonheur d'y résider. D'autres créatures – des écureuils jusqu'aux tortues – vivaient également là, mais, comme elles ne figuraient pas parmi les heureux propriétaires des lieux, elles n'étaient jamais comptabilisées lors du recensement annuel.

Farmington avait été curieusement épargnée par les années. Les enseignes habituelles des plus grandes entreprises américaines, Walmart, Starbucks ou McDonald's, étaient absentes du paysage. Les magasins appartenaient ici à de simples particuliers ; leurs noms peints à la main sur les façades le prouvaient. Le long de la rue qui traversait la petite ville, sobrement appelée rue

Principale, se trouvaient l'épicerie Mac Millan, la Poste, Henry's, le magasin de journaux, l'auberge «Chez Farmy» et le bureau du shérif.

La plupart des quatre cent quatre habitants de Farmington (et nombre de leurs animaux) résidaient dans les rues voisines de la rue Principale : aussi la communauté était-elle très soudée. Quelques-uns cependant vivaient dans les hameaux des environs, et ne s'aventuraient en ville que de temps à autre, pour aller chercher leur courrier ou acheter des provisions. La très mystérieuse directrice de l'École de la Peur, Mme Wellington, ainsi que son fidèle domestique Schmidty, vivaient retirés de la communauté, sur un plateau de quatre arpents au sommet d'une barrière de falaises d'une cinquantaine de mètres de hauteur. Les scientifiques pensaient que cette curiosité géologique témoignait de la présence d'un glacier à la période du crétacé, qui remontait à environ... très, très longtemps.

Le domaine de Mme Wellington, Summerstone, se dressait tel un phare au cœur de la Forêt Perdue. À ce nom de Forêt Perdue, l'on se demande peut-être comment diable une forêt pourrait bien se perdre. Ne pouvant ni marcher ni courir, encore moins sauter, et surtout pas passer inaperçue, il paraissait difficile qu'un garde forestier la perde de vue. En l'occurrence, le terme «perdue» renvoyait non pas à la forêt elle-même, mais à tous les malheureux, hommes ou bêtes, qui s'y aventuraient.

En effet, les habitants de Farmington parlaient de la Forêt Perdue comme de leur propre Triangle des Bermudes. À la demande des officiers chargés de la sécurité dans les parcs nationaux, de nombreux panneaux «PROPRIÉTÉ PRIVÉE» avaient été plantés sur le périmètre de la forêt. Nul n'osait la traverser à l'exception de la rivière Lune et d'une petite route pavée, très rarement empruntée, qui menait directement au pied de la colline de Summerstone.

Harold Wellington avait fait ériger Summerstone en

1952, pour son épouse Édith qui souhaitait se retirer du monde. Le manoir, avec ses huit chambres à coucher, trônait au centre du domaine cerné d'une haie de cerisiers, plaqueminiers, figuiers et orangers. Il n'avait pas regardé à la dépense pour sa construction, ni pour sa riche décoration intérieure.

L'on racontait que les sièges des toilettes étaient en or et que des interrupteurs de platine côtoyaient des Renoir ou des Monet, mais rien de tout cela n'était vrai. Mme Wellington avait des goûts bien trop éclectiques et trop particuliers pour s'offrir des œuvres de maîtres aussi célèbres. Elle préférait de très loin commander à des artistes des pièces uniques, telles que des tables en écaille de tortue ou des portraits de ses animaux de compagnie. En dépit de l'excentricité de Mme Wellington, Summerstone était le plus bel édifice que Farmington eût jamais compté. Malheureusement, les habitants de la ville ne pouvaient admirer l'architecture stupéfiante que de loin, car Mme Wellington réservait un accueil glacial aux visiteurs.

TOUT LE MONDE A PEUR DE QUELQUE CHOSE

*L'ablutophobie est la peur irrationnelle
de se laver ou de prendre des bains*

CHAPITRE 5

L' aéroport John Fitzgerald Kennedy de la ville de New York ne fut pas au bout de ses surprises, la nuit où la famille Masterson débarqua de Londres. Des voyageurs fourbus tirant derrière eux leurs valises, tenant par la main des enfants, s'efforçant pour la plupart à grand-peine de franchir le labyrinthe de portes coulissantes, s'immobilisèrent soudain dans leur course. Ils retinrent leurs gestes, leur pas, leurs yeux, leur souffle même, en apercevant Madeleine Masterson, ses parents et le jet continuel de répulsif qui les entourait.

Car un nuage d'insecticide flottait bel et bien autour de la tête de Madeleine dissimulée sous son voile, faisant tousser les voyageurs à s'en déchirer la gorge. Madeleine fendit la foule qui envahissait le terminal sans même ciller. Il y avait bien longtemps qu'elle avait accepté d'être regardée comme une bête curieuse, et qu'elle ne

toussait plus. Rien n'avait plus de prix que d'être proté-
gée contre les araignées.

La famille Masterson courut à travers le terminal pour
attraper le vol pour Pittsfield, ou, comme l'appelaient les
habitants de Farmington, les «Pitts». Les Masterson
s'étaient attendus à un avion de petite taille, mais ils
n'avaient certainement pas envisagé qu'il puisse être
aussi minuscule. Grand comme un taxi new-yorkais et
aussi jaune, il brinquebalait plus encore. S'ils n'avaient
pas été prévenus, ils auraient juré que cet avion était en
route pour la casse. Ses ailes versaient dangereusement
sur la gauche, et les fenêtres étaient renforcées de rou-
leau adhésif aluminium.

M. Masterson sentit son estomac tournoyer sur lui-
même en l'inspectant. Il se demanda s'il existait sur terre
une personne que cette carlingue n'aurait pas terrorisée.
C'était sans compter Madeleine, qui ne semblait pas
inquiète du tout. Elle n'aurait d'ailleurs pas sourcillé si
l'avion avait été baptisé *Mort certaine*. Car la désinfection totale de l'habitacle comptait infiniment plus à
ses yeux qu'une broutille telle que la sécurité de l'appareil. Mme Masterson avait insisté, en outre, pour que
Madeleine n'emporte dans son bagage à main qu'un seul
insectifuge, et un produit non inflammable. C'était peut-
être sa seule source d'inquiétude. En aurait-elle suffisamment pour la durée du voyage?

La famille Masterson demeura silencieuse durant les
cinquante-sept minutes du vol. Madeleine était bien trop
angoissée à l'idée de se voir confisquer ses aérosols et
sa moustiquaire une fois à l'École de la Peur pour s'abais-
ser à une quelconque conversation. Ses accessoires l'ac-
compagnaient depuis si longtemps qu'ils étaient devenus
des extensions d'elle-même. D'ailleurs, Madeleine aurait
largement préféré être amputée de ses deux bras plutôt
que de se séparer de sa collection d'insecticides, même
si, alors, elle aurait dû inventer un système très astu-
cieux pour vaporiser du répulsif.

Tandis que Madeleine réfléchissait à toutes les horreurs qu'elle serait capable d'endurer pour ne pas se voir priver de ses indispensables ustensiles, elle demeurait totalement indifférente à la folle trajectoire de l'avion en altitude. M. et Mme Masterson, eux, avaient le cœur au bord des lèvres. Elle se livrait à une sorte de troc intérieur : sa moustiquaire valait-elle qu'elle se coupe un orteil? Cinq? Le pied tout entier? Une main? Un ongle? Un doigt? L'avion poursuivit son vol chaotique jusqu'à l'atterrissage – si on pouvait appeler cela atterrir, et non se fracasser contre le sol. M. Masterson sortit en chancelant de la carlingue, prêt à défaillir, avant de poser le pied sur le tarmac cahoteux de Pittsfield.

— Maddie, tu n'as vraiment pas peur de l'avion? Moi, je n'aime pas tellement ça, surtout après un vol pareil. Je préfère de loin voyager en voiture, en bus, en train ou par bateau. Mais j'ai tenu bon. La peur de l'avion me paraît bien plus facile à surmonter que de tenter d'éradiquer les insectes ou les araignées de la surface de la planète. Tu ne crois pas que tu pourrais changer de phobie, par hasard? demanda M. Masterson dont le visage commençait à retrouver ses couleurs.

— Maman, s'il te plaît, demande à mon père de se taire, déclara Madeleine à voix basse, d'un ton cependant autoritaire.

— Arthur, je t'en prie. Personne n'est d'humeur à supporter tes plaisanteries en ce moment. Surtout quand ça n'a rien de drôle!

Selon leur habitude, lorsque les Masterson partaient en voyage, ils descendaient dans un hôtel – en l'occurrence, l'Auberge du Creux d'Enfer – qu'ils avaient contacté quelques jours plus tôt, de façon à ce qu'on désinfecte leur chambre avant leur arrivée. La fumigation faisait depuis longtemps partie de leurs exigences lors de tout déplacement. Cela nécessitait de lourds préparatifs et des dépenses considérables, mais c'était indispensable s'ils voulaient que Madeleine garde un semblant de raison.

Dans la salle de bains aux couleurs pâles de l'Auberge

du Creux d'Enfer, Madeleine se brossa vigoureusement les dents, scrutant le moindre recoin à la recherche de la moindre toile d'araignée. De l'autre côté du mur, ses parents, toujours nauséeux, inspectaient les draps et les oreillers du lit avant d'installer la moustiquaire. Madeleine pénétra dans la pièce, vêtue de sa robe de chambre avec voile assorti, dispersa quelques bouffées d'insectifuge autour d'elle avant de se faufiler sous ses couvertures, priant en silence qu'aucune bestiole ne vienne lui gâcher sa nuit.

À 7 h 30, le lendemain matin, la famille Masterson épuisée prit le bus pour Farmington. Personne ne se trouvait à bord, à l'exception d'un très beau garçon répondant au nom de Garrison Feldman. À treize ans, il était plutôt grand pour son âge, ce qui lui avait permis de briller dans presque toutes les disciplines sportives, du baseball au football, en passant par le volley-ball. C'était en quelque sorte une célébrité dans son collège de Miami, et pas seulement pour ses exploits sur le terrain. Ses cheveux blonds, son teint mat et ses yeux bleus avaient séduit plus d'une fille et il trouvait souvent dans son casier des mots d'amour à l'eau de rose. Ses prouesses athlétiques comme sa beauté spectaculaire avaient fait de lui le garçon le plus populaire du collège Palmetto.

Cependant, entre ses victoires remportées sur le terrain et la réputation qu'il avait de faire rougir les filles sur son passage, Garrison s'était rendu célèbre également pour sa mauvaise humeur ; il s'emportait fréquemment pour des broutilles. Au lendemain d'un match de football où il s'était montré très impressionnant, ses deux amis Phil et Rick l'avaient abordé, portant leurs planches de surf dans le dos.

— Hé, mon pote, t'étais terrible hier, l'accueillit Rick avec un enthousiasme habituellement réservé aux joueurs de la NFL[1]. Grâce à toi, on a remporté la victoire, comme toujours !

---

1. La National Football League (Fédération américaine de football).

Garrison le gratifia d'un hochement de tête ; on le félicitait souvent pour ses qualités de meneur sur le terrain.

— On a apporté nos surfs. Tu viens avec nous à la plage, te faire quelques vagues ? suggéra Phil.

— Non, je n'ai pas envie, répondit sèchement Garrison.

— Oh, allez, insista Rick, dépité. Tu ne viens jamais !

— Ouais, les vagues sont mortelles, dit Phil avec plaisir. Drapeau jaune aujourd'hui, faut en profiter !

Venue de l'océan, une légère brise souffla au visage de Garrison, et ses genoux manquèrent fléchir sous son poids, tandis qu'il regardait ses amis dans les yeux. Des points lumineux traversèrent son champ de vision ; il luttait pour rester debout.

— Il paraît que les vagues atteignent plus de deux mètres de hauteur, ajouta Rick.

Garrison loucha, dans son effort pour ne pas s'écrouler.

— Hé, mec, c'est quoi, cette tête ? demanda Rick, soudain inquiet.

— Ah, ça ? J'imitais ta mère, répondit Garrison avec agressivité.

— Ça se dit pas, des trucs pareils ! reprit son ami d'un ton grave.

Garrison s'éloigna l'air de rien, puis courut derrière la cabane du gardien où il s'effondra lamentablement, couvert de sueur. Assis sur l'herbe, les mains moites, il pria en silence pour que Rick et Phil ne l'aient pas vu. Il avait besoin d'une seconde pour recouvrer ses esprits et chasser la vision de la plage avec ses vagues gigantesques. En dehors de ses parents, en effet, personne ne savait que Garrison avait une peur atroce de l'eau. Non pas de celle qu'il buvait ou qui coulait sous sa douche, mais des étendues d'eau comme les lacs, les piscines et bien sûr l'océan. À sa grande honte, Garrison pouvait même être pris de sueurs froides rien qu'en entendant le générique d'*Alerte à Malibu*.

La peur de l'eau, l'hydrophobie, ne collait pas avec

son image de champion, Garrison le savait. Tous les adversaires qu'il avait battus au foot, au baseball, au basket, lui feraient vivre un enfer s'ils l'apprenaient. Il était certain de devenir bien moins bon si son secret venait à être divulgué.

Garrison savait que le temps jouait contre lui ; il fallait qu'il se confronte à son hydrophobie, sans quoi il prenait le risque d'être démasqué. Aussi, à 4 heures du matin ce jour-là, s'était-il glissé sans bruit hors de sa chambre, pour se faufiler dans le bureau où son père avait remisé le seul ordinateur de la famille, un vieux moniteur encombrant. Au grand regret de ses parents, Garrison avait contraint sa famille à déménager dans cette maison délabrée, parce qu'elle était éloignée de la plage. Vêtu d'un jogging élimé, Garrison lança une recherche sur Internet, tapotant furtivement sur le clavier pour éviter de réveiller ses grincheux de parents. Il lui fallait un remède efficace.

Son estomac gargouillait à l'idée d'affronter sa terreur et de regagner l'estime de son père. Quel que soit le programme qu'il choisirait, il fallait qu'il fonctionne. Sinon, son père continuerait à le prendre pour une mauviette. Garrison naviguait d'un site à l'autre, en proie à des émotions contradictoires. Son instinct lui dictait d'éviter à tout prix les étendues d'eau, tandis que sa raison désirait triompher de cette angoisse et relever enfin la tête. Après tout, aucun jeune de Miami ne pouvait éviter la plage bien longtemps sans éveiller les soupçons.

L'aube pointait ; les paupières de Garrison tombaient malgré ses efforts acharnés pour résister au sommeil. Frustré, et épuisé, il jeta un dernier coup d'œil à un site intitulé : «Qui a peur de Virginia Woolf ou autre étrange phobie ?» Il parcourut trois témoignages avant de s'arrêter plus longuement sur celui d'un jeune garçon qui racontait comment il était parvenu à vaincre sa terreur du soleil grâce à un séjour passé à l'École de la Peur pendant un été. Le traitement s'était révélé si radical que le jeune adolescent travaillait maintenant comme apprenti maître-nageur sur la côte.

La fatigue de Garrison se dissipa aussitôt ; il voulut relire le témoignage, trouver un numéro ou un contact. Mais le message avait disparu, s'évaporant littéralement sous ses yeux lourds de sommeil. Durant une seconde, il se demanda s'il n'avait pas rêvé. Avait-il inventé ce jeune garçon qui vivait la nuit à cause de son aversion pour le soleil ? Garrison se frotta les yeux et regarda de nouveau l'écran. Il vit alors une déclaration du cabinet d'avocats Munchauser et Fils, stipulant que le témoignage en question n'était qu'une œuvre de fiction.

Le cœur de Garrison se serra au creux de sa poitrine : son espoir de guérison s'était racorni sur lui-même. Il avait la sensation d'avoir avalé une pierre qui grossissait en lui chaque seconde, repoussant ses organes internes contre sa peau. Il baissa les yeux vers son ventre, s'attendant presque à voir le renflement du caillou sous l'épaisseur de son vêtement. Garrison inspira profondément, permettant à un souffle de bon sens de s'introduire dans son esprit. Pourquoi un cabinet d'avocats publierait-il un avertissement officiel, s'il avait tout imaginé ?

C'était louche. Garrison lança une nouvelle recherche, voulant retrouver cette mystérieuse École de la Peur sur Internet. En vain. Cet échec ne fit que renforcer ses soupçons : il avait mis le doigt sur quelque chose d'important. Le soleil s'était levé maintenant : Garrison entendit sonner le réveil de ses parents. Son père se dirigea d'un pas lourd vers la cuisine pour préparer le petit déjeuner ; il aperçut très vite Garrison, courbé sur l'ordinateur dans la pièce attenante à la cuisine, le visage ravagé par le manque de sommeil.

— T'as pas intérêt à avoir passé la nuit sur eBay ! l'avertit Mike Feldman tandis qu'il versait une cuillère de café instantané dans une tasse.

Dans un moment d'égarement, Garrison avait un jour emprunté la carte de crédit de son père pour acheter une réplique de la casquette de baseball de Joe DiMaggio. Il avait pourtant de l'argent : mais on ne peut payer en liquide sur Internet. Comme il n'était pas malhonnête, il avait glissé un billet de vingt dollars dans le porte-feuille de son père et s'était estimé quitte. Bien évidemment, son père avait vu les choses d'une tout autre manière.

Garrison se redressa sur sa chaise recouverte de tissu écossais et se demanda combien il serait prêt à parier que l'École de la Peur puisse l'aider vraiment. L'espoir qu'il plaçait en elle valait-il d'endurer ce qu'il s'apprêtait à traverser ? Alors, sans avoir pris le temps de trancher, il lâcha les mots qui devaient sceller son destin :

— J'ai besoin de votre aide.

Une fois ses parents dans le secret, Garrison ne pouvait revenir sur sa décision. Son père n'avait que mépris pour ceux qui baissaient trop facilement les bras, que ce soit en sport, au Scrabble, ou cette fois pour retrouver cette mystérieuse école. Tous trois épluchèrent la liste des thérapeutes pour enfants répertoriés dans l'annuaire de Miami. Ils voulaient les sonder au sujet de l'École de la Peur.

Certains raccrochèrent aussitôt ce nom prononcé, d'autres déclarèrent tout bonnement n'en avoir jamais entendu parler. La colère et l'embarras que cette question déclenchait parfois ne firent que confirmer l'impression de la famille Feldman : l'affaire était d'importance, Garrison avait vu juste. Le hasard voulut que ce fût lui qui appelle le Dr Ernestina Franklin ce mercredi matin-là. Après avoir formulé sa requête, Garrison s'attendait comme d'habitude à entendre la tonalité ou les sempiternelles dénégations de ses confrères ; au lieu de quoi, il obtint une réponse toute différente.

— Oui.

— Vous connaissez l'École de la Peur ? répéta-t-il, en état de choc.

Vingt minutes plus tard montre en main, la famille Feldman débarquait devant la jolie petite maison aux murs jaunes et au charme désuet du Dr Franklin. À voir la fragile silhouette de la vieille dame qui les attendait sur le perron, l'on se disait qu'elle approchait, selon toute vraisemblance, et de la sénilité et de la mort. Le Dr Franklin leur réserva un accueil chaleureux, embrassant chacun sur la joue. Cette marque trop appuyée d'affection prit sens lorsque, après quelques secondes, la vieille dame demanda à «Freddy» pourquoi il avait tellement tardé à rendre visite à sa grand-mère.

Garrison, prêt à tout pour obtenir de l'aide, lui répondit par un grand sourire, et serra dans ses bras sa toute nouvelle grand-mère. Puis il orienta discrètement la conversation vers la très mystérieuse et non moins célèbre École de la Peur. L'attitude du Dr Franklin changea alors sensiblement. Garrison enregistra les informations qu'elle lui donnait, tenta de lui poser des questions, mais chaque fois, le Dr Franklin refusait d'y répondre. Elle accepta cependant de rédiger une lettre de recommandation pour «Freddy» qui, souligna Mme Feldman, préférait qu'on l'appelle par son deuxième prénom, Garrison.

La lettre en poche, le trio s'apprêtait à prendre congé de la vieille dame lorsque celle-ci les arrêta.

— Attendez! s'écria-t-elle en ouvrant le tiroir de sa table.

Elle tenait entre ses doigts une petite photographie jaunie par le temps. Ils s'approchèrent doucement, ne sachant à quoi s'attendre. M. Feldman d'abord, son épouse et enfin Garrison, tous écarquillèrent les yeux en découvrant le visage tordu d'un vieil homme. L'expression cruelle de ce visage était renforcée par les protubérances de chair et les croûtes qui en recouvraient la peau. Et ses yeux! Ils n'étaient pas de cette noirceur qui fige habituellement les sangs, mais d'un jaune banane plus inquiétant encore.

— Une fois que vous aurez envoyé cette lettre, il ne vous lâchera plus... Vos déplacements, ce que vous achèterez, ceux que vous appellerez, il saura tout. Il sait tout, ajouta le Dr Franklin d'un ton sinistre.

— Qui ? demanda doucement Garrison.

— Munchauser !

TOUT LE MONDE A PEUR DE QUELQUE CHOSE

L'hippopotomonstrosesquippedaliophobie

est la peur irrationnelle des mots trop longs

D ans le faible espoir d'impressionner son père, habituellement porté aux brimades, Garrison avait insisté pour prendre seul le bus. Mme Feldman pensait qu'il était dangereux pour un jeune garçon de treize ans d'accomplir seul pareil voyage, M. Feldman, lui, avait fait remarquer que son fils ne ferait que suivre, comme il convenait, les devises des fédérations nationales de basket et de football : «Nul Bébé Autorisé» et «Non aux Froussards et aux Lopettes[1]». Ces deux jeux de mots étaient, d'après M. Feldman, autant de paroles de sagesse, un guide à suivre dans l'existence, qu'il répétait au moins trois fois par jour à son fils. Il considérait qu'il allait de son devoir de l'endurcir, car le succès n'était

---

1. Construits sur les sigles de la National Basketball Association (NBA) et de la National Football League (NFL).

71

jamais au rendez-vous pour les bébés ou les mauviettes, sur le terrain ou dans la vie.

Tranquillement installé dans le bus avec son magazine, le *Baseball Today*, Garrison savourait la perspective paisible d'un été sans insulte ni sigle sportif. M. Masterson, quelques rangées derrière lui, l'observait. À ses côtés, Mme Masterson luttait pour ne pas s'endormir ; ses paupières s'obstinaient à tomber, lentement, couvrant bientôt ses yeux, mais la dame au tailleur strict se redressait alors brusquement sur son siège, refusant de s'abandonner au sommeil. Comme son épouse venait justement de sortir de sa torpeur, M. Masterson lui murmura à l'oreille :

— Tu crois que ce garçon va *là-bas*, lui aussi ?

— Je ne vois pas ce qu'il ferait d'autre dans ce trou perdu à cette heure impossible !

— C'est qu'il a l'air tellement normal, reprit M. Masterson sans détacher les yeux de la tête blonde de l'adolescent.

— Chéri, les peurs ne se manifestent pas toujours de façon aussi ostensible que celle de notre petite Maddie, soupira Mme Masterson dont les paupières retombaient de nouveau.

— C'est vrai, dit M. Masterson en jetant un regard au visage de sa fille dissimulé sous son voile.

Garrison, indifférent à la conversation qui se tenait dans son dos, poursuivait sa lecture en mangeant le sandwich au thon préparé par sa mère. Tandis qu'il étudiait les meilleurs coups de ses joueurs favoris, il entendit que le bus roulait sur une grille de métal. Instinctivement, Garrison regarda par la fenêtre. Le bus franchissait un pont. Ses paumes devinrent moites, il transpirait maintenant à profusion, le sandwich au thon pesa soudain sur son estomac. Souvent les ponts étaient construits au-dessus d'étendues d'eau, mais pas toujours.

Garrison pria pour que la rivière qu'ils traversaient fût à sec ou, mieux, pour arriver à se retenir de regarder.

Son angoisse s'accrut; il ne put s'empêcher de se rapprocher de la fenêtre et de diriger son regard vers le fond du ravin. Alors, Garrison vit la nappe de bleu. Une immensité de bleu. La fenêtre l'en protégeait bien sûr, tout comme les trente mètres qui le séparaient de la surface de l'eau, mais rien n'y faisait. Sa raison céda instantanément à la panique.

— Non..., gémit Garrison tout haut.

Des gouttes de sueur perlèrent sur son front, ruisselant le long de ses sourcils, brouillant plus encore sa vision. Des points lumineux lui apparurent, l'aveuglant tout à fait tandis que ses poumons se bloquaient sous l'effet de la terreur. Le sifflement rauque de sa respiration attira l'attention de la famille Masterson, et avant même qu'ils aient pu lui demander si tout allait bien, le jeune garçon se mit à hurler. Sa voix atteignit un niveau de décibels rarement atteint hors des concerts de rock.

— DEEE L'EEEEEEEEEEEEEEEEAAAAAAAAAAAAUUUUU UUUUUU!!!

Garrison eut soudain la sensation très nette de se noyer; suffoquant, il se leva d'un bond, brassant l'air de ses bras. Ses joues étaient cramoisies. Mais il n'eut pas le temps de s'en rendre compte : sa vision s'obscurcit. Il s'évanouit dans la travée centrale du bus sur la moquette – moquette qui n'était pas de la plus grande propreté, soit dit en passant. Son beau visage atterrit juste à côté d'une répugnante tache verdâtre et d'un vieux bout de chewing-gum desséché.

M. Masterson accourut auprès de Garrison, lui tâta le pouls et épongea son front moite maculé de poussière. Il souleva le jeune garçon et l'installa sur un siège, la tête sur les genoux de son épouse. D'une caresse, celle-ci dégagea les mèches de cheveux collées à ses joues tandis que Madeleine le contemplait d'un air rêveur.

— Maman, on peut le garder? demanda-t-elle.

Sous son voile, ses yeux s'écarquillaient, déjà fascinés.

— Tu sais, ma chérie, les garçons ne font pas de très

bons animaux de compagnie, répondit sa mère dans un clin d'œil.

— Ce n'est pas vrai, Maman, pas vrai du tout! Au moins avec eux on ne risque pas d'allergie et ils mordent moins que les chiens, rétorqua Madeleine avec impertinence. Et puis ils attrapent rarement des puces!

Madeleine se pencha au-dessus de Garrison, son voile venant frôler les joues empourprées de fièvre du jeune garçon. Éblouie par sa beauté, et déjà sacrément amoureuse, elle aurait volontiers passé des heures à le regarder ainsi, s'imprégnant de la perfection de ses traits, si la gaze de son voile n'avait pas chatouillé ce dernier et tiré de sa torpeur. Lorsque Garrison entrouvrit les yeux, l'esprit toujours embué, son visage exprima soudain la confusion et l'inquiétude. Il ne se souvenait pas très bien de ce qui s'était passé, et cette tête voilée penchée sur lui l'effraya.

— Aahh! gémit Garrison en se redressant d'un bond pour s'éloigner de Madeleine.

Comme un policier le ferait de son pistolet, celle-ci dégaina sa bombe aérosol, prête à l'asperger. De toute évidence, elle considérait maintenant son insecticide comme un instrument capable de la protéger de n'importe quel danger. Garrison la dévisagea avec curiosité, ne sachant guère que penser de cette jeune fille voilée et armée d'une ceinture d'aérosols.

— J'imagine que toi aussi tu vas à l'École de la Peur, dit Mme Masterson en baissant la voix à la fin de sa phrase.

— Ouais. Comme vous avez pu le remarquer, je n'aime pas tellement l'eau, marmonna Garrison, sans quitter Madeleine des yeux.

— J'ai une peur atroce des araignées, des insectes et autres petites créatures à pattes, finit par avouer cette dernière d'une voix timide, dans un effort pour établir un contact avec lui.

Madeleine ne se lassait pas de fixer le jeune garçon; celui-ci se sentit bientôt encore plus mal à l'aise. Après tout, deux minutes auparavant, il avait la tête sur les genoux d'une parfaite étrangère, à trois centimètres d'un visage enseveli sous un voile. L'un dans l'autre, c'était plutôt bizarre. Madeleine le fixait toujours avec intensité ; gêné, Garrison ne put faire autrement que de détourner les yeux. Prenant conscience que le bus était vide, il songea qu'il valait mieux regagner sa place pour dissiper son trouble.

— Euh... je vais retourner m'asseoir..., bafouilla Garrison en s'engageant dans la travée.

— Tu as peur d'autre chose ? Je veux dire, à part l'eau ?

— Nan.

— Ah, dommage ! soupira Madeleine, profondément déçue que la conversation s'arrête là, avant de s'apercevoir qu'elle venait de parler à voix haute. Enfin, je veux dire, à Londres, «dommage», ça veut dire «chouette !», dit-elle ensuite lamentablement pour se justifier.

— Enfin, chérie, qu'est-ce que tu vas chercher là ? reprit Mme Masterson, l'air soudain inquiet.

— Maman ! reprit Madeleine, sévère, suppliant sa mère de ne pas la trahir.

— Oui, c'était vraiment dommage de vous rencontrer, renchérit alors cette dernière, d'un air espiègle.

Madeleine se retourna vers sa mère, les joues cramoisies, et pouffa de rire.

Si Garrison se sentait gêné, il était cependant profondément soulagé que son père n'ait pas assisté à sa crise de panique. Sa ritournelle de conseils sur l'existence résonnait à ses oreilles. NBA, NFL... La vie ne faisait pas de cadeaux aux bébés et aux mauviettes ; or après ce qui venait de se produire, Garrison se sentait l'un et l'autre. Il était si préoccupé qu'il ne remarqua pas que Madeleine le regardait toujours avec insistance, l'œil rond, tel un hibou.

Elle était fascinée par le teint pain d'épice de Garrison, si différent du rose pâle des garçons de Londres. Ce n'était pas leur faute, à dire vrai : le ciel du Royaume-Uni était nuageux la majeure partie de l'année. Mais en cet instant, Madeleine décida qu'elle préférait les garçons grillés, comme le pain.

Non loin de Madeleine et Garrison, sur la Nationale 7, roulaient Théo et sa mère. M. Bartholomew avait demandé à se joindre au voyage, mais Théo avait catégoriquement refusé.

— Papa, si tu viens et que nous avons un accident de voiture en chemin, vous pourriez mourir tous les deux et je pourrais m'en sortir, moi. Et après, hein ? Comment continuer à vivre après ça ? Comment feraient mes frères et sœurs, sans parents pour les aimer, pour les soutenir ? Enfin Papa, vraiment ! Comment peux-tu être aussi égoïste ?

— Théo, il ne va rien nous arriver, ni à ta mère, ni à moi. Je te le promets.

— Tu me le promets ? Papa, tu es d'une naïveté... La vie est imprévisible. Je suis désolé, mais nous ne pouvons pas prendre un tel risque. Tu resteras à la maison.

— Mais, Théo...

— Il n'y a pas de mais ! Ma décision est sans appel.

— D'accord, Théo. Comme tu voudras.

Une fois confortablement installé dans la voiture, Théo se mit à scruter sa mère, attentif au moindre signe de fatigue sur son visage. Cela se révéla plus difficile qu'il ne l'avait pensé, car les voyages en voiture lui donnaient toujours sommeil. Tandis qu'il l'observait, ses paupières se firent soudain très lourdes ; elles se fermèrent quelques secondes d'affilée.

Sa tête se renversa vers l'arrière ; il sursauta et se mit à vagir :

— Et si jamais tu t'endormais ? Tu nous tuerais tous les deux !

— Théo, je vais bien, ne t'inquiète pas.

— Tu sais combien de gens trouvent la mort en s'endormant au volant chaque année ?

Avant même que Théo ait pu dire à sa mère que, d'après le Bureau de la Sécurité du Réseau Autoroutier, la fatigue au volant causait près de 100 000 accidents chaque année, il s'endormit. Ce n'était que l'un des milliers de chiffres utilisés par Théo pour prouver la justesse de ses nombreuses névroses.

À deux ou trois kilomètres seulement derrière Théo et sa mère, sur la Nationale 7, suivait la famille Punchalower dans la berline noire qu'ils avaient louée pour les conduire à Farmington. Mme Punchalower et Lou avaient le plus grand mal à dormir, car M. Punchalower ne cessait de tapoter à toute vitesse sur son BlackBerry. Que cet homme n'ait pas encore développé de PBB (Pouce BlackBerry, maladie qui provoquait la crispation permanente du pouce) relevait du miracle. En effet, d'après les études de l'Institut des PBB, si la mode des BlackBerry perdurait, les pouces opposables tendraient à disparaître du squelette humain, rendus obsolètes en moins d'un siècle. Lou tentait d'empêcher sa paupière gauche de tressauter tandis qu'elle écoutait son père tapoter sur son engin, tout en s'inquiétant d'être bientôt obligée de participer à des «exercices» impliquant de se retrouver dans des espaces confinés et sans fenêtres.

— Comment savez-vous qu'on ne va pas me torturer dans ce camp? M'enfermer dans les toilettes? demanda Lou d'une voix tremblante.

— Lou Punchalower, j'attends de mes enfants qu'ils usent de leur raison. Ne me déçois pas, répondit sèchement M. Punchalower sans lever le nez de son BlackBerry.

— Non mais, vous connaissez, vous, des gens qui sont déjà allés dans cette école mystérieuse?

— Cette institution nous a été hautement recommandée par le Dr Guinness. On n'y entre qu'avec l'appui de personnalités importantes, murmura Mme Punchalower, très fière. Ton père et moi-même attendons que tu te montres à la hauteur. Compris, jeune fille?

— C'est ça, oui...

— Qu'est-ce que j'ai dit, déjà? Est-ce une façon de parler? la reprit Mme Punchalower avec colère.

— Quoi? Je n'ai plus le droit d'employer ces mots? Même séparément, ou bien seulement juxtaposés?

— Encore une insolence de ce type et je veillerai personnellement à ce qu'on t'enferme dans un placard! siffla M. Punchalower sans un soupçon d'ironie dans la voix.

Lou ferma les yeux, avec la ferme intention d'effacer de son esprit l'image de ses parents. Elle fit abstraction du tapotement des doigts de son père sur son téléphone pour se concentrer sur le souffle d'air qui s'engouffrait par la fenêtre de la voiture lancée à grande vitesse sur la route. Si Lou n'éprouvait aucune difficulté à oublier ses parents, oublier ses peurs, en revanche, était une tout autre histoire.

Les questions se bousculaient sous son front, rendant plus sensible encore la pulsation du sang derrière sa paupière. Et si la salle de bains n'avait pas de fenêtres? Et si la pièce où elle allait dormir était un placard reconverti en chambre à coucher? Et s'il n'y avait rien d'autre qu'un ascenseur? Lou aurait tout donné pour revenir chez elle, dans sa maison de Providence. Dans sa chambre, elle oubliait complètement sa claustrophobie.

La famille Punchalower s'engagea dans la charmante rue Principale de Farmington. La scène faisait songer à un tableau de Norman Rockwell. La berline noire s'immobilisa devant l'arrêt du bus à 8 h 57 du matin, heure précise. Comme Lou descendait de voiture, elle remarqua un garçon littéralement secoué de larmes. Les bras autour du cou de sa mère, il lui faisait ses adieux; l'instant était déchirant, comme dans les grandes comédies dramatiques. Lou fut très choquée de cette démonstration d'affection. En digne héritière de ses parents, elle ne pleurait jamais. Elle détestait cela : elle eut d'ailleurs un mouvement de recul lorsqu'elle passa devant le garçon qui sanglotait comme un veau dans les bras de sa mère.

— Pitié! Ne me laisse pas! gémissait Théo. Ce sont des criminels!

Lou se figea en entendant le mot «criminels». Il fallait bien admettre que ce garçon avait raison sur ce point : elle n'avait pour sa part aucune idée de l'endroit où elle allait mettre le pied.

TOUT LE MONDE A PEUR DE QUELQUE CHOSE

*La didaskaleinophobie
est la peur irrationnelle d'aller à l'école*

CHAPITRE 7

À 9 heures du matin, la gare routière de Farmington était déserte. Seuls se trouvaient là Madeleine, Lou, Théo, leurs parents respectifs et Garrison. Celui-ci, assis à l'écart sur une banquette, lisait son magazine de base-ball, ignorant ouvertement Madeleine qui le dévorait des yeux. M. et Mme Masterson se tenaient près de leur fille, s'efforçant de respirer de leur mieux au milieu du nuage d'insecticide qu'elle répandait régulièrement et abondamment autour d'elle. Les époux Punchalower, assis à quelques mètres en face de Garrison, affichaient une expression sévère tandis que Lou regardait avec mépris les joues tremblantes de Théo. Pleurer en public était pour elle un acte impardonnable. C'était une Punchalower, et les Punchalower ne pleuraient pas. D'ailleurs, elle n'était pas certaine qu'ils aient des glandes lacrymales.

La grande porte de bois voûtée de la gare s'ouvrit dans un couinement sourd, tel un feulement de chat sauvage. Les quatre adolescents se retournèrent, curieux, s'attendant à voir arriver un nouvel élève de l'École de la Peur. Leurs yeux se fixèrent tout d'abord sur les bottes de cow-boy de cuir foncé, avant de remonter le long du pantalon de toile kaki puis de s'arrêter sur l'étui de revolver si énorme que c'en était indécent. Le cœur de Théo se mit à battre à tout rompre, comme toujours lorsqu'il se trouvait confronté à une arme dangereuse. Il allait pousser un hurlement, lorsqu'il aperçut la plaque luisante sur le poitrail de l'homme : c'était le shérif de la ville. Il avait environ quarante-cinq ans, et portait une grosse moustache qui lui couvrait les lèvres. Comme s'il s'apprêtait à faire un discours, le shérif s'éclaircit la gorge afin d'attirer l'attention de tous.

— Bonjour! Je suis le shérif John McAllister, officier de police de Farmington, entraîneur pour chiens et chauffeur de l'unique véhicule de service de la ville. Je suis chargé de vous conduire sur le site de l'École de la Peur qui se trouve à quelques kilomètres de là. Ainsi que le stipule le prospectus que vous avez reçu, les parents ne sont pas autorisés à accompagner leurs enfants sur le campus. Aussi, vous allez devoir vous faire ici même vos adieux.

— Euh, shérif, demanda Garrison en levant la main. Va-t-on traverser un pont au-dessus d'une étendue d'eau? Ou bien à proximité d'une rivière?

— Mon garçon, j'ai été informé de vos problèmes respectifs et j'ai pris toutes les précautions nécessaires pour que chacun d'entre vous puisse faire un agréable voyage.

— Quelqu'un verrait-il un inconvénient à ce qu'on passe l'automobile à la bombe insecticide?

— Je suppose, mademoiselle, que vous êtes Madeleine Masterson-peur des araignées, insectes et de manière générale de tout ce qui grouille sur le sol.

— Tout à fait exact, monsieur.

— Dès lors qu'aucun d'entre vous ne s'y oppose, vous êtes tout autorisée à vaporiser autant d'insecticide que vous le souhaitez. Nous voyagerons à bord de la fourgonnette blanche garée là-devant.

— Est-ce que nous attendons d'autres élèves? demanda Lou, pleine d'espoir.

— Il n'y aura que vous quatre aujourd'hui. Souvenez-vous, vous avez ordre de laisser à vos parents tous vos gadgets électroniques tels que téléphones et ordinateurs portables, BlackBerry, Sidekick, bipeurs, Game Boy, etc.

Théo ouvrit grand la bouche, puis se griffa le visage, retenant un gémissement tandis qu'il s'agrippait désespérément aux jambes de sa mère. Vivre sans son téléphone portable signifiait être totalement coupé des siens; cela était tout bonnement inconcevable à ses yeux. Théo avait certainement beaucoup de défauts, mais demeurer passif devant les événements de l'existence ne comptait pas parmi ceux-là.

— Maman, je t'en *supplie*, laisse-moi garder mon téléphone portable! Je le mettrai en mode vibreur, et je le cacherai au fond de mon sac. Cet homme a l'air suspect, tu ne trouves pas? Il ressemble beaucoup à ce type recherché par le FBI dont on a vu la photographie affichée au bureau de poste, tu te souviens? D'ailleurs, à y regarder de plus près, c'est LUI! Je reconnaîtrais ce regard entre mille! C'est un dangereux tueur en série! Je vais tenter de le distraire pendant que tu vas chercher la voiture, d'accord? Allez!

— Pour l'amour du ciel, Théo, c'est le shérif de la ville!

— C'est une couverture! Malin, non? Mais pas assez pour nous berner! Allons-nous-en.

— Tu n'iras nulle part.

— Tu ne te rappelles plus l'affiche? Nous sommes en présence d'un authentique maniaque de première catégorie! Il torture les petits enfants un peu enrobés qui portent des lunettes!

— Je ne me souviens pas de l'affiche faisant mention de ce détail...

— Nous n'avons pas le temps d'en débattre. Il faut se tirer d'ici au plus vite. Sérieusement, on devrait déjà être partis!

— Ton imagination n'a décidément pas de limites.

— Certains disent que c'est de l'imagination, d'autres emploient le terme de «voyance». Tu ne peux vraiment prendre le risque de perdre ton petit dernier, le plus sensible de tes fils?

— Hmm, je crois qu'on a fait le tour de tous tes dons de voyance, lors de notre séjour au parc de Yosemite. Alors maintenant, tu vas m'écouter : tu n'échapperas pas à cette école, tu m'as bien comprise?

— Alors, fais preuve d'un peu de pitié, femme! Laisse-moi garder mon téléphone portable!

Le visage rond de Théo se crispait dans une expression d'angoisse et de profond désespoir. Mme Bartholomew aurait aimé l'apaiser, mais cela lui était interdit. Le formulaire d'inscription à l'École de la Peur était très explicite quant au respect du règlement de l'établissement. Tout élève surpris en possession d'objets prohibés ou qui tenterait de commettre une fraude serait immédiatement renvoyé sans possibilité de remboursement des frais, et risquerait de se voir poursuivi en justice par le cabinet d'avocats Munchauser et Fils. Et puis, si Théo voulait mener un jour une existence normale, il fallait qu'il se confronte à ses peurs. Mme Bartholomew ne pourrait se pardonner d'avoir entravé la poursuite du traitement en l'autorisant à emporter son téléphone portable.

— Je suis désolée, Théo, mais c'est impossible.

Garée juste devant la gare routière, se tenait l'imposante fourgonnette blanche du shérif, avec ses impressionnants pare-chocs noirs sur les côtés et son crochet de métal rouillé sur le toit. Le véhicule ressemblait à vrai dire davantage à une grosse autotamponneuse qu'à une fourgonnette de service. Madeleine et son père s'engouffrèrent à son bord et procédèrent à la fumigation du véhicule. M. Masterson se couvrit le visage de sa chemise, priant pour n'avoir plus jamais à vaporiser d'insecticide nulle part.

Debout devant la fourgonnette, Lou réclamait la place près de la fenêtre de la portière coulissante. Elle redoutait d'être enfermée dans une voiture lors d'un accident, aussi préférait-elle s'asseoir près d'une issue. Garrison observait Théo qui s'agrippait comme un beau diable à sa mère, le visage baigné de larmes. Garrison avait certes une peur panique de l'eau mais, tout comme Lou, il ne pouvait pas comprendre qu'on pleure comme un bébé devant tout le monde. Face à ce gamin qui gémissait tout ce qu'il savait, un irrépressible désir le prit d'inculquer à Théo les règles basiques de la vie en société, en particulier le NBA et le NFL.

— Ne t'inquiète pas, mon garçon : le shérif m'a assuré qu'il n'y avait pas d'eau sur le trajet de l'école. Apparemment, il va emprunter une route qui évite le moindre ruisseau, dit Mme Masterson sans savoir qu'elle dérangeait Garrison dans sa rêverie.

M. Masterson et Madeleine avaient presque terminé la fumigation de la fourgonnette, lorsqu'ils découvrirent un gros bouledogue aux poils noirs et blancs assis sur la banquette à côté du siège du conducteur. Madeleine étouffa un cri, ce qui tira le chien de son sommeil. Celui-ci fixa ses yeux tombants sur la jeune fille; sa mâchoire inférieure était proéminente.

— Shérif, il semblerait qu'un chien ait grimpé à l'avant du véhicule, déclara Madeleine de son plus bel accent britannique.

— C'est le chien de Mme Wellington, Macaroni. Il est là pour inspecter vos bagages.

— Ce chien s'appelle Macaroni?

— Oui. Son frère jumeau s'appelait Parmesan, mais il est mort l'année dernière.

— Elle a appelé ses chiens Macaroni et Parmesan? reprit Garrison. Bizarre.

— Posez vos sacs en rang, ordonna le shérif. Macaroni va les renifler pour voir si vous n'y avez pas caché de gadgets électroniques.

Le petit front de Théo se plissa. Il vit avec inquiétude sa mère déposer sa sacoche de cuir brun à côté des affaires des autres. Ce sac lui avait été offert par son père à l'occasion de son dixième anniversaire. Il l'avait réclamé des mois durant; mais, maintenant qu'il considérait le luxueux bagage, il ne ressentait qu'une horreur sans nom.

Une pensée lui traversa l'esprit. Pourquoi n'avait-il jamais entendu parler de chiens renifleurs de gadgets électroniques auparavant? Pourquoi n'y en avait-il pas dans les aéroports? Ce n'était peut-être qu'une ruse pour dissuader les élèves de conserver un lien avec le monde extérieur.

Macaroni s'approcha du sac de toile gris et noir de Madeleine et entreprit tranquillement son inspection, en le humant de bas en haut. Il respirait à grand bruit, canalisant toute son énergie dans chacune de ses inspirations. Il s'éloigna en trottant du bagage de Madeleine, marqua une pause, puis revint sur ses pas. Il le flaira longuement alors une dernière fois, avant de se diriger vers le bagage de Garrison, un sac à dos de nylon blanc griffé du logo Miami Heat. Macaroni l'inspecta à toute vitesse. Manifestement, les matières synthétiques étaient bien plus faciles à renifler. Cependant, Macaroni se mit à donner de grands coups de langue rose au sac de Garrison.

Celui-ci fronça les sourcils et lâcha un très compréhensible :

— C'est dégoûtant!

Macaroni poursuivit sa tâche, passant très vite sur le sac de toile verte de Lou. Il parvint à le renifler sous toutes ses coutures, de gauche à droite puis de haut en bas en moins d'une minute, montre en main. Mieux, il n'eut pas même besoin d'user de sa langue. Maintenant, il ne lui restait plus à inspecter que le très beau sac de cuir de Théo. Macaroni ralentit le rythme, prenant soin de renifler chaque centimètre carré du bagage. Cinq, puis dix minutes s'écoulèrent. Langue pendante, Macaroni reniflait toujours le sac.

Théo se détendit, certain maintenant que les chiens renifleurs de gadgets électroniques étaient une invention parfaitement absurde. Il se désola alors de l'étendue confondante de sa naïveté; avoir cru, même un seul instant, à une histoire pareille! L'énorme chien ne repérerait même pas un bol de piles si on le lui présentait sous la truffe! Théo se prit à sourire, lorsque Macaroni s'immobilisa, fixant le garçon d'un air plein de reproches. L'aplomb de Théo se brisa tel un vieux morceau de chewing-gum sec quand le shérif défit la fermeture Éclair de son sac et que Macaroni y plongea la tête. Quelques secondes plus tard, le chien ressortit, portant dans sa gueule ruisselante de bave une chaussette noire.

— Ce chien n'a manifestement aucune crédibilité! Il va à la pêche aux chaussettes! s'écria Théo, fonçant droit sur le chien et tendant la main devant lui.

Mais le shérif bondit sur l'animal et arracha d'un seul coup la chaussette de ses babines. Puis il fouilla dans les plis du tissu et en extirpa un téléphone cellulaire noir luisant. Tous les yeux se tournèrent vers Théo, qui leva aussitôt les mains en l'air.

— J'ai été piégé! lâcha-t-il, de façon théâtrale.

— Théo? demanda Mme Bartholomew, atterrée.

— Maman, j'ignore dans quelle arnaque nous sommes tombés, mais je crois que nous devrions partir, répondit-il le plus sérieusement du monde.

— Je te le demande une dernière fois. Où as-tu pris ce téléphone?

— C'est un coup monté! C'est ce prétendu shérif et ce chien qui ont tout manigancé...

Mais la voix de Théo faiblit devant le regard glacial de sa mère.

— On ne peut raisonnablement pas passer tout un été sans téléphone portable! Personne ne peut vivre sans! Téléphoner est aussi vital que respirer ou boire!

— Je suis sincèrement navrée, shérif. Je ne sais pas où il a bien pu se procurer ce téléphone. Je lui avais confisqué le sien ce matin, expliqua Mme Bartholomew, ignorant totalement la supplique de son fils.

— Le marché noir! Voilà à quoi tu m'as réduit! répliqua celui-ci avec colère.

— Tu l'as acheté dans la rue?

— Non, pas à strictement parler. Mais dans l'esprit, c'est ça.

— Théo? fit Mme Bartholomew, de plus en plus agacée.

— Bon... Je l'ai eu sur eBay. Mais ça peut se révéler dangereux, aussi.

— Pour l'amour du ciel! soupira sa mère, au comble de l'embarras.

Sans plus de manières, Madeleine souleva quant à elle son voile, déposa un baiser sur les joues de ses parents, puis s'engouffra dans la fourgonnette. Elle s'installa à gauche sur la banquette arrière, abaissa son voile et vaporisa un nuage d'insecticide autour de ses pieds. N'ayant personne à qui dire au revoir, Garrison imita bientôt Madeleine, et s'installa à droite sur la même banquette.

Lou se retourna vers ses parents, ne sachant pas très bien comment les saluer. M. Punchalower prit les devants en lâchant son BlackBerry pour lui donner une poignée de main cordiale. Lou leva les yeux au ciel, serra la main qui se présentait à elle puis s'approcha de sa mère qui demeurait de glace. Au plus profond d'elle-même, Lou était convaincue que sa mère aurait adoré la prendre dans ses bras, mais qu'elle s'interdisait de le faire devant son mari. Vrai ou non, c'était ce que Lou préférait croire, tandis qu'elle serrait dans sa paume les doigts froids et osseux de sa mère.

Une fois Lou installée, Théo embrassa sa mère, ravala ses larmes et grimpa à son tour dans le véhicule. L'absence manifeste de tout éclat dans ses adieux surprit tout le monde, y compris lui-même. Ce voyage allait peut-être lui permettre de devenir plus mature. À l'instant même où cette pensée lui traversait l'esprit, Théo écrasa son visage contre la vitre de la fourgonnette et se mit à hurler. De toute évidence, la maturité devrait attendre.

TOUT LE MONDE A PEUR DE QUELQUE CHOSE

*L'optophobie est la peur irrationnelle
d'ouvrir les yeux*

T héo frappa la vitre de ses poings lorsque la fourgonnette s'éloigna. Ce geste était une réminiscence de
nombreux films de prisonniers qu'il avait regardés avec
sa grand-mère, du temps où elle était encore en vie. La
panique s'empara de lui tandis qu'il s'imaginait ne plus
jamais revoir sa mère. Il enfouit la tête entre ses mains,
achevant au passage d'exaspérer Garrison et Lou, qui
échangèrent des regards lourds de sens. Madeleine se
moquait de tout cela, bien qu'en vérité il fût difficile de
déchiffrer l'expression de son visage derrière son voile
et le nuage d'insecticide.

— Hé, je comprends parfaitement que tu aies peur des
araignées, mais je vais m'évanouir avec tout ça! lui dit
Garrison.

Madeleine rougit, honteuse, et détourna le regard vers
la fenêtre opposée.

— Vous avez un téléphone portable, shérif? demanda Théo, les joues ruisselantes de larmes.

— Oui, mais seulement pour les urgences.

— C'est une urgence, là! Je dois m'assurer que rien n'est arrivé à ma mère.

— Théo, il n'est rien arrivé à ta mère. Cela fait cinq minutes que tu l'as quittée. Elle n'a même pas eu le temps de sortir du parking! Alors ARRÊTE de pleurer! hurla Lou.

— Ouais, ajouta Garrison, tu te comportes comme un vrai bébé. Lamentable.

Théo se concentra de toutes ses forces pour tenter d'arrêter ses larmes, afin que Lou et Garrison ne s'en prennent plus à lui, mais en vain. Plus il s'efforçait de les retenir, plus cela lui devenait difficile de s'empêcher d'en verser. Alors il ferma les yeux et se laissa aller à pleurer.

Les semaines précédant leur arrivée à l'École de la Peur avaient été éprouvantes pour Lou, Madeleine, Théo et Garrison. Aussi s'endormirent-ils tous les quatre, cinq minutes à peine après que la fourgonnette eut quitté la gare routière. Sous son voile, la tête de Madeleine oscillait à chaque soubresaut du véhicule sur les ornières de la route. Un filet de bave s'écoulait sans discontinuer du coin gauche de la bouche de Théo, le long de son menton et sur le col de sa chemise. Garrison avait le visage pressé contre la vitre, paupières, oreilles et joues aplaties. Quant à Lou, même endormie, elle parvenait à garder son expression de profond agacement.

Des cris perçants vinrent tirer les élèves de leur sommeil. Un à un, ils ouvrirent les yeux, inquiets, ne sachant pas à quoi s'attendre. Trois écureuils grassouillets ornaient le pare-brise de la fourgonnette arrêtée. Fort heureusement, les petites créatures à poils bruns n'étaient pas mortes : tout juste étaient-elles un peu sonnées. Le shérif ne semblait pas s'en préoccuper.

D'ailleurs, il se retourna vers ses passagers et leur adressa un clin d'œil.

— Qu'est-ce que c'est que ces machins? hurla Théo.

— Pas d'inquiétude, ce ne sont que des écureuils volants.

— Avec tout le respect que je vous dois, monsieur, étant donné que je ne suis pas zoologiste, pardonnez-moi, mais je peux vous assurer que les écureuils ne volent pas! dit alors Madeleine.

— Ma foi, c'est vrai. Je ferais mieux de les appeler des «écureuils planants». Ils sautent d'arbre en arbre en se servant de la peau sous leurs pattes avant et arrière comme d'une toile de parachute. Mais comme vous pouvez le constater, ils ne visent pas toujours très bien à l'atterrissage. Je me prends à peu près toujours quatre ou cinq écureuils contre le pare-brise chaque fois que je viens jusqu'ici. Rassurez-vous, ces petits pères sont tellement gras qu'ils ne se font jamais très mal.

— Un peu comme Théo, marmonna Garrison dans sa barbe.

Théo eut un petit rire méprisant à ces mots, puis se figea en apercevant le paysage alentour. Garrison, Lou et Madeleine suivirent son regard ahuri. Il faisait sombre, comme s'ils s'étaient réveillés au beau milieu de la nuit. Ils sondèrent l'obscurité, cherchant un coin de ciel, même minuscule, mais n'en trouvèrent aucun. Lou sentit sa paupière tressaillir, et sa respiration devenir douloureuse.

— Sommes-nous sous terre? demanda Lou en tirant sur sa paupière.

— Pas du tout, ce sont seulement des lianes grimpantes, elles cachent toute la lumière.

De longues tiges feuillues s'agrippaient aux troncs d'arbres alignés de part et d'autre de la route, formant un tunnel au-dessus de leur tête.

— Hum! Quand est-ce qu'on ressort? interrogea Lou, nerveuse.

— Très bientôt, répondit le shérif d'un ton rassurant en redémarrant le moteur.

Madeleine souleva le bord de son voile et jeta un bref regard au sentier pavé que la fourgonnette avait emprunté. Comme si les lieux n'étaient pas suffisamment sinistres, sous l'enchevêtrement des arbres et le toit impénétrable des lianes, elle vit une multitude de panneaux dessinés à la main, interdisant de pénétrer dans la forêt.

— Quelle est cette espèce qui donne des lianes aussi épaisses? s'enquit Garrison en repoussant une boucle de cheveux blonds de son front mat et lisse.

— Des lianes poisseuses. Un homme peut se retrouver piégé dans ces tiges, à cause de la sève. Dans le temps, on la récoltait pour en faire de la glue, mais ça ne s'est pas très bien terminé, fit le shérif d'un ton évasif.

— Que s'est-il passé? l'interrogea Madeleine.

— Trop d'hommes perdus...

— Ils sont morts? s'étrangla Théo, effrayé.

— Pire que ça! Ils se sont pris les cheveux dans la sève des lianes. Impossible de s'en défaire, si bien que ces hommes ont dû se raser la tête. Et comme ils avaient le crâne tout bosselé, avec des trous et des marques de naissance, ils étaient si hideux à voir que certaines de leurs épouses ont pris peur et les ont quittés. Le bruit s'est répandu très vite, et plus personne n'a voulu venir par ici. L'entreprise a fait faillite.

— Et c'est là que se trouve l'École de la Peur? Pas vraiment un endroit pour accueillir des enfants, on dirait! gémit Théo.

— Ne vous inquiétez pas, l'école se trouve un peu plus haut, répondit le shérif, très calme.

La route déboucha alors soudainement dans une impasse inondée de lumière, au pied d'une immense falaise de granit. La roche grise tachetée était si lisse qu'on pouvait presque distinguer le reflet de la fourgonnette sur la paroi.

L'École de la Peur

— L'école se trouve au sommet de cette falaise entourée par la forêt, annonça tranquillement le shérif.

— Quoi? Et comment on grimpe là-haut? Je n'ai pas mon brevet d'escalade, moi! gémit encore Théo qui commençait à avoir du mal à respirer. Je sais qu'on va tous mourir un jour, mais je n'ai pas très envie de mourir en escaladant une montagne, en particulier sans téléphone portable à disposition!

— Relax, Théo! Je suis sûr qu'il y a des escaliers ou un truc dans le genre, fit Lou, pleine d'espoir. À moins qu'il n'y ait un ascenseur? Parce que, je vous préviens, je ne prends pas l'ascenseur, moi, shérif! Compris?

— Nous sommes arrivés, dit ce dernier dans le micro de sa CB sur le tableau de bord, avant de se retourner vers Théo et Lou. Vous avez ma parole : il n'y aura ni escalade ni ascenseur.

Un bruit inconnu fit sursauter les élèves, éprouvant leurs nerfs déjà mis à mal. Un cliquetis métallique au-dessus de leur tête leur fit lever les yeux en direction du plafond de la fourgonnette. Puis le bruit cessa et, ébahis, ils virent le véhicule se soulever au-dessus du sentier pavé, les secouant de la tête aux pieds.

— Ce n'est pas possible, marmonna Théo en fermant désespérément les yeux pour échapper à la situation.

— On y est presque, les enfants, dit le shérif pour les rassurer tandis qu'on abaissait la fourgonnette sur un palier.

Lorsqu'ils rouvrirent les yeux, ils virent une construction d'environ huit mètres de hauteur, faite de divers morceaux de bois. C'était la grue qui les avait hissés jusqu'au sommet de la falaise, et pour être tout à fait honnête, celle-ci ne paraissait pas même apte à soulever un bouquet de fleurs. Au pied de la grue, dans la cabine de l'engin, se trouvait un très, très vieil homme. Sans doute l'homme le plus âgé de tout l'État; du moins ce fut l'impression qu'ils eurent en le voyant à cinq ou six mètres de distance.

— Il doit bien y avoir un moyen plus fiable d'arriver jusqu'ici, dit Lou.

— Sérieusement, shérif, vous devriez songer à faire construire une route! laissa échapper Garrison.

— Pourquoi diable, si ça ne casse pas?

— À d'autres, shérif! C'est la mort assurée, ce machin! J'ai eu l'impression d'être un poisson pris à l'hameçon! C'est quand, la dernière fois que ce truc a été inspecté? demanda très sérieusement Théo. Je ne manquerai pas d'appeler le service des travaux publics. Vous m'entendez, shérif?

Le sommet de la montagne était entouré d'un mur de pierre qui s'élançait vers le ciel, sur lequel se tenait une rangée de corbeaux étrangement silencieux, le regard tourné vers la ville de Farmington dans le lointain. Madeleine avait l'impression d'être sur une île dans le ciel, bien loin de tout de ce qui lui était familier. En secret, elle priait pour que l'altitude et les parois abruptes suffisent à tenir les insectes à distance.

La fourgonnette passa sous l'arche d'un mur d'enceinte, et Summerstone leur apparut. Lou, Madeleine, Théo et Garrison n'auraient pas su dire ce qui les fascinait le plus, de l'enchevêtrement des moulures de la façade ou des verdoyantes pelouses en friche, mais ils demeuraient bouche bée, entre stupéfaction et inquiétude. Même les arbustes touffus leur hérissaient le poil. Car il faut bien convenir que le domaine paraissait un peu effrayant et qu'il était bien mal entretenu, mais il avait cependant conservé une certaine majesté. Quelques couches de peinture et un jardinier feraient des miracles pour rendre à cette stupéfiante bâtisse sa splendeur passée.

Le shérif s'engagea dans l'allée de gravier, ralentissant pour laisser les enfants admirer la vue, puis s'arrêta devant l'entrée du manoir. Une imposante porte en bois, haute de plus de deux mètres et large de six, avec un heurtoir de fer forgé représentant un hibou, ajoutait à la grandeur des lieux. De part et d'autre de la porte se trouvaient d'énormes lanternes de verre, suspendues à des chaînes en or patiné par les ans.

Le vieil homme qui actionnait tout à l'heure la grue se hissa, clopin-clopant, au sommet des escaliers et s'arrêta devant la gigantesque porte. Son permis de conduire – obtenu des siècles plus tôt – indiquait qu'il faisait un mètre quatre-vingts, mais l'énorme bosse à la base de sa nuque le ramenait à une hauteur d'un mètre soixante-cinq. Un pantalon de polyester noir retenu par une ceinture sous les aisselles lui raccourcissait encore la poitrine d'une bonne dizaine de centimètres. Avec l'âge, le vieil homme avait forci, et dans un effort vain pour dissimuler son imposant estomac, il retroussait sa chemise sur son ventre. Plus surprenante encore que sa tenue était la longue mèche de cheveux gris qu'il avait enroulée autour de son crâne tel un turban. Détachés, ses cheveux lui tomberaient certainement plus bas que les épaules. C'était de très loin la coiffure la plus sophistiquée qu'on ait inventée dans toute la Nouvelle-Angleterre pour masquer un crâne chauve.

— Eh bien, les enfants, nous voilà arrivés, déclara le shérif sur son siège de conducteur.

— Qui est ce monsieur à l'air si bizarre? demanda Garrison.

— C'est Schmidty, le domestique de Summerstone.

— Rien à voir avec ce que promettait le prospectus! dit Lou avec agacement.

Madeleine et Théo demeuraient silencieux, mais leur expression reflétait le choc de Lou. Manifestement, tous les quatre avaient reçu la même brochure avec ses photographies de pelouses impeccables où s'ébattaient des enfants. Or le manoir qui se dressait maintenant devant eux, obscur et retiré du monde, paraissait bien loin de l'image qu'ils avaient pu admirer.

Lou sortit la première de la fourgonnette, sidérée, bientôt suivie de Théo, quant à lui très inquiet. Il aurait voulu pleurer, mais il craignait que Lou ne se moque de nouveau de lui. Elle lui faisait un peu peur. Garrison sortit ensuite, soulagé de constater qu'il ne semblait pas y avoir de piscine. Madeleine ne bougea pas, les mains sagement posées sur ses genoux.

Dehors, voyant qu'il manquait un élève, le shérif passa la tête par la portière entrouverte du véhicule.

— Monsieur, je préférerais rester dans la fourgonnette. Le parc de ce manoir m'a tout l'air d'être un nid à insectes.

— Je crains que ce ne soit pas possible, jeune demoiselle. Il faut que je ramène la camionnette en ville. Mais ne vous inquiétez pas : Schmidty va vous conduire à l'intérieur pour vous présenter à votre professeur.

L'estomac de Madeleine se serra violemment tandis qu'elle se levait pour se préparer à descendre du véhicule. Il lui fallait absolument sortir, sans quoi l'angoisse allait la faire vomir. Madeleine posa son pied droit, puis le gauche, sur les marches de ciment du perron. Elle aspergeait des litres d'insecticide autour d'elle lorsque le vieil homme ouvrit l'imposante porte du manoir.

— Shérif, avant de partir, vous songerez à me rendre mon cher Mac, déclara solennellement Schmidty.

— Bien sûr, bien sûr! J'ai failli l'oublier!

Le gros chien sauta nonchalamment du siège avant dans le nuage qu'avait créé Madeleine autour d'elle. Macaroni poussa un grognement sourd pour s'éclaircir la gorge.

— À dans six semaines, les enfants! fit le shérif en leur adressant un signe de la main.

— Six semaines? s'étrangla Garrison.

Pour les enfants, qui ne s'imaginaient pas tenir plus d'une heure dans cet obscur manoir, six semaines paraissaient un enfer.

TOUT LE MONDE A PEUR DE QUELQUE CHOSE

*La cacophobie est la peur irrationnelle
de la laideur*

CHAPITRE 9

L e vestibule du manoir de Summerstone était exceptionnellement vaste. Le papier peint rose à fleurs de
lis qui l'ornait se décollait depuis le plafond. Mais, à l'exception des pans de papier qui pendaient çà et là, la pièce
était parfaitement en ordre et d'une propreté impeccable.
Au grand soulagement de Madeleine, il n'y avait pas une
seule toile d'araignée en vue. Par précaution cependant,
elle vaporisa un nuage d'insecticide autour d'elle, obligeant
les autres à s'éloigner de quelques centimètres. Schmidty
laissa le petit groupe un instant dans l'entrée, afin de ramener le shérif au pied de la montagne au moyen de la grue.

Les quatre enfants se retrouvèrent seuls, mal à
l'aise, autour d'une grande table ovale de châtaigner
au centre de laquelle trônait un bouquet d'hortensias
roses. Comme ils regardaient autour d'eux, attentifs aux
moindres détails, il leur fut difficile de ne pas remarquer

le mur du fond de la pièce, orné de portraits de reines de beauté avec leurs brushings parfaits, leurs couronnes, leurs larges ceintures à nœud et leurs chaussures de satin brillant. Des claquements de talons sur le plancher les interrompirent dans leur examen minutieux. Au sommet de l'escalier majestueux leur apparut une vieille dame vêtue d'une jupe et d'une veste pastel qui lui arrivait aux genoux. Elle se tenait de manière très féminine, ployant légèrement la jambe gauche comme si elle posait pour une photographie.

Les vêtements de la vieille dame, tout comme la décoration intérieure du manoir, dataient de la dernière moitié des années 1950. Sous les quatre paires d'yeux rivés sur elle, elle descendit l'escalier avec élégance, et non sans quelque prétention. Théo, Madeleine, Garrison et Lou ne savaient pas du tout à quoi s'attendre, étant donné que rien ne s'était jusqu'à présent déroulé comme ils l'avaient prévu.

Alors que la vieille dame s'approchait, ils virent de plus près sa peau distendue presque aussi fine que du papier. Elle avait manifestement passé un long moment à se maquiller dans l'espoir de dissimuler son âge. Elle avait peint ses lèvres en rose vif couleur chewing-gum ; sur ses paupières, elle avait appliqué un trait épais d'eye-liner noir, des faux cils et une ombre bleu clair qui rappelait la couleur de son tailleur. Madeleine se félicitait de n'avoir pas soulevé son voile ; elle avait ainsi tout le loisir de détailler l'étrange vieille dame à la drôle de coupe au carré.

Lou réprima un rire en remarquant les lunettes en écaille de tortue que cette dernière portait à son cou, suspendues à une chaîne en or. Même sa grand-mère de Boca Raton[1] ne portait pas ses lunettes de cette façon. Derrière elle, quatre chats – deux noirs et deux gris – se pressèrent aux pieds de la vieille dame qui vint se poster

---

1. Ville de Floride.

devant les enfants. Après cette entrée théâtrale, la vieille dame prit enfin la parole :

— Bonjour. Je suis Mme Wellington, votre professeur, directrice et personnage central de l'École de la Peur, fit-elle d'un ton hautain. Je me doute que vous avez déjà fait la connaissance de Schmidty, notre gardien, cuisinier et assistant. Il est pratiquement aveugle, donc il ne vous remarquera pas si vous lui faites une grimace. Quant à Mac, il ne se remet toujours pas du décès de son compagnon et ami, Parmesan, alors montrez-vous gentils avec lui. Je me permettrai d'ajouter que seuls Schmidty et moi-même sommes en droit de l'appeler Mac. Pour vous, ce sera Macaroni. Les chats que vous voyez là – Fiona, Errol, Annabelle et Ratty – sont mes plus belles réussites, preuves vivantes de mes compétences en tant que professeur. Je les ai dressés moi-même. Et si je peux éduquer un chat, je n'aurai pas de problème avec vous.

— À quoi les avez-vous dressés? demanda Lou.

— À se comporter comme s'ils n'avaient jamais été dressés. Un tour de force, si j'ose dire! répondit Mme Wellington dans un petit gloussement.

— Nous sommes filmés, pas vrai? C'est pour une émission de télé-réalité? Une idée de nos parents, de nous faire cette blague? demanda à son tour Garrison, très sincère.

— Je n'ai jamais pensé que mes parents puissent avoir un quelconque sens de l'humour, reprit Lou très honnêtement.

— En effet, ma chère, ils n'en ont pas. Et le seul appareil qui existe dans cette maison est un Polaroid Land de 1953, mais l'entreprise a cessé de fabriquer les pellicules adéquates. Vous m'en voyez navrée, mais vos rêves d'humiliation nationale s'arrêtent là, dit Mme Wellington en fixant Lou. Nom?

— Lou Punchalower.

Mme Wellington hocha la tête et s'éloigna d'un pas nonchalant en direction de Garrison.

— Nom?

— Garrison Feldman.

De nouveau, Mme Wellington hocha la tête et s'approcha de Madeleine.

— Nom?

— Madeleine Masterson.

Mme Wellington acquiesça une fois encore puis se tourna vers Théo. Mais, avant même qu'elle ait pu lui demander son nom, il lui répondit.

— Bonjour, je m'appelle Théo Bartholomew, et je voulais savoir si je pouvais téléphoner à ma mère. Je suis vraiment très inquiet. C'est vrai : si elle était tombée en panne d'essence, avait eu un accident de voiture, ou pris un dangereux individu en stop? Il faut que je trouve un téléphone au plus vite.

Mme Wellington regarda Théo droit dans les yeux. Ses lèvres rose vif virèrent soudain au rouge foncé.

— Ouah! Vos lèvres ont changé de couleur! s'exclama tout haut Théo, sans réfléchir.

— Je suis née avec un nombre exceptionnellement élevé de vaisseaux sanguins dans les lèvres. Ils sont assez épais et très près de la surface de la peau, ce qui fait que les autres autour de moi peuvent les voir prendre une teinte cramoisie, n'est-ce pas, quand je suis gênée ou, plus exactement, très agacée.

— Quelque chose vous gêne? demanda Théo le plus sincèrement du monde.

— Par quoi, grands dieux, voulez-vous que je sois embarrassée?

— Je ne sais pas, peut-être votre maquillage? Tout ce que je sais, c'est que vous ne me connaissez pas suffisamment pour que je puisse vous agacer. Mes frères disent qu'il faut plus d'un an pour comprendre à quel point je peux être énervant.

— Eh bien, manifestement, j'apprends vite, car je peux déjà affirmer que vous êtes très Agaçant, avec un A majuscule, ou peut-être tout en capitales. Oh, suffit! Je suis même trop agacée pour vous expliquer à quel point vous m'avez exaspérée...

Théo s'était peut-être montré exaspérant, mais les quatre enfants comprirent alors que Mme Wellington était quant à elle certainement plus qu'un peu givrée.

TOUT LE MONDE A PEUR DE QUELQUE CHOSE

La lachanophobie est la peur irrationnelle
des légumes

— T ous les concurrents, s'il vous plaît, veuillez m'écouter attentivement, déclara Mme Wellington.

— Comment nous avez-vous appelés? demanda Lou d'un ton agressif.

— Concurrents. L'anglais est bien votre langue maternelle, Lou?

— Oui, bien sûr, mais nous ne sommes pas des concurrents, nous sommes des élèves!

— Si, comme vous insistez sur ce point, l'anglais est bien votre langue maternelle, ce n'est sans doute pas la matière dans laquelle vous êtes la plus forte, parce que je peux vous assurer que vous êtes bel et bien des concurrents.

— Non. Pas moi.

— Si, Lou, vous en êtes une, assurément.

— D'accord, mais à quelle compétition je participe,

113

alors? demanda la jeune fille, haussant les sourcils dans un petit sourire narquois.

— À ce merveilleux concours de beauté qu'est la vie, espèce de petite mijaurée avec des taches de rousseur plein le visage! reprit Mme Wellington comme s'il s'agissait de la plus évidente des réponses.

— La vie n'est pas un concours de beauté!

— Ah, vraiment? Alors, pourquoi porté-je du rouge à lèvres?

Lou considéra un instant Mme Wellington, estomaquée par le raisonnement de cette dernière.

— Une reine de beauté se doit d'avoir une tenue toujours parfaite, dit Mme Wellington, répondant curieusement à sa propre question. Maintenant, vous devez être affamés, mes enfants. Et un concurrent qui a faim est très vite grognon! Laissez vos affaires, Schmidty s'en occupera après le déjeuner. Suivez-moi, mais ne touchez à rien. Je n'apprécie pas qu'on pose ses mains sales partout.

Mme Wellington fit signe aux élèves de contourner l'escalier pour entrer dans le Grand Salon.

Ils manquèrent défaillir. Ils n'avaient jamais rien vu d'aussi magnifique ni d'aussi curieux de toute leur existence. Le Grand Salon atteignait presque une centaine de mètres de longueur et plus de six de largeur, avec un très haut plafond en ogive. Les murs aux larges rayures blanches et or étaient éclairés d'appliques noires en fer forgé d'un style très recherché. Au fond de la salle, du sol au plafond, se dressait un grand vitrail représentant une jeune femme coiffée d'une couronne, qui arborait une écharpe de Miss.

Cependant, le plus remarquable était la succession infinie de portes uniques en leur genre, au sol, aux murs et jusqu'au plafond, chacune étant de taille, de matière et de forme différentes. À quelques centimètres à peine du seuil, à même le plancher, se trouvait déjà la première, façonnée dans le cadran d'une montre à gousset. Celle-ci résonnait dans la salle immense. Tel un musicien au rythme du métronome, Mme Wellington alignait ses pas sur le tic-tac de cette montre de brocante. Observant de près la vieille dame, Lou constata qu'elle clignait également des yeux en mesure.

Les yeux toujours rivés sur Mme Wellington, la jeune fille prit la parole.

— Euh... ça rime à quoi, tout ça?

— Que voulez-vous dire?

— Eh bien, c'est quoi, ces portes bizarres? Elles vont toutes quelque part?

— Tout mène toujours quelque part. Vous ne l'avez pas encore compris? répondit Mme Wellington tandis qu'ils passaient devant une porte de quatre mètres sur quatre, suspendue au beau milieu du mur.

La poignée de cette dernière, toute de cuivre, était si imposante qu'il fallait sans doute trois solides gaillards pour la tourner. Pendant que les élèves regardaient ce gigantesque bouton de cuivre, Mme Wellington s'arrêta devant un tableau noir à rebord portant craies et éponges. Haute de deux mètres et demi, cette porte ne faisait que soixante centimètres de large. Les mots «Spécialité de tartines aux fromages» étaient écrits à la verticale du tableau, en lettres rose vif. Mme Wellington ouvrit la porte et s'engouffra de biais dans le couloir conduisant à la grande salle à manger.

— Rentrez le ventre, leur conseilla-t-elle en regardant Théo droit dans les yeux. On a déjà vu des concurrents assez costauds rester coincés là-dedans.

Lou poussa les autres élèves et emboîta le pas à la vieille dame, Garrison derrière elle. Théo autorisa gracieusement Madeleine à le précéder. Elle le prit pour un garçon bien élevé, mais Théo était en vérité plus intéressé que cela : il ne voulait pas être surpris à rentrer le ventre.

Le décor de la salle à manger faisait songer, pour en donner une juste description, à celle d'une grand-mère. La pièce, à l'air solennel et désuet, avait grandement souffert du passage des ans. Quatre tableaux de bouledogues ornaient les murs vert menthe. D'énormes candélabres dorés, couverts de cire fondue et de poussière, trônaient à chaque bout de la table dressée avec cérémonie, sous un lustre suspendu de travers au plafond. Des assiettes de porcelaine à fleurs roses et blanches étaient posées sur une nappe de dentelle.

— Voici la salle à manger. Cette pièce est, j'en suis certaine, bien plus belle que celle dans laquelle vous avez l'habitude de manger, mais ne vous inquiétez pas, j'ai pris soin de protéger les murs d'un voile plastique, en cas de bataille de nourriture. Non que je les encourage, bien au contraire. Ou, si je les encourage, je nie le faire.

Lou décida d'ignorer le commentaire de Mme Wellington sur les projections de nourriture pour se concentrer sur l'évidence :

— La table n'est dressée que pour sept couverts. Où sont les autres élèves ?

— Les chats prennent leur repas dehors, en raison de l'étrange odeur que dégage leur pâtée. Je le décrirais comme du foie sauce barbecue avec une pointe d'ail. Très peu appétissant, selon moi, mais je vous invite à goûter si le cœur vous en dit.

— Pas les chats, les autres êtres humains, les élèves ? dit Lou en observant de près la réaction de Mme Wellington. S'il vous plaît, dites-moi qu'il y a d'autres personnes, ici...

— Mademoiselle...

— Punchalower.

— Bien sûr, Lou. J'ai la joie de vous annoncer qu'il n'y a pas d'autres concurrents que vous-mêmes. Cet été, l'ambiance sera très, très intime. L'école rien que pour vous quatre ! répondit Mme Wellington dans un clin d'œil adressé à Lou.

— Quoi ? Mais sur le prospectus, on voyait des enfants courir sur les pelouses ! s'exclama Garrison, choqué. Je comptais bien qu'il y ait d'autres gens, moi !

— C'est ce qu'on pourrait appeler de la publicité mensongère. Peut-être, à la fin de l'été, écrirez-vous une lettre à la Commission des colonies de vacances pour déposer votre plainte. Mais je vous prie de ne pas vous laisser décourager par l'existence hypothétique de cette commission.

Théo vit avec consternation que non seulement Mme Wellington avait adressé un clin d'œil à Lou, mais que ses lèvres n'avaient pas changé de couleur quand elle avait parlé à Garrison. Peut-être ne l'aimait-elle pas, tout simplement.

— Bon, maintenant, revenons à la salle à manger. Les repas sont servis à 8 heures le matin, midi pile et 18 heures précises, le soir. Les corbeaux croassent huit fois à 8 heures, douze à midi et six fois le soir, à 18 heures. Un peu comme un clocher. Si vous savez compter, vous ne devriez pas trop vous tromper, dit Mme Wellington en adressant cette fois un clin d'œil à Garrison.

— Quoi? Mais je sais compter! marmonna celui-ci, sur la défensive.

— Bien. Vous pourrez peut-être faire ça, alors, pour le concours de talent.

Puis, se tournant vers les autres :

— Nous prendrons le thé et le dessert, après le déjeuner, dans le petit salon, mais toute autre nourriture doit être consommée là, sur place. Comme vous le voyez, les murs sont ornés de portraits des prédécesseurs de Mac : Crème, Cookie, et plus récemment, Parmesan. Pauvre petit Parmesan! lâcha Mme Wellington, théâtrale, en caressant du regard le bouledogue chocolat qui posait stoïquement sur le tableau. C'est triste, très triste, vraiment. Inclinons-nous un instant devant son portrait, pour honorer sa mémoire, puis nous pourrons prendre place à table.

Après quelques secondes, Mme Wellington releva la tête et tapota ses yeux rouges de son délicat mouchoir de dentelle pour les essuyer.

— Je vais voir si Schmidty et Mac sont prêts en cuisine.

Mme Wellington sortit par un passage voûté de forme ovale et fermé par un rideau de perles. Les enfants se tournèrent alors vers la table, où ils aperçurent un bol d'argent ciselé portant le nom de Macaroni. Ils n'eurent pas le temps d'échanger un regard que Mme Wellington entrait en trombe dans la pièce pour s'asseoir en bout de table.

— Nous allons être servis d'un instant à l'autre. Prenez place, je vous prie; serviettes sur les genoux! Et je ne veux voir aucun coude sur la table, leur recommanda-t-elle, adoptant une posture anormalement raide sur sa chaise. Les reines de beauté se tiennent toujours très droit, reprit-elle en regardant Lou du coin de l'œil.

Madeleine attendit que la vieille dame la regarde à son tour. En vain. Quant à Lou, elle ne parut guère apprécier le compliment, marmonnant un «c'est ça, oui...» entre ses dents.

Schmidty entra et déposa une assiette de tartines de tomate et fromage grillé devant chacun, avec le savoir-faire d'un vrai serveur. Après quoi, il tira de sous la table la chaise de Macaroni. Le chien bondit avec une agilité stupéfiante pour son poids et sa taille. Une fois installé, Macaroni engloutit sa pâtée, envoyant des gouttelettes de bave dans un rayon d'un mètre autour de lui.

— Je ne voudrais pas me montrer impolie, madame Wellington, mais Macaroni mange-t-il toujours à table avec les élèves? demanda humblement Madeleine.

— Oui, bien sûr. Pourquoi cette question? s'exclama Mme Wellington, signalant avec un cri perçant combien elle avait été offensée.

— Je crois qu'elle voulait dire que d'habitude, les chiens mangent par terre, vu que ce sont des chiens, lâcha Théo inconsciemment.

— Et alors?

— C'est bête, les chiens, dit Garrison. Ça ne les gêne pas de manger par terre.

— Garrison, vous me paraissez vous-même, comment dirais-je, un peu lent à la réflexion. Peut-être aimeriez-vous prendre votre repas à même le sol? répliqua Mme Wellington, les lèvres cramoisies.

— Écoutez, madame, ce n'est pas parce que je suis grand et doué en sport que je suis obligatoirement stupide. Je suis au moins aussi intelligent que ces poules mouillées! répondit Garrison avec grossièreté.

— Vous venez à l'instant de traiter vos camarades de «poules mouillées», Garrison, n'est-ce pas?

— Oui, mais ce n'est pas ce que je voulais dire. C'est sorti comme ça...

— Jeune homme, je connais quelques poules mouillées, comme vous le dites, qui savent nager, elles. Si vous vous entêtez à user d'un tel langage, je vous ferai installer un matelas d'eau. Ou peut-être vous ferai-je simplement jeter à l'eau, après vous avoir attaché à votre lit, reprit Mme Wellington, dont les lèvres avaient maintenant une teinte de cerise noire.

Théo ignora quant à lui la menace proférée par la vieille dame et enfourna la tartine dans sa bouche. Les yeux du jeune garçon se révulsèrent aussitôt de dégoût. C'était au bas mot la tartine de fromage grillé la plus infecte du monde.

— Il y a un problème? demanda Mme Wellington devant le visage contorsionné de Théo.

— C'est ma langue. Mes papilles gustatives sont en train de pourrir.

Lou leva les yeux au ciel puis croqua une bouchée de sa tartine. Garrison et Madeleine l'imitèrent avant de la voir tout recracher, horrifiée.

— Qu'est-ce que c'est que ce truc, papy? hurla Lou à l'attention de Schmidty.

— Lou, il ne peut pas vous entendre. Il est sourd et gras. Cependant, le surpoids n'est en rien la cause de sa surdité; j'ai pris soin de m'en assurer auprès du médecin. Vous savez, il y a quelque temps, on aurait dit qu'il n'avait plus de place pour stocker la graisse ailleurs que dans ses conduits auditifs. Tout son corps était littéralement engorgé de gras. C'est pourquoi j'ai pensé, naturellement, que la graisse lui avait bouché les oreilles.

— Madame, votre connaissance de l'anatomie humaine est stupéfiante, vraiment, ajouta Schmidty dans un souffle, vexé.

— Ma langue, reprit Théo en gémissant. Je suis sûr qu'elle ne sera plus jamais pareille. Et sans nourriture, je ne suis rien. On m'a déjà séparé de ma famille, et maintenant... La nourriture!

— Monsieur Théo, je pense que vous n'avez rien contre le Casu Marzu? demanda Schmidty.

— Je dois être un peu dure d'oreille moi-même, car j'ai cru vous entendre dire « Casu Marzu »? dit Madeleine au vieil homme.

— Dure d'oreille! la reprit Lou, moqueuse.

— Je te demande pardon, Lou, mais je parle l'anglais qu'on parle au palais de Buckingham.

— Ah ouais? Eh ben, moi, celui qu'on parle à la Maison-Blanche!

— Oui, et j'ai le sentiment de savoir précisément le nom de ce président qui t'inspire ce langage[1].

— Hum, hum, fit Schmidty, s'éclaircissant la gorge Vous n'êtes pas dure d'oreille, mademoiselle, et n'avez aucunement besoin de Coton-tige. J'ai effectivement dit «Casu Marzu[2]». C'est le fromage préféré de madame, mais après son interdiction à la vente par le gouvernement italien, j'ai consacré des années à recréer ce parfum si spécial, grâce à des épices, des racines et quelques ingrédients dont j'ai le secret.

— Que les choses soient bien claires, il n'y a pas de

---

1. Référence aux nombreux «bushismes» du président George W. Bush qui avait la réputation d'accumuler les fautes et les maladresses dans ses discours.

2. Fromage italien de Sardaigne, connu pour être infesté par des larves vivantes. *Casu marzu* signifie «fromage pourri» dans un dialecte sarde. Ces larves sont délibérément introduites dans le fromage.

vrai Casu Marzu dans ce sandwich? demanda Madeleine, le cœur au bord des lèvres.

Selon la réponse du vieil homme, la table pouvait se retrouver couverte de vomi en quelques secondes.

— Non, répondit Schmidty.

— Qu'est-ce que c'est que ça, le Ca-mar-sou-za? gémit Théo, tirant toujours très grand la langue.

— Du fromage de larves vivantes, soupira Madeleine, dégoûtée.

— Des larves! hurla Lou.

— Je ne comprends pas, dit candidement Garrison. Je croyais que le fromage venait du lait de vache.

— Oui, Garrison, mais pour le faire vieillir, le producteur fait pondre des mouches dedans. Ensuite les larves..., murmura Madeleine, profondément écœurée. Les larves éclosent et nagent dans la pâte, libérant des enzymes qui donnent ce goût de...

— Cette saveur à nulle autre pareille, ce goût divin! Voilà pourquoi je tiens à parfumer tous les plats au Casu Marzu, répliqua Mme Wellington, tout heureuse.

— Ça va donner ce goût de pourri à tout ce que je mangerai jusqu'à ma mort! se plaignit Théo en enfournant d'un geste théâtral une dragée de chewing-gum dans sa bouche. J'aurais dû aller dans cette clinique pour enfants obèses, finalement. Au moins là-bas, le peu de nourriture qu'ils te donnent est mangeable!

— Avant de poursuivre ce repas, nous devons remercier Grace, dit Mme Wellington en rajustant sa perruque sur son front.

— Madame Wellington, il faut que je vous dise, ma relation à Dieu est assez problématique en ce moment, hasarda Théo. C'est en lien avec ma peur de la mort, vous voyez. Que va-t-il m'arriver après la mort? Où irai-je? Vais-je d'ailleurs aller quelque part? Est-ce comme lorsqu'on dort? Je suis peut-être même déjà mort et tout ça n'existe que dans mon esprit?

— Allez, cela suffit. Grace n'a rien à voir avec la religion dans cette maison. Schmidty, voulez-vous avoir la gentillesse de commencer, avant que Théo ne rouvre la bouche?

Schmidty tapota sa longue mèche de cheveux enroulée sur son crâne puis leva sa main gauche en direction des bouquets de fleurs et de feuillages disposés sur la table. Il frappa trois coups qui résonnèrent dans la salle à manger, puis lâcha un rapide «Merci, Grace».

Mme Wellington se tourna vers Garrison, lui signifiant par là son désir de le voir imiter Schmidty. Il écarta une mèche blonde de son front, tapota la table trois fois et dit avec désinvolture :

— Gracias, Grace!

— J'ai bien peur que Grâce ne parle pas l'espagnol, Garrison, le reprit Mme Wellington, le visage impassible.

— Merci, Grace, dit-il finalement.

Madeleine, Lou et Mme Wellington s'exécutèrent à leur tour. Il ne restait plus que Théo.

— Vous êtes prêt? Ou bien vous traversez encore une crise existentielle, Théo? demanda Mme Wellington dont la couleur des lèvres se troublait, ne sachant quelle humeur adopter.

Théo tendit alors son petit bras blanc et potelé en direction des bouquets de verdure et de fleurs au centre de la table, donna trois coups puis dit : «Merci, Grace.»

— C'était quoi, ça? De la sorcellerie, ou un truc dans le genre? Parce que je vous préviens, je n'ai pas l'intention de m'embarquer là-dedans, déclara Lou.

— De la sorcellerie? fit Mme Wellington avant d'éclater d'un grand rire. Vous en avez, de l'imagination, ma pieuse enfant! Schmidty prépare tous nos repas, ce n'est donc que justice de remercier Grace de lui avoir sauvé la vie et lui avoir permis de continuer à cuisiner.

— Si je peux me permettre, qui était donc Grace? Et qu'a-t-elle à voir avec les bouquets de fleurs sur la table? demanda Madeleine entre deux gorgées de jus d'orange.

Aucun des enfants n'avait plus touché à son assiette.

— Schmidty aimait le risque, dans le temps, et je ne parle pas seulement de sa coiffure. Je pense à quelque chose de plus périlleux encore..., commença Mme Wellington en marquant une pause digne d'un conte fantastique. La Forêt Perdue...

Lou leva les yeux au ciel et soupira. Théo était quant à lui suspendu à ses lèvres, littéralement fasciné par le mot «périlleux». La moindre allusion au danger lui faisait dresser l'oreille. Il insistait pour être informé de toutes les menaces qui l'entouraient, afin de pouvoir prendre toutes les dispositions nécessaires.

— Je suis sûre que vous avez eu vent de cela... On raconte que cette forêt a le pouvoir de désorienter et faire perdre leur esprit aux hommes les plus sensés. Certains n'en sont même jamais revenus... Ou peut-être se sont-ils pris dans les lianes poisseuses, sans disposer d'aucun outil pour s'en extirper. Nombre d'hommes, de femmes, d'animaux domestiques s'y sont perdus, mais pas notre Schmidty. Dans le temps, il allait pêcher dans la rivière Lune, bravant sans crainte ses courants redoutables.

Le visage de Garrison se tordit à la seule mention de la rivière.

— Comment Schmidty faisait-il pour descendre dans la forêt? demanda Madeleine.

— Je l'attachais à la grue par le fond de sa salopette. Mais un jour, celle-ci s'est déchirée, il a fait un plongeon dans le vide sur les cinq derniers mètres, il s'est cassé les deux bras. Une véritable tragédie : cette salopette lui allait assez bien, et croyez-moi, cela relevait de l'exploit!

— Mais quel peut bien être le rapport avec le fait de remercier Grace? demanda Garrison, nerveux, incapable de chasser de son esprit l'image d'un torrent en furie.

— Patience, mon tout moite, dit Mme Wellington en regardant le visage trempé de sueur de Garrison. Un jour, durant l'une de ses parties de pêche, notre vieil homme est tombé à l'eau. Un cauchemar, tout simplement : sa longue mèche lui flottait devant les yeux. Je serais ravie que vous puissiez l'interroger à ce sujet, il raconterait cet épisode bien mieux que moi, mais que voulez-vous, c'est le drame des sourds-muets!

— Madame, je suis parfaitement capable de raconter moi-même cette histoire!

— Ah oui, très bien! répondit Mme Wellington, comme prenant soudain conscience qu'il n'avait pas perdu l'ouïe.

— Madame oublie souvent que je suis malvoyant, mais que j'entends très bien. Pour en revenir à cet épisode, madame appréciait alors beaucoup la truite. J'allais donc souvent pêcher sur les bords de la rivière Lune.

— Schmidty, j'espère que vous ne suggérez pas par là que tout était ma faute?

— Bien sûr que non, madame. Je ne fais qu'insinuer que tout était votre faute. C'est de bonne guerre, après votre remarque sur ma coiffure.

— Très bien, très bien, poursuivez donc, je vous prie.

— Comme je le disais, j'étais en train de pêcher sur les bords de la rivière, debout sur ce qui me semblait être un gros rocher, mais bien sûr avec ma mauvaise vue je ne percevais pas bien les détails. Le rocher bougeait bien de temps à autre dans le courant, mais je n'y prêtais pas attention. J'étais absorbé tout entier par ma ligne qui tirait légèrement, tandis que le rocher dérivait de la gauche vers la droite. Je me suis posté plus solidement sur mes pieds, toujours concentré sur ma ligne. C'est alors que le rocher s'est dérobé sous moi, et que j'ai plongé tête la première dans la rivière. Enseveli sous les eaux, le courant m'empêchait de remonter à la surface. J'allais mourir.

— C'est une histoire horrible, dit Théo avec émotion, essuyant les larmes qui perlaient au coin de ses paupières. Pire que cette tartine!

— Vous voyez bien qu'il n'est pas mort. Allons, apprendre à contrôler un peu vos émotions ne vous fera pas de mal, mon garçon, dit Mme Wellington d'un ton sec.

— J'apprécie votre inquiétude, monsieur Théo. Ce n'est pas tous les jours que les gens manifestent une telle émotion à mon égard, reprit Schmidty en regardant Mme Wellington droit dans les yeux. Bon... Où en étais-je ?

— Vous étiez en train de vous noyer, avança gentiment Madeleine pour l'aider, avant de remarquer les torrents de sueur qui dégoulinaient le long des tempes de Garrison.

Elle songea un instant à demander au vieil homme d'interrompre son récit, mais pensa aussitôt que c'était très impoli. Alors elle adressa un regard intense à Garrison, dans l'espoir de lui transmettre sa plus profonde compassion.

— Sous l'eau, j'aperçus un gros rocher vert qui nageait dans ma direction. Il m'a tourné autour jusqu'à ce que je puisse m'accrocher à son dos. Puis il m'a ramené vers le rivage. J'étais éperdu de reconnaissance, même si je me demandais si je n'étais pas tout bonnement en proie à une hallucination. Surtout que le gros rocher vert m'a suivi jusqu'à la maison ! Lorsque madame l'a vu, j'ai appris qu'il s'agissait en fait d'une tortue et...

Mme Wellington l'interrompit avec animation :

— Je l'ai baptisée Grace, et je l'ai conduite dans la grande baignoire. Et elle ne nous a plus quittés. Je n'y voyais pas d'inconvénient, car elle avait sauvé la vie de Schmidty, après tout. S'il avait trouvé la mort, qui m'aurait concocté des petits plats au Casu Marzu, qui aurait fait ma lessive ?

— Merci, madame. Votre sollicitude me va droit au cœur.

Mme Wellington jeta un bref coup d'œil à Schmidty avant de poser la main sur le centre de table.

— Nous avons conservé cette carapace en souvenir de celle qui vivait dans la salle de bains du rez-de-chaussée.

— On a mangé autour d'une tortue morte ? s'étonna Lou, interrogeant Mme Wellington du regard.

— Oui, très chère.

— Il arrive que certaines tortues aient la salmonelle. Vous savez ce que cela peut nous faire? Je crois que je commence à me sentir fiévreux, soupira Théo en se touchant le front.

— Grace n'avait pas la salmonelle, répondit posément la vieille dame. J'ai demandé à Schmidty de lécher sa carapace pour en être certaine.

— C'est vrai, monsieur Théo. Pas de fièvre ni de nausée. Pas même un frisson.

— Oui, et cela s'est révélé très productif, car nous avons découvert du même coup que la salive remplace très bien la cire pour faire briller les meubles! ajouta sans ciller Mme Wellington.

Garrison, dans un effort désespéré pour effacer de son esprit les images de la rivière, détourna le regard vers le jardin verdoyant qu'ils apercevaient au-dehors. Ses yeux s'attardaient sur un orme et un érable lorsque quelque chose retint son attention. Peut-être le jardinier? Il plissa les paupières pour tenter de mieux discerner la silhouette qu'il avait vu bouger, puis demanda :

— Il y a quelqu'un d'autre par ici?

— Nous sommes seuls ici. N'est-ce pas, Schmidty? répondit Mme Wellington avec un sourire malicieux.

TOUT LE MONDE A PEUR DE QUELQUE CHOSE

*La péladophobie est la peur irrationnelle
des gens chauves*

L es enfants suivirent Mme Wellington et Schmidty dans la cuisine, où ils déposèrent leurs assiettes sur le comptoir rose néon. Dans un élan pour le moins original, Mme Wellington avait fait décorer sa cuisine tout entière en rose. Tout, des murs jusqu'au sol et au plafond, en passant par les meubles, les assiettes, les ustensiles et les bols, jusqu'aux verres et aux torchons, était d'une nuance de rose. Pour Garrison, ce camaïeu faisait songer au Pepto-Bismol[1]. Théo, lui, n'avait rien contre cette couleur, mais imaginer Schmidty dans ce décor le laissait quelque peu songeur.

---

1. Médicament produit par une firme nord-américaine, destiné à soulager les malaises gastriques courants, reconnaissable par sa couleur rose bonbon.

— N'est-ce pas dangereux pour un aveugle de préparer la cuisine ? demanda celui-ci en toute logique.

— La sécurité est une question toute relative. S'il est capable d'actionner la grue, il me semble qu'il peut bien faire bouillir de l'eau. Il n'a encore blessé personne à ce jour. Enfin, ce n'est pas vrai. Je devrais plutôt dire qu'il n'a encore jamais tué personne ! dit Mme Wellington dont les lèvres prirent soudain une teinte plus sombre, avant de revenir à leur couleur habituelle. Bon, il est l'heure de votre première leçon. Suivez-moi.

Mme Wellington ouvrit la porte de Formica en accordéon rose de trois mètres sur trois qui permettait d'accéder au Grand Salon. Les quatre élèves s'engouffrèrent derrière Mme Wellington, de nouveau frappés par un décor insolite. Il y avait littéralement plus de portes qu'ils n'en pouvaient compter, chacune étant plus surprenante, plus étrange que la précédente. Une porte de verre assortie d'une plaque en bronze sommant les résidents d'utiliser les escaliers en cas d'incendie attisa leur curiosité. Car un enchevêtrement d'escaliers traversait la pièce dans tous les sens, à la fois verticalement et horizontalement, dans un inextricable fouillis. Mme Wellington, ne prêtant aucune attention à l'intérêt que les enfants portaient aux lieux, poursuivait son chemin dans le Grand Salon.

— Dépêchez-vous, les traînards ! déclara-t-elle d'un ton sec.

Madeleine, toujours plantée devant la porte de verre, sentit une présence familière au beau milieu de ce fatras. Son estomac fit entendre un gargouillis lorsque la vision s'imposa soudain à elle. Le cœur encombré de la pièce, avec ses longues vrilles qui partaient dans tous les sens, ressemblait à une gigantesque araignée. Elle imagina une énorme créature velue et pleine de pattes s'approcher d'elle, ses crocs dégoulinants de poison. Par habitude, elle empoigna sa bombe insecticide et en vaporisa la porte de verre.

— Qu'est-ce que tu fabriques? murmura d'un ton sec Garrison, à quelques mètres de là.

Le son de sa voix ramena Madeleine à la réalité.

— Désolée, je ne sais pas ce qui m'a pris, répondit-elle, gênée.

Mme Wellington s'arrêta brusquement devant une banale porte rouge sous un porche blanc, avec une chaise à bascule sur le seuil. C'était ce décor un rien désuet qui donnait aux gens l'envie de s'installer à la campagne.

— Bon, puisque nous y sommes, je vais vous montrer le B&B[1]. En dehors des portes de la bibliothèque, du Peurnasium et des salles de classe, vous avez interdiction d'ouvrir toutes les autres, vous m'entendez? Interdiction sous quelque prétexte que ce soit, réel ou imaginaire.

— J'aime bien les B&B, moi, chantonna Madeleine.

— Ben tiens, ça ne m'étonne pas de toi, l'Anglaise! grommela Lou.

— Oh, Lou, ce que vous êtes amusante! dit Mme Wellington dans un sourire. Et à ce titre, vous entrerez la première.

— Super! fit Lou, accompagnant sa réponse de son traditionnel roulement des yeux vers le plafond.

Madeleine fulminait un peu devant l'attitude de Mme Wellington; celle-ci ne semblait pas remarquer les mauvaises manières de Lou. Ou bien elle l'en appréciait presque davantage.

Garrison, que la perspective de visiter le B&B ennuyait profondément, s'intéressa au panneau d'affichage à côté de la porte rouge. Parmi le désordre de vieux prospectus qui allaient des publicités pour des leçons de guitare à l'annonce de la prochaine foire, il repéra une affiche signalant la disparition d'un enfant. L'affiche était

1. Bed and Breakfast, littéralement «Lit et petit déjeuner» en anglais. «Auberge», «hôtel» où le petit déjeuner est servi au client après la nuit.

ancienne, jaunie, mais la photographie de l'enfant était encore très nette. Alors que Garrison s'apprêtait à demander à la vieille dame ce qui lui était arrivé, celle-ci le toisa longuement, puis reprit la parole :

— J'ai tendance à laisser le B&B plongé dans la pénombre, de façon que vos yeux prennent une seconde pour s'accommoder.

— Oh non! Les araignées adorent l'obscurité! marmonna Madeleine en aspergeant un nuage d'insecticide autour d'elle.

— Pardonnez-moi, madame Wellington. Par hasard, le B&B est-il ouvert à l'heure du déjeuner? demanda Théo.

Ignorant sa question, la vieille dame poussa les enfants à s'engager aussitôt derrière Lou qui avait franchi le seuil de la pièce.

— Maintenant, les B&B! s'exclama Mme Wellington en ouvrant un placard.

L'attaque se déroula, prompte et violente, dans un incroyable déferlement et bruissement d'ailes. Avant que les quatre élèves aient pu distinguer ce qu'était cette masse de volatiles qui tournoyaient autour d'eux, Mme Wellington abaissa le loquet d'une grosse urne, libérant ainsi un énorme essaim d'abeilles. La pièce en fut bientôt envahie tandis que les battements d'ailes résonnaient plus fort encore à leurs oreilles.

— Bêtes et bestioles! s'exclama Mme Wellington, toute joyeuse, pendant que les quatre élèves se pelotonnaient les uns contre les autres pour se protéger.

— Des chauves-souris! hurla Lou sous le choc avant de rouvrir la porte pour sortir de la pièce.

— J'ai été piqué! cria Théo, en la suivant.

Madeleine sortit la dernière derrière Garrison, laissant Mme Wellington seule avec ces B&B.

— J'en ai partout sur moi! vagissait Madeleine tout en vaporisant de l'insecticide autour d'elle comme une folle.

Garrison, pressentant la crise qui ne manquerait pas d'arriver, lui empoigna le bras et la secoua vigoureusement.

— Non, non, tu n'as rien sur toi! lui dit-il d'une voix douce tandis qu'il chassait du revers de la main une abeille solitaire posée sur l'épaule de la jeune fille.

— Est-ce que les abeilles sont mortelles? demanda Théo, les larmes aux yeux.

— Grands dieux, non! dit Mme Wellington qui sortait de la pièce, la perruque grouillant d'abeilles.

— Madame, votre tête! siffla Lou, abasourdie.

Une petite tête noire apparut soudain derrière l'épaule de la vieille dame et battit des ailes.

— Il y a une affreuse chauve-souris dans votre dos! dit Garrison en s'éloignant d'un pas.

— Oh, je vous présente Harriet! C'est une petite polissonne! Toujours à chercher à s'enfuir, la vilaine! répliqua Mme Wellington en attrapant Harriet par les ailes pour la rentrer à l'intérieur.

— Mais pourquoi vous gardez des abeilles et des chauves-souris dans cette pièce?

— Oh, ce n'est pas toujours ces animaux-là. Parfois, ce sont des barracudas[1] et des blaireaux, des buffles et des boas constrictor, des buses ou des bisons. Cela dépend simplement du box qu'on décide d'ouvrir. Mais vous n'avez pas à vous inquiéter, les B&B sont tenus bien à l'écart, en théorie.

— Vous avez dit en théorie? Des blaireaux? Je suis sûre qu'il y a plein de puces et de bactéries... Je ne me sens pas très bien, gémit Madeleine.

— Les box sont en théorie hermétiquement fermés. Il n'y a absolument rien à craindre, dit Mme Wellington avec assurance. Bon, maintenant, direction la salle de classe!

— Mais... votre tête! reprit Madeleine tout en continuant de vaporiser furieusement son insecticide autour d'elle, elle est toujours couverte d'abeilles!

---

1. Poisson des eaux tropicales et subtropicales, au long corps profilé en forme de torpille, avec de gros yeux et une mâchoire armée d'une série impressionnante de dents.

— C'est à cause du shampooing que j'utilise, il sent la fleur! répondit Mme Wellington en soulevant sa perruque couverte d'abeilles pour la jeter dans la pièce aux animaux.

Les quatre élèves demeurèrent bouche bée en découvrant son vieux crâne totalement chauve et ridé.

Mme Wellington extirpa une autre perruque de la poche de son tailleur et la plaça délicatement sur sa tête.

— Pas de souci, chers concurrents, une reine de beauté doit toujours être prête à tout!

À cet instant, nos quatre adolescents se demandèrent si eux-mêmes étaient prêts à affronter ce qui allait leur arriver entre les murs de cette bien étrange école.

TOUT LE MONDE A PEUR DE QUELQUE CHOSE

*La nomatophobie est la peur irrationnelle
des noms*

Une fois de retour dans le Grand Salon, les élèves passèrent devant des barrières de ferme, des tronçons d'avion, et bien d'autres curiosités avant d'arriver face à une imposante porte blanche à double battants, ornée de feuilles d'or minutieusement façonnées. La salle de bal était immense, majestueuse, en tout point stupéfiante. Les enfants plissèrent les yeux en pénétrant dans cette pièce inondée de soleil. À droite se trouvait le salon, avec son coin repos soigneusement arrangé, comportant quatre fauteuils gris anthracite et deux canapés assortis ; et sur la gauche, la salle de classe.

Habituellement, les salles de classe contiennent des chaises en bois, des bureaux de couleur beige un peu terne, peut-être une affiche ou deux, mais rien de tel n'existait à l'École de la Peur. Mme Wellington avait installé dans cette pièce vingt bureaux plaqués argent avec chaises assorties. Les bureaux, en dix rangées de deux, étaient présentés par ordre décroissant de largeur. Au dernier rang se trouvaient deux bureaux adaptés à la taille d'un enfant, puis venaient des bureaux un peu moins larges et moins hauts, et ainsi de suite. Au tout premier rang, les tables étaient si petites que seuls des écureuils auraient pu s'y asseoir confortablement. Théo détailla les rangées de bureaux avec son air soupçonneux habituel.

— Y a-t-il du plomb dans cette peinture? Les peintures métalliques peuvent être très chargées en plomb, et c'est très nocif pour les enfants.

— Merci, Capitaine Sécurité, pour cette petite leçon. Mais je vous promets que le seul risque associé à ces bureaux est de se retrouver avec des commotions cérébrales.

— Des commotions cérébrales, j'en ai déjà eu plein! s'exclama Garrison, se souvenant de ses plus beaux moments sur les terrains de football ou de baseball. La plupart des *grands* athlètes connaissent ça.

— Oh oh, en voilà un qui a une *très* haute opinion de lui-même! dit Lou tout bas.

— La ferme, toi, avec tes taches de rousseur plein la figure!

— Nananère! Mais moi, au moins, je sais nager!

— Taisez-vous! les interrompit Théo dans un cri. J'ai besoin d'en savoir plus sur ces commotions cérébrales. Cette peinture donne-t-elle des migraines et des nausées, fait-elle qu'on trébuche et qu'on tombe sur la tête?

— Oh non, c'est bien plus simple que cela. Lorsque je jette les petits bureaux à la tête des concurrents, il leur arrive parfois de provoquer une commotion cérébrale, répondit Mme Wellington en toute honnêteté.

— Vous nous jetez les bureaux à la tête? demanda Théo, ne pouvant se résoudre à y croire. Je veux dire, là où se trouve notre cerveau?

— En Angleterre, jeter un bureau à la tête d'un enfant est strictement interdit, déclara Madeleine.

— Je préfère considérer mes méthodes comme étant

«hautement originales» plutôt que comme «strictement interdites», comme vous le dites, rétorqua Mme Wellington sans la moindre émotion dans la voix.

— C'est pour ça que vous avez des petits bureaux? Uniquement pour nous les jeter au visage? demanda Garrison avec dédain.

— C'est légèrement plus scientifique que cela. La taille et le poids d'un enfant ont une influence sur ses peurs. Par exemple, beaucoup d'enfants de petite taille se sentent diminués par les meubles trop hauts. Les petits bureaux leur permettent de se sentir grands et forts. Excellent pour la confiance en soi.

— Sauf quand vous les leur balancez à la tête! ajouta Lou.

— Vous, décidément, vous êtes une sacrée maligne! lui dit Mme Wellington avec une apparente sincérité.

— Je sais, reprit Lou, manifestement très satisfaite d'elle-même.

Cette fois, ce fut au tour de Madeleine de lever les yeux au ciel.

— Asseyez-vous, mais choisissez avec grand soin votre place, car je déteste les changements. Cela affecte terriblement ma mémoire. Pour être tout à fait honnête, je préférerais que vous portiez les mêmes vêtements tous les jours, poursuivit-elle tout en se penchant sur son bureau très sophistiqué de professeur. Mais par le passé, il est arrivé que cela génère des odeurs assez épouvantables; aussi je vous demanderai simplement de demeurer assis au même bureau pendant toute la durée de votre séjour ici cet été.

— On pourrait porter des étiquettes avec notre nom, proposa Madeleine sur un ton très sérieux.

— Les étiquettes, c'est encore pire que de se tromper de prénom. Nous ne sommes pas dans un palais des congrès! rétorqua la vieille dame, vexée.

Madeleine était convaincue que Mme Wellington aurait adoré cette idée si celle-ci lui avait été suggérée par Lou. Agacée, elle décida de se concentrer sur la fumigation de son bureau, à droite, au fond de la salle. Garrison, las de l'odeur âcre et piquante de l'insecticide dans ses narines, choisit un siège dans la rangée devant elle. Théo prit place à côté de Madeleine, et Lou près de Garrison.

— Fiona? Errol? appela Mme Wellington d'un air enjoué. Ses chats l'ignorèrent, refusant même de relever le museau tandis qu'ils se prélassaient dans le rai de lumière sur les lattes luisantes du parquet.

— Incroyable, comme ils sont bien dressés! dit Mme Wellington avec emphase. Je voudrais commencer aujourd'hui par un exercice tout simple. Racontez-moi de quoi vous avez peur. Commençons par notre petite apicultrice, au fond de la classe.

Madeleine regarda la vieille dame d'un air absent, n'ayant manifestement pas conscience de sa ressemblance avec un apiculteur.

— Allons, vous, chère enfant, dans votre uniforme de safari! Commencez, voulez-vous?

— Ah, moi? J'ai une peur panique des araignées, des insectes, des microbes, et de tout ça à la fois.

— Madame Wellington, j'aimerais partager avec le groupe cette information importante. Vingt personnes sont mortes en 2003 des suites d'une morsure d'araignée ou d'un autre insecte, expliqua Théo.

— Oui, cela me semble correct. J'ai perdu l'un de mes cousins après qu'il a été mordu par une veuve noire cette même année.

— Votre cousin est mort? s'étrangla Madeleine.

— Oui, bien sûr qu'il est mort. Que croyez-vous que j'aie dit? Que je l'ai perdu dans le parc? Franchement, Madeleine! soupira Mme Wellington en secouant la tête. Maintenant, mon petit ami grassouillet, c'est à vous.

Théo répondit d'un trait.

— J'ai peur de la mort des membres de ma famille. De ma propre mort. De la mort en général. Dans ce même ordre d'idée, j'essaye d'éviter tout ce qui peut se révéler dangereux ou susciter quelque inquiétude chez moi. Pour moi, je ne fais que respecter les règles élémentaires de sécurité.

— Oui, enfin, mourir ne m'intéresse pas vraiment, moi non plus. Vous, le sportif ?

— J'assure grave au foot, au baseball et aussi au basket.

— Mon cher garçon, vous n'êtes pas dans un camp d'entraînement pour athlètes, ici...

Garrison soupira et, baissant les yeux vers son bureau, murmura :

— J'ai peur de l'eau – étangs, piscines, lacs, rivières, océans...

— En 2003, trois mille trois cent six personnes ont trouvé la mort par noyade dans l'océan, intervint alors Théo avec assurance.

— Et la jeune fille qui roule des yeux ronds comme des billes ? De quoi avez-vous peur ? demanda Mme Wellington à Lou.

— Je suis claustrophobe, ce qui est une façon élégante de dire que je suis terrifiée à l'idée de me retrouver dans un espace confiné. Disons simplement que j'aime beaucoup les fenêtres.

— Je ne connais pas les chiffres exacts des gens qui sont morts dans des espaces confinés, mais je sais qu'en 2003, quarante-six personnes sont mortes pendant une expédition spéléologique, ajouta encore très sérieusement Théo. Cela a un rapport, en quelque sorte, car les expéditions spéléologiques se déroulent dans des espaces confinés, selon moi.

— Pourquoi tu nous fais part de tous ces chiffres horribles ? s'écria Lou.

— Et pourquoi tous tes chiffres datent de 2003 ? Tu n'as rien de plus récent ? fit Garrison, agressif.

— L'édition de 2003 est la dernière publication du Guide National de la Sécurité dont dispose la bibliothèque de ma ville, murmura Théo.

Comme indifférente à la dispute qui se déroulait sous ses yeux, Mme Wellington s'adressa à Lou :

— Je me suis retrouvée une fois coincée dans un ascenseur pendant vingt-six heures d'affilée. Celui-ci était tellement bondé que je ne pouvais absolument pas bouger d'un pouce.

— Vous avez appuyé sur le bouton pour appeler l'équipe de sécurité?

— Oh, comme vous avez de choses à apprendre dans l'existence! Ces boutons ne sont là que pour décorer, comme un tableau sur un mur ou un panneau «stop» dans la rue, reprit Mme Wellington avant de marquer un temps d'arrêt, toute au souvenir de ce terrible traumatisme. Nous avons tous cru – nous étions seize dans l'ascenseur – que nous allions mourir comme ça, debout, ce qui n'est pas exactement la façon dont on souhaite quitter ce monde. Si jamais on vous donne le choix, choisissez de mourir allongé. Mais bien sûr, nous n'avions pas cette possibilité, vu le nombre de personnes qui se trouvaient enfermées là. Je dois dire que ces vingt-six heures nous ont tous beaucoup rapprochés. Nous nous sommes revus régulièrement, une fois par an, pour commémorer ce Jour Qui N'Était Pas Le Nôtre, mais...

— Le Jour Qui N'Était Pas Le Nôtre? demanda Lou d'un air sceptique.

— Oui, c'était une merveilleuse communauté de personnes rassemblées par cette même expérience d'avoir ensemble un jour frôlé la mort. La plupart des membres de ce groupe étaient recrutés en épluchant les rubriques faits divers des journaux ou même aux urgences, dans les hôpitaux.

— Pardonnez-moi, madame Wellington? s'enquit Lou avec assurance. Quels sont vos diplômes?

— Oui, et je suis assez curieuse de savoir où vous avez été chercher ce programme pour le moins spécial, renchérit Madeleine.

— Une reine de beauté se tient toujours prête, et cela implique qu'elle connaisse son CV par cœur. Eh bien, j'ai été Miss USA Junior, Miss Massachusetts, Miss Nouvelle-Angleterre, Miss Green County, Wisconsin, et bien entendu Miss Summerstone. Vous n'avez pas vu les photos, au rez-de-chaussée ? Je vous aurais volontiers montré mes couronnes, mais nous avons eu quelques vols regrettables par le passé. Enfin, il s'agit essentiellement de Schmidty qui les avait empruntées, mais bon...

— Je voulais dire vos diplômes en matière d'*éducation* ! s'exclama alors Lou.

— Oh, jeune fille, vous êtes une idiote ! Les professeurs n'ont pas besoin de diplômes, enfin ! Ce n'est qu'une légende de bonnes femmes !

— Ainsi, vous n'avez donc aucun diplôme valide pour nous apprendre à surmonter nos peurs ! s'écria Madeleine sous le choc.

— Je vous garantis que l'on n'a aucun besoin de diplôme dans ce domaine, lorsque l'on possède un Peurnasium.

— Un quoi ? demanda Garrison.

— Un gymnase pour s'entraîner à dompter ses peurs. L'exercice, qu'il soit physique ou mental, réel ou imaginaire, est une chose très importante à pratiquer chaque jour ! déclara Mme Wellington en tournant la clé de la porte en contreplaqué aux couleurs fanées qui menait au Peurnasium.

— Il y a des tapis de jogging et des haltères ? Parce que j'aimerais bien rester en forme, pendant mon séjour ici, demanda Garrison.

— Je crains que non, mon jeune sportif !

Garrison soupira et détourna le regard lorsque Mme Wellington ouvrit grand la porte.

Longue de près de la moitié d'un terrain de basketball, avec un plancher en bois brillant, la salle aurait facilement pu passer pour un vrai gymnase. C'était son équipement qui l'en distinguait tout à fait. Un mur entier était consacré à des livres reliés en cuir, chacun portant sur une phobie différente, depuis l'acarophobie jusqu'à la zélophobie. En découvrant ces rayonnages, Madeleine se sentit un peu rassurée. Si Mme Wellington avait lu tous ces livres, elle devait tout de même maîtriser son sujet.

— Ces livres sont-ils suffisamment protégés, en cas de tremblement de terre? demanda Théo.

— Nous ne courons pas ce risque, dans le Massachusetts.

— En vérité, en 1965...

— Je vous arrête tout de suite, mon cher petit chroniqueur aux joues rondes. L'événement auquel vous faites référence n'avait rien d'un tremblement de terre. C'était plutôt un hoquet, ou bien un renvoi, mais certainement pas un tremblement de terre.

— Ainsi donc, vous avez lu tous ces livres? demanda Madeleine pleine d'espoir.

— «Lire» est un terme fort. Je lui préfère «scanner», «sonder» ou encore «osmoter»...

— Osmoter?

— Oui, c'est lorsque vous récoltez des informations par osmose. C'est très scientifique, tout ça.

En dehors des rayonnages de livres, la salle avait un air assez étrange avec ses nombreuses cabines dédiées chacune à une peur particulière. Il y en avait une, réservée à la peur du feu, où l'on pouvait s'asseoir dans un cube en verre ignifugé tandis que des flammes vrombissaient tout autour. Il y avait des poupées grandeur nature, des clowns, des créatures de science-fiction, des marmites bouillonnantes de goudron en fusion, des seaux pleins d'une mixture imitant le vomi, un bac de sable mouvant, une énorme fourmilière, un aquarium empli de bestioles effrayantes des profondeurs de l'océan, un billot de boucher avec des haches, des marionnettes, une baignoire, un cercueil, des animaux empaillés, des cuves entières de sirop contre la toux, des tonneaux d'yeux en verre, des squelettes, un fauteuil de dentiste, une table de cafétéria de lycée, des aiguilles et bien d'autres choses encore.

— Madame Wellington? Est-ce que cela a déjà servi? interrogea Théo en désignant le cercueil.

— Servi? Mon cher morbide aux joues rondes, vous êtes totalement dans l'erreur. Ce ne sont pas comme des grille-pain usagés qu'on trouve dans les vide-greniers.

On enterre généralement les cercueils dans les cime-
tières, avec les morts! Remarquez, on pourrait les déter-
rer et déloger les cadavres à l'intérieur, mais l'odeur
serait épouvantable.

— Qu'est-ce qu'on va faire exactement, ici? demanda
Lou avec une agitation grandissante, tandis qu'elle exa-
minait l'éventail des possibilités pour traiter la claustrophobie parmi les cabines de la salle.

— Aujourd'hui, nous ferons uniquement des exercices
imaginaires.

— Des exercices imaginaires? reprit Madeleine,
curieuse.

— Oui. Correctement utilisée, l'imagination peut être
une excellente préparation à la plupart des peines et des
difficultés de l'existence. Garrison, vous devrez vous
imaginer immergé dans cette baignoire, vous familiariser
avec la sensation de l'eau sur vous. Lou et Théo, vous
serez deux petits pois dans leur cosse, ou plutôt dans
un cercueil, pour apprendre à accepter les espaces
confinés ainsi que la condition mortelle de l'homme.
Quant à Madeleine, eh bien, vous vous représenterez
quatre énormes araignées velues – mais des fausses –
vous courant sur le corps. À trois, vous fermerez les
yeux et imaginerez ce que je vous ai dit à chacun.

Les quatre enfants se refusèrent intérieurement à
obéir. Ils se concentraient pour penser à tout autre
chose mais, étrangement, plus ils s'efforçaient de résister, plus cela leur devenait difficile. Lorsque Mme Wellington eut dit «trois!», le corps de Madeleine fut
parcouru d'un éclair électrique à l'idée d'une araignée
velue, bien qu'en plastique, qui avançait sur son bras.
Lou sentit aussitôt sa paupière gauche trembler tandis
qu'elle se représentait l'obscurité étouffante d'un cercueil. Garrison se mit à transpirer en se débattant contre
l'image de l'eau recouvrant son corps tout entier. Et bien
sûr, plus il transpirait, plus la sensation devenait réelle,
et ses vêtements de plus en plus moites. Théo montra
une grande capacité à contrôler son esprit. Peut-être sa

légère hystérie lui permettait-elle plus facilement de passer d'un sujet à l'autre dans son imagination.

Tout d'abord terrifié à l'idée de se retrouver enfermé dans un cercueil, il se demanda bientôt combien de temps il devrait demeurer à l'abri de toute lumière du soleil pour devenir rachitique. Comme rachitique rime avec tiques, Théo se souvint que la morsure d'une tique pouvait entraîner chez l'homme des symptômes semblables à ceux de la grippe. Théo avait voulu se renseigner sur les conséquences à long terme de ce syndrome mais il avait ensuite oublié. Puis l'exercice prit fin.

— Excellent travail, chers concurrents!

— J'ai mal à la tête, gémit Lou tandis qu'elle appuyait du doigt sur sa paupière gauche.

— Si tu continues à faire ça, tu peux t'abîmer l'œil, Lou. Ou bien trébucher et tomber, l'avertit Théo, indifférent à sa plainte.

— Je me sens moi-même un peu fébrile, dit Madeleine en s'allongeant sur le fauteuil de dentiste pour faire passer sa nausée.

Garrison s'essuya le front du revers de la manche et se dirigea vers une porte derrière Madeleine et le fauteuil de dentiste. C'était une lourde porte blindée, semblable à celle d'une chambre forte, avec une poignée en forme de roue. Griffonnés au marqueur, presque illisibles, ces mots : «Chef-d'œuvre de Munchauser».

— Qu'est-ce que le chef-d'œuvre de Munchauser? demanda Garrison à Mme Wellington.

— Oh, cette pièce! Quelle déception... Il a tenté de créer une machine qui sortirait des sentiers battus. Inutile d'entrer là, chers concurrents, dit Mme Wellington tout en réajustant sa perruque. Vous devez tous être bien fatigués. Venez, je vais vous montrer vos appartements. Il n'y a rien qui puisse vous faire peur, là-bas; mais ne vous inquiétez pas, nous retournerons bientôt au Peurnasium.

Or c'était précisément ce qui angoissait Lou, Madeleine, Théo et Garrison.

TOUT LE MONDE A PEUR DE QUELQUE CHOSE

L'ailurophobie est la peur irrationnelle des chats

CHAPITRE 13

Ratty & Errol

Les appartements, comme les appelait Mme Wellington, se trouvaient au deuxième étage du manoir de Summerstone, bien moins imposant que le premier. Les «appartements» des enfants consistaient en deux pièces reliées par une salle de bains. Tout d'abord, le long du couloir, venait la porte bleue avec les mots GARÇON, RAGAZZO, BUB, et BOY inscrits dessus. Derrière la porte, un papier peint à rayures bleues et blanches, un plancher à lattes, et de lourds rideaux bleu marine délavés par le soleil, autour de deux lits jumeaux avec des couvre-lits de vichy bleu saphir. Au-dessus de chaque tête de lit, un portrait d'Errol et de Ratty, les chats, jouant au base-ball en uniforme.

— Parfois, je regrette de les avoir dressés à m'ignorer. Cela aurait été plaisant d'avoir une équipe de base-ball uniquement constituée de félins. Bien sûr, les uniformes auraient représenté une difficulté. Errol et Ratty faisaient des caprices épouvantables lorsqu'il leur a fallu poser pour ces portraits, dit tendrement Mme Wellington en couvant les tableaux du regard.

Deux autres tableaux identiques, représentant Fiona et Annabelle en tutu et ballerines, ornaient les murs au-dessus des lits des filles. Comme pour la chambre des garçons, les mots FILLE, RAGAZZA, FRAULEIN et GIRL, en lettres calligraphiées parfaites, étaient inscrits sur la porte. Sitôt qu'elle entra dans la pièce, Madeleine vit que le goût de Mme Wellington pour le rose ne se limitait pas uniquement à la cuisine. Le rose pâle des murs à pois tranchait avec le mauve du tapis, les rideaux fuchsia et les couettes à motif cachemire couleur cerise.

Madeleine sonda les coins de la pièce à la recherche de toiles d'araignée, tout en vaporisant de l'insecticide au hasard autour d'elle. Lorsqu'elle aperçut son reflet dans le miroir, à peine visible sous son voile de tulle, une vague de tristesse l'envahit. Elle se reprit aussitôt, se souvenant que le sacrifice de sa vanité était un bien petit prix à payer pour éviter de sentir les pattes collantes d'une araignée sur sa peau. Cette seule pensée lui souleva le cœur, tout comme le faisait l'imprimé cachemire du couvre-lit.

— Madame Wellington, à quand remonte la dernière fumigation de cette chambre?

— À ce matin, ma chère. J'ai demandé à Schmidty de venir dans cette pièce avec quatre bombes d'insecticide et de les vaporiser jusqu'à s'en évanouir.

— Combien de temps a-t-il tenu? demanda Madeleine le plus sérieusement du monde.

— Je dirais quarante-cinq bonnes minutes. Macaroni, quant à lui, n'a pu rester que dix minutes. Les chiens à truffe courte n'ont pas la capacité respiratoire pour supporter ce genre de tâche.

— Et pendant la fumigation, vous avez vaporisé les draps et les couvertures également?

— Non, ma chère.

— Comment? s'écria Madeleine, au bord de la panique.

— Bien sûr que non : je les ai fait laver dans un bain d'insectifuge.

— Répugnant! gémit Lou. Vous avez fait les deux lits comme ça?

— Mais certainement! Je ne voulais surtout pas que l'une d'entre vous se sente piégée, obligée en quelque sorte de choisir un lit en particulier, dit Mme Wellington, soulignant le mot «piégée» avec emphase.

Lou savait très bien à quoi elle faisait allusion, ayant tellement insisté pour dormir le plus près possible d'une fenêtre.

— Merci! soupira-t-elle d'une voix étouffée, tandis qu'elle s'approchait de la fenêtre.

Lou tira alors les ridicules rideaux fuchsia et vérifia qu'elle pouvait facilement ouvrir cette dernière. Tandis qu'elle regardait le jardin en contrebas, l'air absent, elle sentit un frisson lui parcourir le dos, ce qui eut aussitôt pour effet de faire trembler sa paupière gauche. Sans pouvoir se l'expliquer, Lou avait la très nette impression d'être observée, non pas par Mme Wellington ni aucun de ses camarades, mais par quelqu'un d'autre. Elle scruta le jardin, cherchant des yeux une ombre, un mouvement qui pût lui donner une indication. Mais elle ne vit rien. C'est peut-être la nervosité, se dit Lou en s'éloignant de la fenêtre.

En regardant la poignée de porte rouillée de la salle de bains, Lou parvint à oublier cette impression désagréable. Enfin, elle n'oublia pas, elle fut juste envahie d'une émotion infiniment plus familière : la panique. Lou était certaine que cette poignée délabrée fermait mal, ou, plus terrible encore, qu'elle ne pouvait ouvrir correctement. Elle se posta sur le seuil de la pièce, tétanisée à l'idée de cette pièce sans fenêtres. Elle savait que son obscurité n'augurait rien de bon. S'il y avait eu une fenêtre, la lumière du jour aurait filtré sous la porte. Sa paupière gauche tressaillait maintenant sans pouvoir s'arrêter, lorsque Mme Wellington la surprit.

— Ne vous inquiétez pas, Lou, les stores sont seulement fermés dans la salle de bains. Croyez-moi : la fenêtre est suffisamment large pour vous permettre de passer, si besoin est. Vous ferez une chute de deux étages et vous briserez les deux jambes, mais vous serez en vie.

— Oh, je ne m'inquiétais pas, mentit Lou tandis que son cœur se mettait à battre au rythme normal de celui d'un adolescent.

— Inutile de jouer les dures, ma chère, nous sommes ici à l'École de la Peur, après tout. Si vous n'aviez pas de peur, vous n'auriez rien à faire en ces lieux.

— Ouais, peut-être, répondit Lou dont la paupière avait cessé de tressauter.

— Avant de prendre congé, je tiens à vous signaler qu'il y a un salon de coiffure, plus loin dans le couloir, puis la chambre de Schmidty, et enfin ma suite. Aucune de ces pièces n'est ouverte aux concurrents. En d'autres termes, veuillez ne pas nous déranger, à moins d'une urgence.

— Et si on veut se faire couper les cheveux? demanda Garrison, narquois.

— Le salon de coiffure est une chapelle dédiée à la mémoire de mon époux, qui est mort d'une crise cardiaque dans le bus qui menait au manoir.

— Ah, reprit Garrison, mal à l'aise.

— Il était coiffeur? demanda Théo.

— Non, mais ses derniers mots, tandis qu'il portait sa main à la poitrine, ont été : «Si seulement je m'étais fait couper les cheveux!»

Les enfants hochèrent la tête en silence, conscients que cette réplique n'appelait aucun commentaire.

Ce soir-là, au dîner, Madeleine, Théo, Garrison et Lou eurent le plaisir de découvrir qu'à l'insu de Mme Wellington Schmidty n'avait pas ajouté de Casu Marzu à leurs plats. Mme Wellington se réjouit alors que les quatre élèves se fissent si vite à ce mets délicat. Dans au clin d'œil, Schmidty leur fit comprendre que

Mme Wellington ne pourrait se vexer d'un fait qu'elle ignorait.

Après le dîner, Madeleine suivit Lou dans leur chambre rose, essayant d'analyser la situation.

— Elle a l'air un peu bizarre. Peut-être même légèrement cinglée, dit prudemment Madeleine.

— Hmm, peut-être bien.

— Est-ce que, par hasard, tu aurais vu un téléphone, en bas? reprit Madeleine pleine d'espoir.

— Bien sûr..., fit Lou, hésitante, se demandant si elle avait effectivement aperçu un téléphone au rez-de-chaussée. Enfin, j'en suis pratiquement sûre!

Dans la chambre des garçons, pelotonné en position fœtale, Théo observait le mur à travers la brume de ses yeux. Des souvenirs de repas en famille pendant les vacances, de soirées devant la télévision avec ses sœurs, et des «mort» ou «vif» qu'il recevait sur son portable lui revenaient par vagues. Sa famille lui manquait tellement qu'il éprouvait des douleurs dans la poitrine à chaque inspiration, à moins que ce ne soit la position fœtale qui lui donnât des crampes. Bref, le jeune garçon souffrait.

Théo imaginait sa pauvre vieille mère se tordant de douleur après avoir décidé de ne pas lui laisser de téléphone portable. En vérité, à cette heure-ci, sa mère profitait d'un dîner en paix Chez Élaine, en compagnie de son époux. Tandis que Théo se torturait en imaginant la culpabilité atroce de sa mère, Garrison demeurait allongé sur le couvre-lit de vichy bleu, plongé dans la lecture du seul magazine qu'il avait emporté. S'il avait su que l'unique autre garçon de l'école allait être ce petit pleurnichard qui était aussi son compagnon de chambrée, il aurait apporté des milliers d'autres magazines de sport ou, mieux encore, il ne serait tout simplement pas venu.

— Dis, est-ce que ta famille te manque? finit par demander Théo, tandis que la buée recouvrait les verres de ses lunettes à force de pleurer.

— La journée n'est pas encore finie, répondit Garrison

agacé. Il faut que tu te ressaisisses. Fais-moi confiance, où qu'ils soient, ils sont moins à plaindre que nous, coincés avec cette drôle de bonne femme et ce grand-père aveugle avec sa mèche enroulée sur son crâne. C'est une évidence statistique !

Théo hocha la tête en se tournant vers Garrison qui prit soudain l'air désinvolte, tandis qu'il lui posait la question qui n'avait cessé de le tourmenter depuis qu'il s'était mis à énumérer ses statistiques, un peu plus tôt, cet après-midi-là :

— Par le plus grand des hasards, est-ce que tu connais la probabilité qu'un tsunami frappe Miami ?

— Je ne connais pas les données exactes concernant les tsunamis dans cette région, mais à ta place, je m'inquiéterais plutôt des ouragans. J'ai dû annuler mon voyage à Disney World avec l'école l'année dernière, tout ça parce qu'ils avaient insisté pour faire le voyage en plein pendant le début de la saison des cyclones. Je suis désolé, mais ce ne sont pas tous les beignets de la terre qui m'auraient fait changer d'avis.

Garrison hocha à son tour la tête et reprit la lecture de son magazine, affichant un air totalement concentré. Il se souvint du plan qu'il avait imaginé pour s'échapper, en cas d'alerte au cyclone : réserver un billet d'avion par téléphone et prévenir ses parents à son arrivée à New York. Au moment où Garrison commençait à transpirer à l'idée d'hypothétiques inondations, on frappa légèrement à la porte de la salle de bains. Avant même que Garrison ou Théo aient pu répondre, Lou et Madeleine passèrent la tête par la porte entrebâillée de la chambre des garçons.

— Dites, les gars, vous avez repéré un téléphone, en bas ? demanda Lou d'un air anodin. Moi, ça va, mais c'est Madeleine qui commence à flipper comme une folle.

— Je ne flippe absolument *pas*, Lou. C'est juste que, devant le comportement assez étrange de Mme Wellington, j'aimerais savoir où se trouvent les téléphones dans cette maison.

Théo bondit au pied de son lit; l'excitation vibrait à travers tous les pores de sa peau.

— Oui, Madeleine, dit-il tout joyeux. Je ne peux pas être plus d'accord avec toi. Allons au rez-de-chaussée chercher des téléphones pour appeler nos parents. Il est possible que je me mette à pleurer, alors, prends des mouchoirs. Après, on dessinera des plans pour se rappeler où se trouve le téléphone le plus près, chaque fois qu'on sera dans la maison.

Madeleine considéra Théo, un peu ahurie.

— Je voulais juste savoir où est le téléphone. Je ne pense quand même pas qu'il soit nécessaire de le repérer sur une carte!

— Une minute! s'exclama Garrison d'un ton autoritaire. Il faut vous calmer, les gars. Personne ne va descendre ni commencer à chercher des problèmes dès le premier soir. Je n'ai pas fait tout ce trajet pour passer l'été en retenue.

— D'accord, mais réponds-moi d'abord, reprit Théo très sérieux. Est-ce que, oui ou non, tu as vu un téléphone?

Garrison les regarda tour à tour, et sut aussitôt ce qu'il avait à faire. Mentir.

— Bien sûr que j'en ai vu un. Allez, maintenant, tout le monde au lit.

Alors, certains que la maison était équipée d'un téléphone, tous trouvèrent facilement le sommeil. Enfin, à l'exception de Garrison.

TOUT LE MONDE A PEUR DE QUELQUE CHOSE

La logizomechanophobie
est la peur irrationnelle des ordinateurs

Madeleine aurait tout donné pour voir une chambre de style classique, avec un globe terrestre et une chaise à bascule, en ouvrant les yeux. Un tel raffinement aurait signifié que les pas qu'elle entendait dans le couloir étaient ceux de sa mère, et que l'École de la Peur n'avait été qu'un rêve étrange. Elle savait qu'une seule petite tache de rose indiquerait qu'elle était toujours à l'École de la Peur. Madeleine inspira profondément avant de se forcer à ouvrir les yeux. Ses espoirs se virent anéantis en découvrant qu'elle demeurait dans ce palace fuchsia.

À quelques mètres d'elle, les mèches des cheveux blond vénitien de Lou voletaient autour de son visage au rythme de ses ronflements. Une voix familière lui parvint derrière la porte rose, dérangeant Lou de son sommeil et tirant Madeleine de sa rêverie nostalgique.

— Mesdemoiselles Madeleine et Lou, vous avez quinze minutes pour faire votre toilette, vous habiller et descendre prendre votre petit déjeuner. Soignez particulièrement le brossage de vos dents. Je recommande aussi tout spécialement l'usage des bains de bouche, car Mme Wellington a une terrible aversion pour la mauvaise haleine. Elle vous passera la bouche au bicarbonate de soude et au vinaigre à la moindre petite odeur.

— Compris, Schmidty ! s'écria Lou depuis le fond de son lit, avant de se tourner vers Madeleine qui paraissait profondément déprimée. Et puis quoi encore, non mais ? Elle a peur de la mauvaise haleine au saut du lit ? Moi, c'est son crâne chauve qui me fait peur !

— Oh, je t'en prie, tu n'as rien à craindre, toi. Tu es sa préférée.

Dans la salle de bains jaune aux reflets verts, Lou tomba sur les deux garçons en pyjama, peinant à ouvrir les yeux, et sur Macaroni. Encore à demi endormis, Théo et Garrison se brossaient les dents avec ardeur.

— Qu'est-ce que ce chien fait ici ? demanda Lou. Et pourquoi porte-t-il lui aussi un pyjama ?

— Écoute, tout ce que je sais, c'est que je me suis réveillé ce matin blotti contre lui, répondit Théo dans un jet de pâte de dentifrice. Enfin, c'était plutôt Macaroni qui était blotti contre moi.

— Ne pose pas de question, et brosse-toi bien les dents, recommanda Garrison à Lou. Salut, Maddie ! Tu ferais mieux de te dépêcher ! Il faut qu'on descende dans moins de cinq minutes.

Entendre Garrison employer ce surnom enchanta Madeleine, qui se pressa de rejoindre les autres dans la salle de bains. Leurs quatre visages se reflétaient dans la glace au-dessus du lavabo, tandis que les brosses à dents s'activaient à grand bruit.

Chacun avait sa façon de procéder, qui reflétait sa personnalité : Madeleine avait une technique très précise, bien qu'un peu lente. Elle brossait soigneusement chaque dent, devant, derrière, puis passait à la suivante.

Plus désordonnée, Lou donnait partout et à toute vitesse des coups de brosse, sans grande efficacité. Sans surprise, le brossage de Garrison était énergique ; il se lavait la langue avec vigueur tout en contrôlant la contraction réflexe du fond de sa gorge. Théo, lui, reprenait du dentifrice toutes les dix secondes. Manifestement, il se fichait de savoir qu'une noisette de dentifrice suffisait amplement.

Quelques minutes plus tard, les quatre élèves habillés à la hâte étaient assis à la table de la salle à manger, à écouter les corbeaux croasser huit fois de suite. Les paumes sagement repliées devant leur bouche, ils s'efforçaient tous de respirer leur haleine. Malheureusement, il est pratiquement impossible de sentir son propre souffle.

Ne sachant ce que leur réserverait cette deuxième journée, Lou sentit une légère pulsation sous sa paupière gauche. Elle se frotta les yeux avec rudesse, et même si fort qu'elle en vit des étoiles en les rouvrant. Elle détourna la tête vers la fenêtre et demeura bouche bée. Un homme. Un homme d'une laideur épouvantable les observait par la fenêtre. Lou voulut crier, mais le visage de ce dernier disparut dans l'ombre, empêchant la jeune fille de distinguer ses traits.

Agacée, elle plissa les paupières et compta en silence jusqu'à dix. Qu'allait-elle découvrir en rouvrant les yeux ? Si l'homme était toujours là, elle céderait à la panique purement et simplement. Sinon, c'est qu'il lui était apparu dans son imagination, et c'était tout aussi terrifiant. Rouvrant lentement les yeux, elle ne vit qu'une plante en pot à l'endroit où, tout à l'heure, elle avait aperçu cet horrible visage mutilé. Avait-elle pris ce pot de fleurs pour une apparition ?

— J-j-j-e... j'ai vu..., bafouilla Lou avant de prendre conscience qu'elle ne manquerait pas de passer pour une folle. Heu, hum, je me demandais... Quelqu'un voudrait bien sentir mon haleine ?

— Cours toujours ! répondit Garrison.

— Si c'est absolument nécessaire, oui, mais je préfére-rais éviter, répondit Madeleine, plus diplomate.

— Penchez-vous, ma petite dame, se proposa genti-ment Théo. Je vais voir tout ça.

— Non merci, dit Lou en voyant s'approcher Théo.

Elle ne voulait pas qu'on respire son haleine. C'était simplement la première question qui lui était venue à l'esprit.

— Pardon ? Je ne suis pas assez bien pour toi, c'est ça, je n'ai pas le droit de sentir ton haleine ?

Lou répondit par un petit rire narquois et Théo siffla entre ses dents :

— Méchante !

— Je vois que vous avez été informés des tests de l'ha-leine auxquels je procède chaque matin, dit Mme Welling-ton depuis le couloir.

Elle avait surgi, vêtue d'une robe sans manche à rayures, avec un jupon et une toque assortie sur les che-veux.

Mme Wellington fit le tour de la table avant de s'ar-rêter devant Garrison.

— Ouvrez grand la bouche, dit-elle, très calme.

Garrison pencha la tête en arrière et ouvrit la bouche. Il ne souffla pas au visage de Mme Wellington, se conten-tant de laisser la vieille dame l'inspecter. Des gouttes de sueur se formèrent sur son front tandis qu'il commen-çait à s'inquiéter de ne pas avoir frotté sa langue assez loin vers sa gorge. C'était une opération délicate, car à trop forcer, on pouvait vomir, ce qui n'aide pas à avoir bonne haleine.

Mme Wellington détourna la tête de la bouche de Garrison et inspira lentement à travers ses narines. Le temps sembla s'étirer, suspendu, tandis qu'elle évaluait l'haleine du jeune garçon tel un scientifique examinant des résultats dans son laboratoire. Finalement, la vieille dame hocha la tête. Puis elle ajusta la toque de coton au sommet de son crâne et s'avança ensuite vers Madeleine. Bien que Mme Wellington eût très bien pu respirer son haleine à travers son voile, Madeleine le souleva néanmoins. La vieille dame acquiesça bientôt et poursuivit son inspection en s'approchant de Lou et de Théo. Les deux élèves reçurent également son approbation, à leur grand soulagement.

— Excellent, chers concurrents. Non seulement une reine de beauté se doit d'avoir une tenue toujours parfaite, mais elle ne prend jamais part à une conversation avec des gens qui ont mauvaise haleine, déclara Mme Wellington cependant que Schmidty et Macaroni faisaient leur entrée dans la pièce, avec un plateau d'œufs brouillés, de muffins et de jus d'orange. Ouvrez la bouche, vieil homme!

— Madame, je ne suis pas un élève de cette institution. Je ne pense pas devoir me soumettre à de tels examens.

— Vous n'êtes peut-être pas un concurrent, mais je suis une reine de beauté. Et qu'est-ce que je dis toujours?

— Qu'on ne demande jamais son âge à une reine de beauté?

— Non, répondit Mme Wellington d'un ton cassant.

— De toujours emporter avec soi une perruque de rechange?

— Non.

— D'assortir son fard à paupières à ses vêtements?

— Écoutez, vieil homme, vous savez très bien que je dis toujours qu'une reine de beauté ne prend jamais part à une conversation avec des gens qui ont mauvaise haleine.

— Si vous le dites, madame.

— Bien, maintenant ouvrez grand la bouche.

— Très bien, madame. Mais je pense que vous devriez savoir que j'ai déjà commandé l'épitaphe de votre pierre tombale : «Aussi constante dans l'élégance que dans la folie.»

— Mon cher, êtes-vous déjà en train d'organiser mes funérailles?

— Depuis le jour où nous nous sommes rencontrés.

— J'ai toujours admiré votre sens de la prévoyance.

Schmidty, assis à table, posa une main sur la mèche de cheveux enroulée sur son crâne tandis qu'il se penchait vers l'arrière.

— Souvenez-vous, la mauvaise haleine est le signe que les bactéries sont toujours présentes, et croyez-moi, les bactéries, ce n'est pas un cadeau!

Affichant un sourire mièvre, Mme Wellington renifla l'intérieur de la bouche de Schmidty et hocha la tête.

— Voyez, vous avez déjà beaucoup appris! dit-elle.

— Quoi? À nous laver les dents? demanda Lou, sarcastique.

— Sans vouloir être impoli, je crois que je devrais appeler ma famille pour vérifier que tout va bien. Un tas de choses terribles, horribles, atroces, affreuses ont pu se passer. Je peux téléphoner?

Garrison se mit aussitôt à transpirer, à cause de son mensonge de la veille. Logiquement, le manoir devait être équipé du téléphone, alors pourquoi son cœur battait-il si vite?

— Bien sûr, mon petit grassouillet. Vous pouvez passer autant d'appels imaginaires que vous le souhaitez dans votre tête, dit Mme Wellington dans un sourire. Je sais combien les concurrents aiment bavarder.

Garrison poussa un soupir de soulagement, avant de se rendre compte que Mme Wellington avait dit des «appels imaginaires».

— Comment ça, «appels imaginaires?» demanda Garrison, qui suait à grosses gouttes maintenant.

— Eh bien, il n'y a pas de ligne téléphonique, ici, dans la montagne : tous les appels doivent demeurer imaginaires.

— Mais il y a bien des téléphones dans la maison? lâcha Garrison, nerveux.

— Oh oui! répondit Mme Wellington.

— Pourquoi, si vous n'avez pas de ligne? demanda Théo.

— J'aime l'objet, son élégance, son design. Et puis de

temps à autre, j'aime bien m'appeler, pour savoir comment je vais, si tout va bien sur le plan émotionnel.

— Je ne sais même pas ce que ça veut dire, dit Garrison tout en gardant les yeux rivés sur cette vieille dame folle.

— Vous avez un ordinateur, ou bien un Palm? Vous savez, un BlackBerry? Un Sidekick? Un truc dans le genre? demanda Théo au désespoir.

— Absolument pas! Ni télévision, ni ordinateur, ni téléphone! Les seules installations modernes ici sont l'eau courante et l'électricité, et nous n'en disposons uniquement parce que, grâce à elles, je peux laver ma perruque et la faire sécher. Bon! enchaîna Mme Wellington en ignorant les mines déconfites des enfants. Pendant votre séjour ici, je préfère que vous soyez occupés et que vous m'amusiez par la même occasion en passant autant de temps que possible au Peurnasium. C'est bien la raison de votre présence en ces lieux, n'est-ce pas, chers concurrents?

TOUT LE MONDE A PEUR DE QUELQUE CHOSE

L'osmophobie est la peur irrationnelle
de toutes les odeurs

A près le petit déjeuner, les quatre élèves firent un bref arrêt au Peurnasium pour une nouvelle série d'exercices imaginaires, avant de se rendre en salle de classe. Madeleine avait un peu la nausée cette fois encore car, malgré sa ferme intention de ne pas céder à la panique, elle s'était imaginé d'énormes araignées qui lui grimpaient le long du bras. Émotionnellement épuisée, elle pensait maintenant avoir droit à une petite distraction.

— Pardonnez-moi, madame Wellington. Hier, je crois vous avoir entendu parler d'une bibliothèque. Je ne me permettrais pas de parler pour les autres, mais moi, j'apprécierais énormément de lire un livre.

— Ah oui, la bibliothèque. Il n'y a pas d'école qui vaille sans bibliothèque. Elle se situe d'ailleurs, c'est très commode, juste à côté de la salle de classe, dit

Mme Wellington en désignant une porte en forme de triangle.

Une jolie petite cloche de cuivre étincelant ornait la plus haute pointe de cette porte triangulaire marron. En raison de sa très petite taille, Mme Wellington dut, pour la franchir, rentrer la tête dans les épaules et se pencher en avant tout en maintenant sa perruque sur son crâne.

Si la présence d'une bibliothèque n'avait certainement rien d'exceptionnel dans un manoir de ce type, celle de cette école était en revanche pour le moins insolite. Au lieu de livres soigneusement alignés, les enfants découvrirent des bocaux de verre sur toutes les étagères, à l'exception d'une seule. Le plus imposant trônait, seul, sur une étagère plaquée de bronze tout près du plafond.

À l'intérieur de ces bocaux se trouvaient morceaux, mottes et fragments de couleurs différentes, du rose au noir, même si pour l'essentiel, leur couleur faisait plutôt songer à celle d'une banane encore verte, à peine jaune.

— Qu'est-ce que vous avez fait des livres ? gémit Théo en parcourant la pièce du regard.

— Quels livres ? C'est la Bibliothèque des Odeurs Infâmes.

— Des quoi ? demanda Lou, écœurée.

— Impressionnant, n'est-ce pas ? Nous avons un mur entier consacré aux fromages. Puis celui des palourdes, boulettes de poisson, œufs pourris, choucroute, kimchis[1], sardines, durian[2], et tous les ingrédients qui se mettent à sentir fort en moisissant. Vous n'imaginez pas à quel point l'odeur d'un sandwich au thon du Bicentenaire peut être infecte.

— C'est quoi, le Bicentenaire ? interrogea Garrison.

— Le deux centième anniversaire de la fondation de

---

1. Mets traditionnels coréens, concoctés à base de piments et de légumes macérés.
2. Fruit tropical d'Asie du Sud-Est, connu pour son goût et son odeur très particuliers.

ce pays, dit Madeleine d'un air rêveur en répondant à Garrison. C'était en 1976.

— Franchement, Garrison, elle n'est pas américaine et elle le sait, elle! siffla Lou avec condescendance.

— Ah ouais, parce que tu le savais, toi, peut-être?

— Eh, vous autres! Laissez tomber! Faut reconnaître que Madeleine est plus intelligente que vous deux, dit Théo.

— Plus intelligente que *nous deux*? J'espère que tu n'insinues pas par là que tu es plus malin que nous, Frère Tuck?

— Ouais, ajouta Garrison tout à fait inutilement. Eh, attends! C'est qui, Frère Tuck?

— Le compagnon de Robin des Bois, tu sais, le gros moine, enfin, je veux dire, celui qui est un peu *enveloppé*! expliqua Madeleine.

— Tu vois, elle est plus intelligente que vous! s'écria Théo, triomphal.

— Non, elle est plus intelligente que Garrison, mais pas plus que moi, rétorqua Lou.

Madeleine poussa un profond soupir et croisa les bras sur sa poitrine avec colère.

— Je vous prends à n'importe quel sport et je vous fais manger la poussière, lança Garrison

— Ah non, pas ça, c'est dangereux, il y a une grande quantité de bactéries dans la poussière, répondit Théo.

— Oh, la ferme! s'emportèrent Lou et Garrison à l'unisson.

— Ce n'est pas la peine de lui crier après, dit posément Madeleine.

— Merci. Enfin quelqu'un qui me comprend!

Lou lâcha un soupir d'agacement tout en levant les yeux au ciel.

— Tu sais, les muscles des yeux sont comme tous les autres : ils se développent avec l'exercice, déclara Théo.

— Parce que tu en connais un rayon, toi, peut-être, sur l'exercice! aboya Lou.

— Ne viens pas te plaindre, si tes yeux te sortent par les orbites, après!

— Théo, ça suffit, dit Madeleine en vaporisant un peu d'insecticide autour d'elle.

— D'accord, mais toi, tu devrais savoir que ce truc n'est pas tellement efficace contre les insectes.

— Tu regrettes d'avoir pris sa défense, maintenant, hein? demanda Lou à Madeleine.

Mme Wellington, quant à elle, demeurait au fond de la bibliothèque, totalement indifférente. Elle était bien trop absorbée par la contemplation des divers bocaux pour prêter l'oreille à leurs chamailleries. De la pointe de son nez, elle inspectait les étiquettes soigneusement dactylographiées sur le couvercle de chaque pot. Après s'être ainsi efforcée à loucher, Mme Wellington capitula et enfila ses lunettes d'écaille.

— Venez par ici! dit-elle en les remontant au sommet de son nez.

Lou, Garrison, Madeleine et Théo se rapprochèrent de Mme Wellington et découvrirent l'étrange substance brune qu'elle leur indiquait dans un pot. Lou se tenait parfaitement droite tandis que son œil gauche se mettait à tressauter nerveusement sous sa paupière. De façon totalement irrationnelle, Lou éprouvait de l'empathie pour cette étrange matière, car elle se représentait en miniature, enfermée dans un bocal.

Mme Wellington essaya d'en faire sauter le couvercle, tournant et retournant en vain le pot entre ses mains. Son visage se contorsionnait sous l'effort, et les articulations de ses doigts en devenaient blanches.

— C'est... un sacré.... celui-là... alors! marmonnait-elle entre deux respirations. C'est... à cause de... tous ces gaz qui... qui s'accumulent... avec le temps...

— J'espère que ces gaz ne sont pas inflammables, dit Théo.

— Est-ce que quelqu'un aurait une allumette? demanda Lou, narquoise, en jetant un regard mauvais à Théo.

— J'y suis... presque! soufflait la vieille dame.

— Les consignes de sécurité contre les incendies n'ont rien de drôle, *Lou*!

— *Loo*, en anglais, ça veut dire «toilettes», dit Madeleine sans réfléchir.

— C'est faux! hurla Lou, bousculant la jeune fille derrière son voile.

— Ah! Je vais t'appeler «chiottes» maintenant! s'esclaffa Théo.

— Recommence, et tu verras, Patapouf!

Lou remonta ses manches, prête à frapper Théo s'il osait à nouveau ouvrir la bouche. Madeleine rentra le menton dans les épaules, piteuse, se demandant pourquoi elle avait choisi justement ce moment-là pour divulguer cette information. Garrison, quant à lui, hésitait : devait-il proposer à la vieille dame de l'aider?

— Voilà, ça y est! s'écria cette dernière lorsque le couvercle du bocal eut sauté.

Une odeur infâme envahit toute la pièce, privant aussitôt les élèves de leur sens olfactif. Leurs yeux se révulsèrent, leurs genoux se mirent à trembler et leur gorge se contracta. C'était de très loin l'arôme le plus répugnant qu'ils aient jamais senti : un mélange épouvantable d'odeurs de vieilles chaussettes, de bouse de vache, de vomi et de couches de bébé trempées.

Mme Wellington ne paraissait pas le moins du monde gênée, contrairement à Théo qui en avait des haut-le-cœur. Aux pieds de Madeleine gisaient les corps de deux chats qui avaient littéralement perdu connaissance, submergés par une telle puanteur. L'œil gauche de Lou remuait comme un beau diable sous sa paupière, tandis qu'elle s'éloignait en direction de la porte. Garrison se boucha le nez au moyen de sa chemise, et suivit Lou dans le Grand Salon.

Une fois dans le couloir, les quatre élèves inspirèrent de grandes bouffées d'air frais pour nettoyer leurs fosses nasales. Théo avait toujours des spasmes, comme s'il allait vomir, la tête entre les jambes. Madeleine, debout non loin de lui, se vaporisait de l'insecticide sur la peau, angoissée à l'idée que l'odeur ait pu véhiculer des micro-organismes ou des spores qui se seraient infiltrés sous son épiderme.

— Je ne me sens pas très bien, moi non plus, balbutia Lou. Madeleine, tu pourrais me vaporiser un peu de ton truc ? Mes vêtements puent, c'est une horreur !

Madeleine s'approcha de Théo et de Lou, et les pulvérisa de son insecticide, tel un fermier traitant ses récoltes. Puis, rougissante, la jeune fille se tourna vers Garrison.

— Tu en veux un peu ?

— D'ac.

Madeleine était émue de cette proximité ; elle était même plus près de lui que ne l'était l'ombre du jeune garçon.

— Je crois que ça marcherait mieux si tu reculais un peu, dit Garrison.

— Ah, oui, pardon, j'essayais une nouvelle méthode, mais apparemment c'est moins efficace, en effet, bafouilla-t-elle, confuse.

La porte de la bibliothèque s'entrouvrit, et Mme Wellington apparut, un chat sous chaque bras.

— Ils vont bien ? demanda Théo, inquiet de leur état.

— Bien sûr ! Les chats sont des animaux carnivores. Ils adorent le steak.

— Le steak ? s'exclama Lou. C'était du steak ?

— Mais oui. De l'aloyau, datant de 1990.

— Je suis désolée, mais j'ai du mal à comprendre. À quoi sert cette bibliothèque des puanteurs ? demanda Madeleine.

— J'aurais pu me retrouver avec un trou dans l'œsophage jusqu'à la fin de mes jours ! déplora Théo, toujours très sérieux.

— Mon garçon, vous êtes décidément idiot ! pouffa la vieille dame. Pour répondre à votre question, la Bibliothèque des Odeurs Infâmes aide Schmidty à ne pas oublier le Casu Marzu. Chaque fois qu'il se plaint, qu'il prétend ne plus pouvoir en avaler une bouchée de plus, je le fais venir ici. Après quelques bouffées, ses papilles gustatives ont hâte de retrouver le Casu Marzu. Et puis, cela se révèle assez utile, parfois, lorsque je reçois un concurrent que les produits laitiers terrifient.

— Je crois que j'ai inhalé des bactéries mortelles à cause de ce bocal. Un végétarien assassiné par un steak, quelle ironie cruelle, marmonnait Théo, à genoux sur le sol.

— Mon cher petit, vous êtes vraiment exaspérant, soupira Mme Wellington, dont les lèvres avaient viré à une nuance de fuchsia qui leur était encore à tous inconnue.

TOUT LE MONDE A PEUR DE QUELQUE CHOSE

*L'helminthophobie est la peur irrationnelle
d'être infesté de vers*

CHAPITRE 16

— Il vous faut du grand air, c'est tout! Allez, au terrain de polo! dit Mme Wellington en faisant signe au groupe de la suivre dans le Grand Salon.

Madeleine n'était tout simplement pas préparée à affronter le terrain de polo. Des larmes au coin des yeux, elle rattrapa Mme Wellington et saisit la main froide de la vieille dame.

— Madame, s'il vous plaît. Je ne veux pas aller dehors. Il y a des araignées, des insectes et plein de bêtes comme ça..., lui expliqua-t-elle poliment, bien que dans un souffle à peine audible.

— Dehors? Ma chère, vous faites preuve d'étroitesse d'esprit! Tous les terrains de polo ne sont pas dehors.

— Mais alors, comment l'air peut-il être frais? marmonna Théo dans sa barbe.

Mme Wellington traversa la salle, Lou, Théo et Madeleine dans son dos.

Garrison, loin derrière tout ce petit monde, étudiait en détail chacune des portes sur le chemin. Il caressa du bout des doigts une porte en bois de taille standard, qui n'avait rien d'extraordinaire excepté sa texture. Au lieu de planches lisses, Garrison crut toucher une toile de peintre. Ce n'était pas du tout une porte, mais un tableau représentant une porte. Les fentes et les creux du bois n'étaient en réalité que des touches plus sombres de couleurs qui créaient l'illusion.

— C'est quoi, cette peinture, madame Wellington?

La vieille dame s'immobilisa, comme toujours au tic-tac de l'horloge, à une dizaine de mètres de lui. Elle se retourna et observa le visage bronzé du jeune garçon. Un silence inquiétant régnait dans la salle, à l'exception de l'horloge qui marquait les secondes et des pulvérisations régulières de Madeleine.

— Vous avez cru qu'il s'agissait d'une vraie porte?

— Ouais.

— Et ce n'est qu'une peinture. Concurrent Garrison, dites-moi ce que cela signifie selon vous. Vous avez moins de trente secondes.

— Que vous manquiez de portes? répliqua celui-ci avec insolence.

— Vous avez un travail considérable à accomplir. Tous les concurrents devraient se montrer prêts à répondre intelligemment à mes questions en moins de trente secondes.

Dans le dos de Mme Wellington, la voix flûtée de Madeleine s'éleva :

— Madame Wellington? Si je peux me permettre, je crois que cette porte signifie que les choses ne sont pas toujours ce qu'elles semblent être. À l'occasion, il peut se révéler nécessaire d'étudier de plus près les objets, ou encore les gens, expliqua-t-elle en regardant Garrison droit dans les yeux.

Mme Wellington hocha la tête, satisfaite de la réponse de Madeleine.

— Je croyais qu'on allait sur le terrain de polo? interrompit Lou.

— N'oubliez pas, vous autres, glissa Théo sur un ton très sérieux, ne restez pas derrière les chevaux. C'est très dangereux. Ma mère connaît une dame qui a reçu un coup de sabot au visage. Sa tête a enflé comme un ballon de basket. Après, elle ne se rappelait plus le prénom de personne, ni même le sien! Elle s'adressait à tout le monde en disant : «Quel est mon nom, déjà?»

— Ouais, c'est ça, dit Lou, incrédule.

— C'est vrai! reprit Théo, bougon. Je l'ai rencontrée à un repas de Noël. Elle se présentait en disant : «Bonjour, je m'appelle quel est votre nom, déjà? Enchantée de faire votre connaissance!» Tout ça parce qu'elle avait marché derrière un cheval! Si seulement j'avais pu la prévenir, cette pauvre dame! s'écria Théo sur un ton dramatique.

— Pardonnez-moi, Joe le Joufflu, avez-vous terminé? demanda Mme Wellington, exaspérée, tandis qu'elle s'apprêtait à ouvrir la barrière rouge et blanche.

La serrure de la barrière du terrain de polo était rongée par la rouille, comme si elle avait été exposée aux intempéries pendant des années. Le verrou gémit, grinça, avant de consentir à sortir de son loquet attaqué par la corrosion. Théo se mordit les lèvres, regrettant amèrement d'avoir ôté le sérum antitétanique de sa trousse de premiers secours. L'infirmière scolaire lui avait affirmé que la rouille ne donnait pas le tétanos, et que se couper avec un objet rouillé ne faisait que créer un nid idéal pour le développement des bactéries. Mais, bien entendu, confronté à la rouille, Théo commençait à douter de la parole de l'infirmière.

Incapable de regarder Mme Wellington se battre avec le verrou, Théo se tourna vers le tronçon d'un avion DC-8 de 1959 qui était placé dans le mur face au terrain de polo. Le logo rouge, blanc et bleu de la compagnie

United Airlines avait pâli avec le temps, après toutes ces années passées dans les nuages. Théo appliqua son front contre la petite vitre ronde d'un hublot qui se couvrit de buée. Apercevant un chariot de biscuits apéritifs, il ressentit une envie dévorante de cacahuètes salées. Mme Wellington laissait peut-être des friandises dans le chariot pour donner à l'ensemble un air authentique. Théo s'imagina tapi dans l'avion, en train de manger des cacahuètes, de souffrir tranquillement de l'absence de ses parents et de dormir. Il préférerait cela de très loin plutôt que de poursuivre son séjour avec ces inconscients.

Mme Wellington parvint finalement à déloger le verrou rouillé, et ouvrit la barrière du terrain de polo : aussitôt, une flaque de crottin de cheval tomba au sol. Âcre et chaude, l'odeur fit aussitôt tiquer Madeleine, Lou, Théo et Garrison.

— Ouah, c'est vraiment..., marmonna ce dernier.

— Répugnant, fit Lou, terminant sa phrase.

— Et c'est censé nous aider à nous remettre de la puanteur du steak? pouffa Théo.

— Le fumier nettoie naturellement les glandes olfactives. Vous ne le saviez pas?

— Non, soupira Lou d'un air abattu, dégoûtée par ce nouvel affront fait à son nez.

— Voilà pourquoi l'on garde souvent une fiole de fumier dans les parfumeries, pour la faire respirer aux clients entre deux fragrances.

— Je n'ai jamais vu faire ça, répliqua Madeleine, très sincère.

— Ne soyez pas chagrinée. C'est la raison de votre présence en ces lieux : pour apprendre, reprit Mme Wellington en se faufilant avec féminité par la barrière sur le terrain de polo.

Celui-ci s'étendait approximativement sur la moitié de la longueur d'un terrain de football. Huit chevaux se trouvaient là, étonnamment paisibles, au beau milieu de la salle. Des peintures murales représentant des collines ondoyantes et des barrières de bardeaux blanches entouraient la pelouse anormalement verte tandis que les rayons du soleil filtraient à travers les vitres du toit. Le paysage, d'une douceur toute pastorale, n'en était pas moins curieusement effrayant. Madeleine demeurait près de la porte. Après avoir balayé la pelouse du regard, elle fit un geste totalement inhabituel pour son tempérament. Elle plia les genoux et toucha l'herbe du bout des doigts.

— Madame Wellington, est-ce du gazon artificiel?

— C'est de l'Astroturf[1], ma chère. La plus belle imitation de pelouse naturelle!

— Je crains que vous ne fassiez erreur, madame Wellington, répondit Madeleine avec assurance. C'est bien plus beau encore! Les insectes ne peuvent pas survivre, dans du gazon synthétique!

— Priver ces chevaux de nourriture! Pas étonnant qu'ils aient l'air aussi épuisés. Regardez-les, ils bougent à peine! s'exclama Théo.

— Comment ça, ils bougent à peine? répliqua Mme Wellington. Théo, ils ne bougent pas du tout. Ils sont morts!

— Vous les avez tués? demanda Théo dont la lèvre inférieure s'était mise à trembler.

— Les tuer? Grands dieux, non! Je les ai seulement fait empailler. De l'excellent travail, je dois dire. On peut toujours les monter.

— Ils sont morts de quoi?

— Une étrange moisissure, dans leur foin. Un vrai désastre. Je ne pouvais supporter l'idée de vivre sans eux, aussi ai-je fait construire ce terrain de polo.

— Cette moisissure, vous en connaissez l'origine? Elle est toxique aussi pour les hommes?

— Théo, je vous prie, ne vous tracassez pas pour cela. Autant que je sache, Schmidty ne prépare jamais aucun plat à base de foin, dit la vieille dame avant de s'immobi-

---

1. Pelouse synthétique de marque américaine.

liser et de lever les yeux vers le plafond, comme pour réfléchir à ce qu'elle venait de dire.

Pendant ce temps, Madeleine avait cessé de vaporiser de l'insecticide sur ses bras, et reportait son attention sur les chevaux au milieu de la pièce.

— Je ne voudrais pas me montrer indiscrète, madame Wellington, mais les pelages des chevaux ont-ils été traités contre les insectes et d'autres organismes vivants?

— Certainement!

Soulagée, Madeleine se retourna pour explorer à son aise la pièce tout entière. Mme Wellington secoua alors la tête, murmurant un «Non» à l'attention des autres élèves.

Lou, Garrison et Théo ne purent s'empêcher de se demander quels autres mensonges elle leur avait servis.

TOUT LE MONDE A PEUR DE QUELQUE CHOSE

*La mastigophobie est la peur irrationnelle
des punitions*

L e matin suivant, Lou, Madeleine, Théo et Garrison s'installèrent avec précaution à leur bureau plaqué argent dans la salle de classe et attendirent Mme Wellington pour le début de la leçon. Cette nuit-là, les quatre élèves avaient discuté de la possibilité de s'enfuir de l'école mais, faute d'avoir trouvé un moyen imparable, ils étaient allés se coucher, avec l'espoir que la journée du lendemain leur apporterait la solution. Le fait que cette journée commençait en classe plutôt qu'au Peurnasium ou tout autre pièce totalement loufoque leur sembla bon signe.

— Contrairement à ce que cela laisse entendre, un concours de beauté n'est pas seulement une affaire de beauté. Bien d'autres choses entrent en jeu : le maintien, la personnalité, l'attitude, pour n'en citer que quelques-unes. Certes, je sais bien qu'aucun d'entre vous n'a

187

l'étoffe nécessaire pour remporter ce concours, enfin, à part Lou, dit Mme Wellington, mais l'on peut apprendre énormément en se pliant à ces règles.

— Madame Wellington, je ne parle pas au nom de Théo, mais je suis un garçon. Les garçons ne s'intéressent pas aux concours de beauté. Ils ne portent pas de rouge à lèvres, ni de tutus, ni de couronnes. Rien de rose, déclara Garrison d'un ton dur.

— Moi, je mets parfois du rose, ajouta Théo avant de remarquer le regard incrédule que lui jetait Garrison. Mais seulement pour Pâques.

— Croyez-moi, jeune sportif, un petit concours de beauté vous ferait certainement le plus grand bien, à vous en particulier. Et au cas où je ne me serais pas bien fait comprendre, mes leçons n'ont rien de facultatif. Considérez-moi comme une visite chez le dentiste, chez vos grands-parents ou une journée d'école : un mal nécessaire. Aussi, je vous demanderai de garder pour vous vos remarques, dit Mme Wellington dont les lèvres avaient par endroits pris une teinte cramoisie. Maintenant, donc, commençons si vous le voulez bien avec deux des points les plus importants : le sourire et le salut de la main. Cela vous sera très utile tout au long de votre existence, dans les grands magasins, lors d'un rendez-vous galant ou bien seulement lorsque vous devrez héler un taxi.

— Je ne comprends pas. Qu'est-ce qu'un sourire et un signe de la main ont à voir avec les peurs ? demanda Lou.

— La jolie petite maligne que voilà ! dit Mme Wellington, ce qui ne manqua pas de faire naître un sourire narquois sur les lèvres de Lou, triomphale.

— L'art des concours de beauté n'a strictement aucun lien avec les peurs. Rien, pas le moindre rapport. Bien. Vous avez tous reçu un pot de vaseline.

— Je suis navrée de vous interrompre, madame Wellington, mais pourquoi devons-nous apprendre à connaître le protocole des concours de beauté à l'École de la Peur? demanda poliment Madeleine d'un air suppliant. Ne serait-ce pas plus approprié dans une école pour esthéticiennes ou une école pour mannequins?

— Sincèrement..., reprit la vieille dame après un long soupir d'agacement, je n'ai pas rencontré de personnes aussi étroites d'esprit depuis l'inquisition espagnole qui, comme vous le savez sans doute, a débuté lorsque Marcia de Séville a tenté de me voler ma couronne, à l'hôtel Hilton de Barcelone.

— En vérité, je crois que cela s'est passé sous le règne de Ferdinand d'Aragon et d'Isabelle de Castille, l'interrompit Madeleine, avant de s'arrêter elle-même en remarquant que les lèvres de la vieille dame viraient au sombre. Ou, maintenant que j'y songe, cela a commencé au Hyatt[1].

— Cela a débuté à l'hôtel Hilton, reprit Mme Wellington au comble de l'agacement. Les concurrents n'ont aucune considération pour l'histoire, de nos jours. Vos parents ne vous ont donc pas appris l'importance de l'éducation?

L'étrange vieille dame ajusta alors sa perruque sur son front, inspira profondément puis appliqua une nouvelle couche de son rouge à lèvres couleur chewing-gum.

— Bon, maintenant, veuillez plonger votre doigt dans le pot de vaseline et vous la passer lentement sur les dents. Tout excès sera essuyé du bout de votre serviette, ou mangé, si vous avez faim. Malheureusement, Schmidty n'a pas eu le temps de parfumer la vaseline au Casu Marzu. Une histoire de sommeil à rattraper. Franchement, les hommes! Sitôt qu'ils atteignent les quatre-vingts ans, c'est excuse après excuse!

Madeleine regarda par la fenêtre, ignorant totalement Mme Wellington, ce qui relevait du tour de force. La vieille dame se montrait plus alerte encore qu'à son habitude, et plus folle aussi, lorsqu'elle en venait à parler du grand art de participer à un concours de beauté.

---

1. Nom d'une chaine d'hôtels aux États-Unis.

Madeleine se sentait terriblement mal à l'aise. Non seulement elle était séparée de tout ce qui lui était cher dans la vie – sa famille, sa réserve inépuisable de bombes insecticides, son employé personnel d'une entreprise de fumigation et dératisation – mais elle n'apprenait absolument rien. Lorsque tout serait fini, la jeune fille rentrerait à Londres tout aussi répugnée par les insectes que par le passé. La seule différence serait les quelques conseils de beauté qu'elle aurait récoltés au passage.

— Ohé, jeune apicultrice? Votre attention, s'il vous plaît, là, devant.

— Pardon, madame Wellington, répondit-elle en appliquant une couche épaisse de cette substance visqueuse sur ses dents.

— Et le voile! Il faut le soulever.

— Est-ce absolument nécessaire?

— Vous allez me relever ce voile, ou bien je vous confisque tous les aérosols que vous cachez dans vos bagages.

— Mais comment avez-vous...?

— Schmidty a beau être aveugle, il n'a pas son pareil pour fouiner dans les affaires...

Madeleine acquiesça et, à contrecœur, souleva son voile pour montrer son visage.

— Ce truc n'attaque pas l'émail des dents, tout de même? demanda Théo. Parce que mon dentiste est très strict. Je ne suis même pas censé boire de soda. Il était colonel dans l'armée, avant, et je ne tiens pas à l'énerver.

— Théo, je suis certaine qu'il y a bien quelqu'un, quelque part sur cette terre, qui serait ravi de vous écouter déblatérer vos histoires de dentiste, mais je ne suis pas cette personne, reprit Mme Wellington en glissant une règle dans le bas de son dos.

Son pantalon était déjà un peu trop serré autour du ventre du jeune garçon. L'ajout de la règle acheva de lui couper la respiration.

— Moi non plus! ajouta Lou dans un sourire narquois,

tandis que Théo luttait pitoyablement pour élargir le diamètre de son pantalon.

Mme Wellington plaça alors des règles dans les vêtements de Lou, Madeleine et Garrison, qui étaient tous bien moins justes que ceux de Théo.

— Il est impossible de saluer correctement son public sans un bon maintien. Votre dos doit rester parallèle à la règle à chaque seconde, dit la vieille dame en faisant, tout sourires, une démonstration de la parfaite posture à adopter.

— Les doigts ne doivent pas être écartés ! Grands, les sourires ! Allez ! Le dos bien droit ! Ajoutez de la vaseline, Madeleine ! Théo, rentrez les épaules ! Vos doigts ! On recommence ! Garrison, qu'est-ce que c'est que ce salut ? Intolérable ! Allez, encore, jeune sportif ! aboyait Mme Wellington. Allez ! Allez ! Théo, plus de vaseline ! J'ai dit : plus !

La voix de la vieille dame se faisait de plus en plus grondante, invoquant la figure d'un dictateur tel que les enfants n'en avaient encore jamais rencontré.

À la fin de la leçon, leurs biceps et triceps étaient douloureux, à force de saluer, et leurs zygomatiques avaient des crampes à force de s'exercer à sourire, la bouche dégorgeant de vaseline. C'était un rituel de torture bien étrange, mais cependant très éprouvant. Même le très athlétique Garrison ressentait des courbatures après ce curieux entraînement. Si ses bras avaient assez bien enduré l'épreuve, il avait en revanche des douleurs sourdes et lancinantes dans tout le visage.

La leçon dura un temps infini, contraignant les élèves à se priver de repas, si bien que, l'heure du dîner venue, ils se précipitèrent au Grand Salon sans même s'être lavé les dents ni avoir retiré la règle dans leur dos. Ayant pris place à table, le dos raide, tandis que les corbeaux croassaient dans le fond de la salle, tous quatre essuyèrent leurs lèvres poisseuses sur les serviettes immaculées de Mme Wellington.

— Vous croyez que ça va les salir ? demanda Théo.

— Et alors? On s'en fiche, de ses serviettes! On est coincés chez cette vieille cinglée de reine de beauté. Je n'arrive même plus à arrêter de sourire, alors que je ne suis pas si gentille, d'habitude! soupira Lou.

— Enfin, tu t'en rends compte! dit Théo avec condescendance.

— La ferme, espèce de gros trouillard!

— Arrête, Lou, l'interrompit Madeleine. Tu ne devrais même pas te plaindre : tu es sa préférée, et la seule qu'elle juge à peu près digne de remporter un concours de beauté.

— Tu dis ça comme si c'était super d'être la chouchoute d'une folledingue du salut de la main. Crois-moi, c'est pas le cas. Et puis, si ça t'intéresse tant que ça de le gagner, ce concours, t'as qu'à retirer ton voile!

— Madeleine sans son voile, c'est comme le chocolat sans le beurre de cacahuète, comme le sel sans le poivre ou la mayonnaise sans la moutarde.

— Merci, Théo. Et puis j'aime beaucoup ce voile, aussi, dit Madeleine avant de soupirer. Elle ne comprend simplement rien aux peurs paniques. Je ne serais pas étonnée que nous rentrions à la maison dans un état encore pire qu'à notre arrivée.

— La maison! s'exclama Théo sur un ton théâtral. Rien que d'entendre ce mot, ma famille me manque. Je mange toujours des plats délicieux, à la maison. Est-ce que je vous ai dit, déjà, à quel point j'ai faim, vraiment faim? Il me faut de la nourriture qui n'ait pas ce goût de fromage aux asticots! Des pâtes! Ou rien qu'une tranche de pain au levain avec du beurre, mais du beurre salé, s'il vous plaît!

— Il y a des problèmes plus urgents à régler que de te trouver du beurre salé! grogna Lou.

— J'en connais une qui aurait bien besoin d'un temps mort, souffla Théo pour lui-même, avant d'être interrompu par Garrison qui tapa du poing sur la table, d'énervement.

— Mais qu'est-ce que je fais dans cet endroit stupide,

192

vous pouvez me l'expliquer? s'exclama ce dernier avec colère.

Évidemment, c'est à cet instant précis que Mme Wellington choisit de faire son entrée.

— Dites, le sportif, vous avez la maladie d'Alzheimer? Ce serait bien dommage, étant donné que vous n'avez que treize ans. Je soupçonne Schmidty d'en être atteint, mais, hélas, on ne peut le lui demander, puisqu'il est sourd. Peut-être pourrez-vous lui rappeler votre état sur un petit bout de papier, après le dîner? dit Mme Wellington depuis le seuil du Grand Salon. Quelque chose de court et de piquant, comme, disons : «Je ne me souviens pas, et vous?»

— Madame, il semblerait que ce soit vous qui ayez des problèmes de mémoire. Je ne suis pas sourd, mais un brin aveugle, déclara Schmidty, très calme.

— C'est vrai. Aveugle, et aussi un peu glouton, au cas où vous aimeriez le savoir.

— Madame Wellington, je suis sûr de ne pas avoir la maladie d'Alzheimer, reprit Garrison.

— Très bien. Mais s'il vous arrive de vous souvenir que vous avez tout oublié, par la suite, faites-le-moi savoir. En attendant, permettez-moi de vous rappeler que vous êtes ici parce que vous vous mettez dans un état épouvantable, à ruisseler de sueur de façon tout à fait repoussante à la seule vue, ou même à la seule idée de l'eau. Si vous le souhaitez, je peux vous en faire une petite imitation?

— Non merci, répondit aussitôt Garrison tandis que Mme Wellington, Schmidty et Macaroni s'asseyaient à table avec les enfants.

Ces derniers se souvenaient peut-être très bien des raisons pour lesquelles ils étaient arrivés à l'École de la Peur, mais ils cherchaient maintenant en silence le moyen d'en repartir le plus vite possible.

TOUT LE MONDE A PEUR DE QUELQUE CHOSE

*L'eisoptrophobie est la peur irrationnelle
de s'apercevoir dans un miroir*

CHAPITRE 18

L e lendemain matin, Garrison se réveilla trempé de
sueur, le cœur palpitant. À ses côtés se trouvait le
bulldog en pyjama, qui ronflait tranquillement : apparemment, Macaroni s'était lassé de se glisser la nuit dans
le lit de Théo. Garrison caressa les poils doux de sa tête
en s'efforçant de se souvenir de ce qui l'avait tant
angoissé.

Bien entendu, ses pensées se tournèrent tout d'abord
vers l'eau. Avait-il rêvé qu'il était perdu en mer, pris au
piège dans l'œil d'un cyclone, ou tout simplement qu'il
était assis au bord d'une piscine ?

Garrison ne pouvait se l'expliquer, mais il avait la sensation que c'était différent, cette fois. Macaroni fidèle-
ment posté à ses pieds, il se brossa les dents, déterminé
à chasser ce mauvais rêve de son esprit. Il cracha dans
le lavabo, et considéra un instant Macaroni. Et, comme il

plongeait son regard dans les yeux bruns et vitreux à demi clos du chien, tout lui revint.

Garrison avait rêvé de la fin de l'été, lorsqu'il devrait retrouver ses parents à Miami. Il avouait à son père qu'il avait toujours peur de l'eau. M. Feldman ne lui servait pas son discours habituel sur la vie qui ne récompense ni les bébés ni les mauviettes ; il se contentait de détourner le visage de son fils, sans une parole. C'était un échec cuisant, épique, impossible à saisir par les mots.

Garrison descendit discrètement au rez-de-chaussée, laissant ses camarades à leur paisible sommeil. Il ne savait même pas ce qu'il cherchait, mais il espérait dénicher une preuve quelconque que cet endroit pouvait vraiment le guérir de ses angoisses. Tandis qu'il avançait dans le couloir sur la pointe des pieds, il sentit son estomac se brouiller. L'inquiétude. Il avait atterri dans un cirque, un véritable asile de fous. Il était stupide d'attendre qu'une femme habitant dans un manoir aussi excentrique que Summerstone se révèle capable d'enseigner quoi que ce soit. Planté devant la porte de la Bibliothèque des Odeurs Infâmes, Garrison reconnut sa défaite. À son retour, il serait exactement le même gros bébé qu'il était avant son départ.

Très peu de temps après, ce fut un Garrison très déprimé qui rejoignit Madeleine, Lou et Théo à la table de la salle à manger. L'absurdité sans nom de ces quelques jours avait assombri leur humeur à tous. Garrison n'était pas une exception : le groupe gardait un silence anormal, ce matin-là. Les fourchettes crissaient contre la porcelaine des assiettes, Macaroni mâchait à grand bruit, mais personne ne parlait. Personne n'avait demandé où se trouvait Mme Wellington, ni pourquoi elle était en retard pour le petit déjeuner. D'ailleurs, même s'ils l'avaient fait, personne n'aurait jamais pu deviner la réponse exacte à cette question.

— Ah ! glapit Théo lorsqu'il vit surgir un étrange individu amphibie vert dans la salle.

L'individu était de forme humaine, mais il était couvert de mousse des pieds à la tête. Quelques secondes plus tard, ils comprirent, à son allure précise, sa raideur totalement inhumaine et ses manières féminines, que la créature n'était autre que Mme Wellington elle-même.

— Oh, cessez vos jérémiades, mon garçon! Ce n'est que du lichen du Groenland! assura Mme Wellington.

— Est-ce comme la gangrène? demanda Théo en écartant sa chaise de celle de Mme Wellington.

Avant même qu'elle ait pu ouvrir la bouche pour lui répondre, Madeleine demanda :

— Y a-t-il des bêtes dans ce truc?

— Les enfants, vous vous comportez comme si vous n'aviez jamais vu quelqu'un couvert de lichen auparavant!

— Non, en effet, répondit Garrison.

— Ma foi, je suppose que si l'on ne va pas beaucoup au Groenland, c'est normal. Là-bas, il se trouve des villes entières peuplées de gens couverts de lichen. Ils ne le brossent pas durant l'hiver, car cela tient plus chaud que la toison des moutons et c'est aussi bien moins cher. Le plus intéressant, c'est que le lichen est attiré par la chaleur : aussi, dès qu'il touche une créature à sang chaud, hop!, il se colle sur sa peau, et ça lui fait un vêtement!

— Et comment ça s'enlève?

— Suivez-moi, dit Mme Wellington en s'engageant dans le couloir, de son pas habituel synchronisé au tic-tac de l'horloge.

Au milieu du Grand Salon, Mme Wellington s'arrêta devant une porte de taille standard aux motifs dorés. Les quatre élèves plissèrent les yeux, éblouis par la luminosité de la porte, tandis que Mme Wellington ouvrait cette dernière, débouchant sur une pièce envahie de cette matière poisseuse dont elle était recouverte. Étrangement, cette masse verte de lichen était encore plus répugnante que collée sur le dos de Mme Wellington. Peut-être était-ce dû à sa façon de le porter : son élégance sans faille de vieille dame, envers et contre tout.

Mais une chose était certaine : cette pièce envahie de lichen faisait naître chez les enfants une sourde inquiétude.

— C'est moi, ou ce truc sent la mayonnaise? demanda Théo dans une grimace.

— C'est ton imagination, le Joufflu. Moi, je sens les choux de Bruxelles, dit Lou.

— Chers concurrents, vous êtes tout à fait ridicules. C'est dans votre tête, tout ça. Le lichen n'a absolument pas d'odeur. Tenez, sentez! fit Mme Wellington en brandissant une poignée de mousse verte sous le nez des quatre élèves, qui déclinèrent unanimement son offre.

Madeleine, qui n'avait pas entendu de «non» catégorique à sa question de savoir si d'éventuels insectes pouvaient se nicher dans cette mousse, refusait d'avancer tant qu'elle n'était pas certaine que la voie était sûre.

Mme Wellington pénétra dans la pièce envahie de lichen, où elle disparut soudain entièrement.

— Regardez bien, leur ordonna-t-elle tandis qu'elle s'approchait furtivement de la porte, en agitant une chaîne.

Les enfants se penchèrent pour observer attentivement la masse verte et poisseuse, lorsqu'ils virent tomber du sel du plafond. Une pluie de cristaux de forme grossière et curieusement lourds se déversa sur Mme Wellington, soulevant un énorme nuage de poussière blanche. Quelques secondes s'écoulèrent, et la nuée de sel se dispersa, laissant apparaître une Mme Wellington miraculeusement propre.

La vieille dame revint dans le Grand Salon et referma la porte dorée derrière elle. Les quatre élèves se tenaient bouche bée devant elle, scrutant sa chemise de nuit blanche à la recherche de la plus petite trace de lichen, sans en trouver aucune. Il leur fallut plus d'une minute pour l'examiner des pieds à la tête.

Ils se mirent alors à hurler à l'unisson en apercevant le masque de mort qui se présentait à eux. Mme Wellington était effrayante à voir sans un soupçon de maquillage, avec ses veines bleues qui palpitaient sous la teinte gris-jaune de sa peau.

— Chers concurrents, je suis terriblement navrée. Je vous ai laissés tomber, en tant que reine de beauté. Aujourd'hui, je ne suis pas apprêtée. Votre reine a failli. Votre icône s'est fissurée. Comprenez-moi, je vous prie. Une curiosité effrénée s'est emparée de moi, me poussant à entrer dans cette chambre au lichen vert du Groenland, et à perdre de vue mon rôle de reine de beauté. Pourrez-vous un jour me pardonner ?

— Eh bien, euh, ça dépend, dit Lou d'un ton arrogant. Avez-vous l'intention de nous soumettre à de nouveaux exercices préparatoires au concours de beauté ?

— Bien sûr, tout ce que vous voudrez, répondit Mme Wellington, qui se méprenait totalement sur le sens de la question.

— Euh... Non, nous ne voulons pas faire ce type d'exercice aujourd'hui, déclara Lou avec assurance. Donc, pas de vaseline, compris ?

— Eh bien, dans ce cas, pas de concours de beauté. Chers concurrents, vous avez ma parole. Considérez cela comme marqué au rouge à lèvres. Pas de concours de beauté ni de vaseline pour aujourd'hui. Que diriez-vous de dix minutes d'exercices imaginaires au Peurnasium, de façon que Schmidty puisse avoir le temps de me coiffer et de me maquiller ?

— C'est Schmidty qui s'en occupe ? demanda Lou.

— En fait, ça explique bien des choses, dit Théo en songeant aux choix parfois discutables de Mme Wellington concernant son maquillage. Mais oui, je comprends tout, maintenant !

Sitôt leur directrice au crâne chauve et teint de cendre sortie du Grand Salon, Garrison se précipita en direction du Peurnasium.

— Bof, de rien, dit Lou avec sarcasme aux autres élèves. Quelques remerciements auraient été bienvenus, là, mais bon...

— Merci, Lou, c'était très appréciable, répondit Madeleine sans conviction. Bon, maintenant, nous ferions mieux de nous rendre au Peurnasium.

— Ou bien on pourrait seulement s'imaginer là-bas en train de faire nos exercices imaginaires?

— Tiens, voilà qui devient intéressant! dit Garrison avec un petit sourire.

— Tu es vraiment diabolique, Lou! s'exclama Théo avec admiration.

— Je sais, dit-elle toute fière. Qu'est-ce que vous feriez sans moi, hein?

— Eh bien, j'aurais peut-être une meilleure estime de moi, Madeleine se sentirait moins blessée de ne pas être considérée comme digne de participer à des concours de beauté, et Garrison...

— Théo, c'était une question rhétorique! Même moi, je l'avais compris, dit Garrison en se dirigeant vers la salle de classe.

Avec les questions rhétoriques, se dit Théo avec regret, je me fais avoir chaque fois!

Il emboîta le pas à Garrison, et tous quatre se rendirent en classe.

La pénombre régnait dans la salle, car les rideaux de velours, tirés, bloquaient pratiquement toute la lumière du jour. Madeleine se souvint du trajet jusqu'à l'École de la Peur, dans la forêt, où les lianes et les grands arbres cachaient le soleil. Heureusement, quelques rais de lumière filtraient cependant sous les épais rideaux. Lou les observait tandis que Mme Wellington installait le projecteur de diapositives pour la leçon de la journée. Le moteur de l'appareil vrombissait de façon assourdissante aux oreilles des quatre élèves. Ils avaient l'habitude des professeurs qui se servaient plutôt d'ordinateurs portables pratiquement silencieux pour leurs exposés en classe.

Garrison s'assit, adoptant une posture impeccablement droite – conséquence des leçons de maintien de Mme Wellington pour les concours de beauté. Mais il ne s'en rendait pas compte, trop occupé à espérer que les leçons de la journée porteraient sur le traitement des angoisses. Il ne s'attendait pas à recevoir la clé du Royaume Magique, celle qui éradiquerait instantanément toutes les peurs, mais simplement quelques conseils pleins de sagesse. Rien qu'une petite chose, qu'il puisse au moins rapporter à son père.

Derrière lui se tenait Théo, également assis le dos droit, qui se passait la langue sur tout le palais, voulant absolument ôter tout le restant de pâte visqueuse de la leçon de la veille. Il devait bien reconnaître que jamais ses gencives n'avaient été aussi douces sous sa langue, mais il n'était pas habitué à la sensation d'avoir la mâchoire transformée en toboggan. À ses côtés, Madeleine accomplissait son rituel de vaporisation, le dos presque droit. Devant elle, Lou gardait les épaules tombantes, par défi, signe qu'elle était fière d'avoir échappé aux cours de maintien pour le concours.

— Chers concurrents, lorsque je suis arrivée à l'étage, Schmidty a hurlé. Il ne pouvait pas croire que je vous aie autorisés, vous, mes disciples, à me voir en pleine lumière, sans la moindre particule de fond de teint ni même de perruque. Comme vous le savez, j'ai toujours revendiqué qu'une «reine de beauté se doit d'avoir toujours une tenue parfaite», aussi, je vous demande pardon pour cette faiblesse, dit Mme Wellington, la larme à l'œil. Maintenant, ainsi que vous l'avez demandé, nous allons passer le cours de maintien aujourd'hui et nous concentrer sur une matière un peu plus traditionnelle : l'histoire.

— L'histoire? Vous allez nous enseigner l'histoire? Pourquoi pas quelque chose qui ait un rapport avec nos angoisses? gémit Garrison. Puisqu'on est à l'École de la Peur, et tout?

— Jeune sportif, l'histoire est la deuxième des matières les plus importantes qu'un garçon puisse étudier. Vous ne devriez pas vous moquer.

— Laissez-moi deviner... La première, c'est les cours

de maintien, c'est ça? dit Garrison qui bouillait de rage intérieurement.

— Exactement! Qui prétendait que vous n'étiez pas intelligent? Lou? Madeleine?

— Ce n'était pas moi! répondit aussitôt Madeleine.

— Et qu'est-ce que je suis censé dire à mon père, moi? Il s'attend que je revienne guéri! explosa Garrison. Vous savez ce que ça signifie? Ça veut dire des après-midi à la plage! Des leçons de surf! Des séances à la piscine! Du rafting dans les torrents! J'ai envie de vomir rien que de prononcer ces mots! Comment je vais faire pour affronter mon père?

— Vous direz à votre vieux grincheux et tyrannique de père que surmonter ses peurs est un processus qui prend du temps, auquel l'on doit s'atteler quotidiennement et que, si cela lui pose un problème, il devrait s'interroger sur les raisons qui le poussent à redouter vos angoisses bien plus encore que vous-même! dit Mme Wellington avec l'assurance et la clarté d'un authentique professeur certifié.

Garrison, réduit au silence sous le choc, observa Mme Wellington dont le rouge à lèvres appliqué par Schmidty débordait légèrement. L'instant était mémorable : Mme Wellington venait de lui enseigner quelque chose. Ainsi, derrière cette perruque, ce maquillage déplorable et cette folie furieuse, il y avait bien quelques connaissances sur le phénomène de l'angoisse.

— Merci, marmonna Garrison, incapable d'articuler autre chose.

Il n'était pas guéri pour autant, mais il se sentait infiniment plus léger.

— Je vous en prie, jeune sportif. Il me semble que c'était hier que ma mère m'enseignait les droits de l'homme, dit Mme Wellington d'une voix douce, en s'essuyant les yeux de la pointe de son mouchoir. Lorsque j'ai appris que cette charte garantissait mon droit de porter des bracelets, la liberté de me teindre les cheveux, ainsi qu'elle me protégeait contre les séances d'épilation trop violentes, eh bien, l'histoire a pris vie soudain devant moi. J'ai alors compris son importance capitale, et j'espère aujourd'hui vous aider à le comprendre par vous-mêmes, conclut-elle en glissant la première diapositive dans l'appareil.

Une photographie en noir et blanc apparut sur l'écran, représentant un bébé dans une combinaison très sophistiquée.

— Tout a commencé à l'Hôpital Général Murphy, dit Mme Wellington en admirant le bébé sur l'écran. Splendide, non? D'ailleurs, Édith était tellement jolie que le médecin a voulu l'acheter. Bien entendu, ses parents ont décliné l'offre, mais ils se sont certainement sentis très flattés.

— Attendez, un médecin a essayé d'acheter un bébé? demanda Lou, incrédule.

— Comme vous pouvez le remarquer, Édith était d'une beauté extraordinaire. Personne ne pouvait blâmer ce docteur de s'être un instant égaré.

— Bien, maintenant, l'entrée en sixième, reprit Mme Wellington en glissant une deuxième diapositive dans l'appareil. Édith était très intelligente : elle était très appréciée de tous ses professeurs. Parfois, il leur arrivait même de lui offrir des pommes. C'est dire combien ils l'adoraient!

— C'est qui, Édith? demanda Théo innocemment. Le gouverneur du Massachusetts? La sénatrice de l'État?

— Mon cher garçon, je ne suis pas si âgée, voyons! Si?

— Minute, s'exclama Théo, cette leçon d'histoire porte sur vous?

Garrison se sentait plus perplexe que jamais. Comment cette femme, qui lui avait tout à l'heure donné un conseil des plus remarquablement intelligents, pouvait-elle l'instant suivant donner un cours d'histoire sur sa propre vie? Sans compter qu'elle parlait pour cela à la troisième personne du singulier.

Mme Wellington cliqua sur sa manette et la photographie d'un jeune homme aux cheveux couleur caramel apparut sur l'écran. Il avait le visage d'un ange : une véritable beauté. Bien que l'image ne restât qu'une seconde à l'écran, Garrison fut troublé. Ce modèle lui rappelait étrangement quelqu'un.

— Hé! Qu'est-ce que ça fait là, ça? marmonna Mme Wellington.

— Qui était-ce? s'exclama Garrison alors que la vieille dame passait déjà une autre photographie d'elle-même.

— Qui?

— Ce garçon!

— Quel garçon? Ah, lui! dit Mme Wellington comme si elle venait seulement de s'en souvenir. Il s'appelle Théo. Franchement, je pensais que vous connaissiez les noms des uns et des autres maintenant.

— Je ne parle pas de Théo, mais du garçon sur la diapositive! Qui est-ce?

— Ah-ah! balbutia Mme Wellington. Je ne sais pas, il est apparu comme ça dans l'appareil. Allez, la suite!

— Non, je l'ai déjà vu quelque part, j'en suis sûr.

— Oh, Garrison, nul n'est jamais vraiment sûr de rien, dans ce fol et vaste concours de beauté qu'est l'existence. Maintenant, passons à la suite...

— Non, je sais que je l'ai déjà rencontré. C'est le garçon qui avait disparu, sur l'affiche dans la salle des B&B! s'exclama Garrison, soudain certain de ce qu'il avançait.

— Cette affiche est toujours là? dit Mme Wellington dont les lèvres étaient devenues rouge sang. Il va falloir que je m'entretienne très sérieusement avec Schmidty.

Les quatre élèves remarquèrent l'expression de Mme Wellington, dont les traits étaient déformés par la colère. Quelques minutes s'écoulèrent avant que ses joues ne retrouvent leur couleur normale, et que ses lèvres ne reprennent leur teinte rose habituelle. Sentant que l'orage était passé, Garrison insista.

— Qui est ce garçon?

— Encore? Je vous ai dit qu'il s'appelait Théo.

— Le garçon sur la photographie! s'écria Garrison, de plus en plus énervé.

Mme Wellington rajusta sa perruque et se tapota les lèvres avant de reprendre la parole :

— Peut-être l'un de nos élèves.

— Quel était son nom?

— Je ne peux pas me souvenir des noms de tous les élèves de cette école! Diable, il y a des jours où j'oublie jusqu'à celui de Schmidty. La semaine dernière encore, je l'ai appelé Harriet! Et pour couronner le tout, il m'a répondu! Comme s'il pensait lui-même qu'il s'appelait Harriet! Vous imaginez comme tout cela peut être troublant? Il m'est absolument impossible de savoir qui est ce garçon! explosa littéralement Mme Wellington.

— OK, ça va, j'ai compris, soupira Garrison, surpris par l'intensité de sa colère. Ça ne fait rien.

— Passons à ce cotillon[1]! cria la vieille dame avant de s'arrêter un instant pour se calmer. Édith a toujours eu un si joli petit visage de chérubin! reprit-elle en admiration devant une photographie d'elle-même en longue robe blanche et bijoux somptueux.

— Est-ce que toutes les filles américaines ont pour habitude de porter une tiare et des colliers de diamants pour les cotillons? demanda très sincèrement Madeleine.

— Les diamants sont une torture pour la tête! Mon Dieu, rien que de regarder cette photographie, il me prend l'envie d'avaler une Aspirine. C'est vraiment le pire. La plus terrible des souffrances! Celui qui a dit que les diamants étaient le meilleur ami de la femme n'en a jamais porté, c'est certain. Tous les diamants du monde ne m'ont jamais attiré que des morts! Quatre, pour être exacte.

— Vous avez dit des *morts*? demanda Théo.

— Oui, c'est bien ce que j'ai dit. Le cirque des Féroces

---

1. Au XVIIᵉ siècle, divertissement composé de danses et de jeux.

Frères Melvin! Ces vauriens se sont entraînés à l'escalade pendant un an avant de me cambrioler!

— Et vous les avez tués?

— Pourquoi faut-il toujours que vous me demandiez si j'ai tué quelqu'un? Est-ce que j'ai l'air d'un assassin? Ai-je la tenue d'une meurtrière? Ma beauté vous évoque-t-elle celle d'une tueuse à gages? Si vous aviez dit danseuse étoile, mannequin, actrice, j'aurais compris, mais une meurtrière? Est-ce qu'un assassin aurait une manucure parfaite et du vernis rose? demanda Mme Wellington en leur montrant ses ongles soigneusement entretenus.

— Désolé, je déraille, répondit Théo en haussant les épaules. Vous n'avez absolument pas l'air d'une meurtrière. Si je vous avais rencontrée à l'époque où vous aviez encore vos cheveux, je vous aurais prise pour un mannequin, c'est sûr!

— Merci, Théo, dit Mme Wellington d'un hochement de tête, avant de reprendre le cours de son histoire. Non seulement je n'ai pas tué ces horribles créatures de cirque, mais après qu'ils m'eurent dérobé mes diamants, je leur ai offert de l'argent et je leur ai fait préparer un panier pour le chemin du retour. Malheureusement, mon calme les a effrayés. Pris de panique, ils sont passés par la forêt, au lieu d'emprunter la route.

— Et? demanda Lou.

— Et rien. Schmidty a retrouvé ma tiare et mon collier quatre ans plus tard, au sommet d'un tas de vieux os. Manifestement, ces hommes sont morts de faim, ou bien ils ont été dévorés, enfin, tout est possible. Schmidty n'a rien d'un expert en médecine légale! Que puis-je vous dire? La forêt, comme les casinos, l'emporte toujours au final. Voilà pourquoi vous ne devrez jamais jouer ni pénétrer dans la forêt. Et par-dessus tout, ne sous-estimez jamais Schmidty! déclara Mme Wellington avec le plus grand sérieux. Allez! La classe est terminée!

TOUT LE MONDE A PEUR DE QUELQUE CHOSE

*L'arachibutyrophobie est la peur irrationnelle
de se coller du beurre de cacahuète
dans le fond du palais*

Abernathy

Nul ne pouvait ignorer que Macaroni adorait manger. Le chien répandait de la bave avec enthousiasme partout sur la nappe tandis qu'il s'attaquait à sa pâtée. Alors quand il releva la tête, dédaignant son bol encore à moitié plein, la tablée tout entière le remarqua.

Les yeux rivés sur Macaroni, Mme Wellington, Schmidty et les élèves se demandèrent quel mystère avait bien pu le distraire de sa chère gamelle. Le voir faillir à ses instincts de bête avait quelque chose d'étrangement déconcertant : c'était un chien qui portait délibérément un pyjama au lit, après tout. Il poussa un grognement féroce et sourd, ce qui dissipa aussitôt toute tentative d'explication fantaisiste sur son comportement.

— Pourquoi gronde-t-il? demanda Madeleine, la plus proche à côté de lui.

— Je ne sais pas bien, repondit Mme Wellington en levant un regard interrogatif vers Schmidty.

— Vous ne croyez pas qu'il aurait pu voir une araignée ou quelque chose dans ce genre?

— Non, je vous assure qu'il ne grogne pas devant les araignées.

Madeleine se mit alors à rêver d'un chien qui repérerait les insectes et les araignées. Comme elle aimerait avoir pareil compagnon! Comme elle le chérirait! Elle le nourrirait de filet mignon, de souris d'agneau et d'autres douceurs. Elle fut tirée de sa rêverie par Macaroni qui poussa un grognement plus fort de quelques décibels.

— Il a peut-être quelque chose de coincé dans la gorge? dit Schmidty.

— Est-ce qu'il faut lui faire recracher son morceau en lui appuyant sur le sternum par-derrière? offrit Théo, bondissant sur ses pieds.

— Non, répondit Mme Wellington avec dédain. S'il avait la gorge obstruée, il tousserait. Là, il grogne.

— Madame, je ne suis pas certain que les chiens sachent tousser. Peut-être que c'est tout ce qu'il peut faire.

— Voilà qui est tout à fait ridicule. Si un chien peut éternuer, et croyez-moi, je l'ai maintes fois entendu éternuer, il peut tousser.

— Si vous le dites, madame.

Sitôt que Schmidty eut terminé sa phrase, assiettes, candélabres et verres se mirent à vibrer sur la table.

— Je croyais que vous aviez dit qu'il n'y avait pas de tremblement de terre dans le Massachusetts! beugla Théo à l'attention de Mme Wellington.

Le cliquetis des objets se mua bientôt en un bruit sourd qui provenait de sous ia table, comme si quelque chose cognait de façon répétitive.

Le visage de Mme Wellington devint plus pâle que de coutume. Ses lèvres mêmes blanchissaient. Schmidty s'agrippait à la mèche sur son front, les traits crispés par l'inquiétude.

— Ce ne serait tout de même pas..., marmonna la vieille dame sous le choc.

— La fin du monde! balbutia Théo, devenu hystérique. Sous la table! Tous aux abris! ajouta-t-il en plongeant sous la nappe.

— Madame, vous m'aviez promis de m'avertir s'il venait! hurla Schmidty à Mme Wellington.

— Je suis navrée, Schmidty, sincèrement! Je l'ignorais. Ce doit être une urgence. Il n'a pas d'autre raison d'utiliser le tunnel!

— Oui, madame, vous avez peut-être raison. C'est sans doute une urgence. Peut-être le pauvre hère a-t-il parié ses enfants sur l'un de ses «plans certains» et qu'il a perdu!

— Cela ne s'est produit qu'une fois. Deux, tout au plus. Et si je peux me permettre de vous le rappeler, il n'a jamais emprunté le tunnel! Ce doit être quelque chose. de terrible! hurla à son tour Mme Wellington.

— Quelle triste époque, vraiment, si perdre ses enfants au jeu n'est plus une chose terrible!

— Oh, arrêtez, voulez-vous! Il n'est pas l'heure de faire la morale!

— Dites à ma famille que je les aimais! s'écria Théo de sous la table.

— Théo, dit Madeleine d'une voix douce en se penchant sur lui, alors qu'il se tapissait tout tremblant sous la nappe. Ce n'est pas un tremblement de terre.

— Comment tu le sais?

— Eh bien, les tremblements de terre ne se limitent pas à de si petites surfaces. S'il s'agissait d'une véritable secousse, la pièce tout entière aurait tremblé. Il n'y aurait pas eu que la table.

Lorsque Madeleine eut achevé son explication, le grondement se fit plus intense encore. Entre chaque coup, ils entendaient les grognements et les braillements d'une voix qui leur parvenait étouffée.

— Schmidty, il a escaladé plus de trente mètres sur une échelle de corde! C'est une urgence!

213

— Debout, les enfants! Vite! rugit Schmidty, d'une voix que les quatre élèves ne lui connaissaient pas. Monsieur Garrison, veuillez attraper le bout de la table, à gauche!

Garrison, surpris par le ton de Schmidty qui prenait en charge les opérations, décida qu'il valait mieux obéir sans poser de question.

Tous deux s'emparèrent de la table pour la pousser, avec couverts, candélabres et bouquets, dans le coin gauche de la pièce. Madeleine et Lou se tenaient près de la porte, Théo pelotonné derrière elles. Il n'était pas encore tout à fait certain qu'il ne s'agît pas de quelque étrange secousse sismique inconnue jusqu'alors, et considérait qu'il était plus judicieux de rester dans l'encadrement de la porte, au cas exceptionnel où le manoir tout entier se mettrait à trembler.

Schmidty saisit à la hâte le tapis à longues mèches vertes et le jeta sur le côté, soulevant toute la poussière accumulée depuis des années. Lorsque la nuée se dissipa, Mme Wellington, Schmidty, les élèves et Macaroni considérèrent avec intensité la trappe qui venait de leur être découverte. Sur la planche de cette trappe, en caractères rouges, ces mots presque illisibles : «En cas de terribles désastres uniquement.» Schmidty, un instant arrêté dans sa précipitation, ne se résolut à l'ouvrir que lorsque de nouveaux coups eurent été donnés et qu'ils eurent entendu d'autres cris étouffés.

Ce fut d'abord une touffe de poils emmêlés d'un brun foncé totalement artificiel qui leur apparut. Même à quelque distance de là, l'on devinait combien ces poils étaient épais et rêches, un peu comme ceux d'un balai. Sous cette grossière toison brune, ils découvrirent des racines blanches qui se dressaient, hirsutes, sur quelque cinq à six centimètres. Aussi étrange que cela parût de voir ainsi surgir un homme qui aurait eu besoin d'un sévère coup de ciseaux, ce n'était rien en comparaison de ce qui vint ensuite.

Le visage qui émergea de la trappe était d'une laideur

épouvantable, telle qu'on eut cru que cet homme avait subi une expérience de chirurgie dermatologique qui aurait mal tourné. Sa peau pâle était une succession de bouts de chair disséminés tels des boisseaux sur un champ de mines. Sur chacune de ces saillies graisseuses, de longs poils blancs; certains pendaient, raides, fins, tandis que d'autres s'enroulaient sur eux-mêmes en une boucle dense. Sur cette peau pâle et la blancheur de ces poils, le jaune des yeux et des dents ressortait très nettement. Ses dents étaient si petites et si jaunes que, lors des rares instants où l'homme s'essayait à sourire, elles faisaient plutôt songer à des grains de maïs sur leur épi. Bien sûr, il ne souriait pas véritablement : il fronçait seulement un peu moins les sourcils.

Théo poussa un cri perçant en l'apercevant, avant de détourner le regard.

— Quelle horreur! soupira Madeleine sans réfléchir, pour porter ensuite la main à la bouche, honteuse.

Devant eux se trouvait un individu à l'apparence d'un monstre, couvert de sueur et hors d'haleine, agrippé à cette échelle de corde dangereusement suspendue dans les ténèbres de la trappe.

— Munchauser! fit Schmidty dédaigneusement, les yeux rivés sur l'homme répugnant qui avait fait son apparition.

— Qui croyais-tu que c'était? grommela celui-ci d'une voix qui semblait atteinte de laryngite aiguë. Non, ne me dis pas. Je te parie cent dollars que je devine à qui tu pensais.

— Espèce de sale..., répliqua Schmidty sur un ton plein de fiel, pour être aussitôt interrompu par une Mme Wellington affolée.

— Arrêtez, enfin, Schmidty, aidez-le!

— Je suis désolé, madame, mais cet homme..., s'étrangla-t-il avant de s'exécuter à regret et de tendre la main à Munchauser.

Ce n'est qu'une fois que ce dernier se fut hissé hors de la trappe que les quatre élèves purent prendre l'exacte mesure de la monstruosité de Munchauser. Il n'était haut que d'un mètre quatre-vingts, mais sa pâleur et ses membres maigres et dégingandés donnaient l'illusion qu'il dépassait les deux mètres. Vêtu d'un costume violet criard taillé sur mesure avec un carré de tissu dégoulinant de la poche sur sa poitrine, Munchauser offrait une vision stupéfiante, mais dans un sens peu flatteur.

Du plat de sa main aux doigts en lambeaux et aux ongles crasseux, Munchauser poussa brutalement Schmidty pour l'écarter de son chemin, bien résolu à s'approcher d'aussi près que possible de Mme Wellington.

— Welly, comme tu m'as manqué! dit Munchauser à la vieille dame, avant de se tourner vers les élèves qui se tenaient non loin d'elle. Je vois que tu as encore des microbes avec toi, comme d'habitude!

— Munchauser! Que faites-vous ici? s'écria Mme Wellington, très sèche.

— Welly, on a un gros problème, déclara Munchauser de sa voix rauque.

— Évidemment! Vous venez juste d'emprunter l'issue réservée aux Terribles Désastres. Cependant, j'ignore toujours de quel problème vous parlez!

— Devine un peu pour voir! Je te donne vingt dollars si tu trouves, mais si tu perds, tu me devras ta bague avec un saphir.

— Munchauser! Voulez-vous bien cesser cela! Que se passe-t-il?

— Welly, l'heure est grave. J'ai beaucoup de choses à te raconter, dit Munchauser en s'approchant de Lou. Cinq dollars que je parviens à trouver ton nom!

— Je n'ai pas cette somme, répondit posément Lou.

— Quoi? Tes parents ne t'ont pas donné d'argent de poche? s'exclama Munchauser, frustré. Bon, tant pis, combien tu as sur toi? Cinquante *cents*? Soixantequinze? Allez, donne ce que tu as, j'accepte.

— Munchauser!

— Quoi? C'est juste un petit pari d'ami!

— Pourquoi venez-vous donc d'escalader près de deux cents mètres dans le noir total? S'agit-il d'une urgence?

— Et la faillite ne compte pas, dit Schmidty, narquois.

— Pourquoi tu ne remontes pas ton pantalon un peu plus haut, le vieux?

— Munchauser, pour l'amour du ciel, que se passe-t-il?

— Welly, avant que je te le dise, tu es certaine de ne pas vouloir tenter ta chance? Ce serait de l'argent facile. Bon, évidemment, si tu gagnes, il faudra que je te signe une reconnaissance de dettes, parce que j'ai laissé mon chéquier dans le coffre. Mais tu sais que je ne suis pas un voleur.

— Dites-moi tout de suite ce dont il s'agit, ou bien je vous raye de mon testament!

— Abernathy est de retour, lâcha aussitôt Munchauser.

TOUT LE MONDE A PEUR DE QUELQUE CHOSE

L'atychiphobie est la peur irrationnelle de l'échec

«Hystérique», «folle», «complètement tarée» étaient les seuls termes appropriés pour décrire Mme Wellington une fois qu'elle eut appris la nouvelle. Incapable de tenir une conversation sensée, ou même de rester une seconde tranquille, Mme Wellington parcourut le manoir de long en large, sans cesser de répéter le nom d'Abernathy; d'abord à voix basse, presque dans un soupir, mais bientôt elle se mit à le hurler, à en déchirer les tympans de toute la maisonnée. Elle erra dans le Grand Salon, entra dans l'avion, emprunta le dédale d'escaliers, traversa le terrain de polo, parcourut le Peurnasium, visita les étages, revint au rez-de-chaussée, déboula telle une flèche à la cuisine, se rendit à la salle à manger, échoua dans la salle de classe, et ainsi de suite. Derrière la vieille dame épuisée, erratique, venaient Schmidty et Munchauser, qui luttaient au coude à coude pour être au plus près de Mme Wellington.

— Welly! À quoi as-tu pensé tout d'abord? Dis-moi, s'il te plaît. J'ai besoin de le savoir. Tu veux que je devine ce que tu avais deviné?

— Madame, arrêtez, je vous prie! Aller et venir comme ça tel un ouragan n'est pas bon pour vos genoux ni pour mon arthrite!

Mais Mme Wellington ne leur prêtait aucune attention, et continuait de passer d'une pièce à l'autre, comme une folle, dans tout le manoir.

Marchant à une distance prudente des deux hommes, venaient Madeleine, Lou, Théo, Garrison et Macaroni, formant une bien curieuse parade dans les couloirs.

— Que se passe-t-il? hurlait Garrison, sans s'adresser à quiconque en particulier.

— Personnellement, je suis soulagé. Je préfère son avocat à un tremblement de terre, même avec tous ses paris, dit Théo d'une voix étrangement calme.

— Ho hé! Schmidty? On te cause! brailla Lou.

— Quel bazar! Une maison de fous! Le délire absolu! dit Madeleine à Théo. Que se passe-t-il, ici? Je ne pensais pas que cela soit possible, mais cette école est devenue encore plus folle qu'auparavant!

— Tu as vu ses ongles? répondit Théo, ignorant totalement les remarques de Madeleine. De quoi manger pendant un an des bactéries! S'il croit que je vais lui serrer la main, ou toucher quoi que ce soit après lui! Ce type de saleté, eh bien, je suis sûr que ça peut t'envoyer à l'hôpital pendant des semaines! Je ne serais pas surpris, sérieusement, s'il avait des virus très rares là-dessous. Maintenant que j'y pense, je crois que j'aurais été plus en sécurité avec un tremblement de terre.

— Théo, est-ce que tu as écouté un seul mot de ce que je viens de dire? répliqua Madeleine.

— Madeleine, cet homme viole les principes les plus élémentaires de prévention contre toutes les maladies! Un dangereux criminel pour la santé publique! Je ne peux pas me souvenir de tout ce que tu dis, je n'ai pas le temps!

Pendant ce temps, toute cette folle parade déambulait frénétiquement dans le manoir, chacun parlant pour lui-même.

Peu à peu, les uns et les autres se détachèrent du peloton. La première fut Lou, qui décida qu'elle avait bien mieux à faire que de suivre une bande de cinglés, surtout depuis que personne ne répondait plus à ses questions. Le deuxième à faire défection fut Théo, qui prit Macaroni avec lui, sous prétexte que le chien commençait sérieusement à s'essouffler. En vérité, Théo lui-même était hors d'haleine : ni le bouledogue ni le garçon n'étaient entraînés pour une telle séance d'exercice physique. Théo et Macaroni se réfugièrent donc à la cuisine, où ils fouillèrent tout ce qu'ils purent de placards et de tiroirs à la recherche de nourriture au Casu Marzu. Théo prit également sur lui d'aller refermer la Porte des Terribles Désastres, après s'être inquiété que l'un de ses camarades ou encore Macaroni ne fasse une chute mortelle dans le vide.

Madeleine quitta le défilé lorsque le peloton s'aventura dans les jardins. Elle n'avait aucunement l'intention de pénétrer dans le royaume des araignées et des insectes. D'ailleurs, cette idée lui rappela que Munchauser avait escaladé une grotte obscure, où Dieu sait quelles horribles bêtes avaient pu s'agripper à lui qui était si répugnant. Rendue malade à cette pensée, elle décida qu'il était temps pour elle d'user des grands moyens : se laver les cheveux avec un shampooing à base de répulsif à insectes.

Garrison fut celui qui resta dans la course le plus longtemps, essentiellement par curiosité. Il n'avait en effet pas la moindre idée de ce qui était en train de se passer, ni de ce qui allait ensuite advenir.

— Welly, tu blaguais, dis-moi, hein, quand tu as dit que tu allais me rayer de ton testament?

— Je ne suis pas prête pour le retour d'Abernathy! s'écriait Mme Wellington.

— Tu vas arrêter avec ce testament! rugissait Schmidty.

— Je te parie cent dollars que j'aurai plus que toi, grosse andouille!

— Tu n'auras pas un dollar! Alors cent, tu peux toujours rêver, espèce de monstre répugnant!

— Retire ça tout de suite ou je te poursuis pour diffamation!

— Abernathy! beuglait toujours Mme Wellington.

— S'il vous plaît, madame, calmez-vous, je vous en supplie.

À ce stade, Garrison avait déjà renoncé à demander qui était Abernathy parce que, en toute honnêteté, il avait compris que personne n'avait aucunement l'intention de lui répondre. Alors, au lieu de poser des questions, il se contentait d'écouter et de prêter main-forte à Schmidty lorsque ce dernier se mit à boiter. C'était plus d'exercice que le vieil homme n'en avait fait en vingt ans, ainsi qu'en témoignait sa silhouette délabrée. Le pantalon de Schmidty avait glissé sous son ventre énorme ; sa chemise blanche était en partie déboutonnée et trempée partout de cercles de sueur. Mais le pire était ses cheveux détachés : sa mèche soigneusement enturbannée sur son crâne commençait à se dérouler, et le résultat n'était pas beau à voir.

Au dixième tour de la salle de classe, Schmidty accepta de tenir compte des conseils de Garrison, et consentit à s'asseoir.

— Mais madame a besoin de moi.

— Schmidty, vous pouvez à p⸱   marcher, et vos cheveux, eh bien... Ce n'est pas   rrible. Vous devez vous reposer.

— Bon, d'accord, peut-être une minute. Madame peut se débrouiller avec Munchauser ⸱⸱ ndant quelque temps, je suppose.

— Schmidty, ça fait trois heures que je cours partout

derrière vous dans la maison. Il faut me dire qui est cet Abernathy dont tout le monde parle.

— Mon cher monsieur Garrison, c'est une bien triste affaire. Je ne sais pas si je pourrai vous la raconter sans verser de larmes.

— OK, dit Garrison, mal à l'aise, troublé à l'idée qu'un vieil homme ait besoin de pleurer en racontant une histoire.

Après réflexion, Garrison se dit qu'il n'était pas certain de supporter de voir Schmidty sangloter, surtout avec la vision de ses cheveux défaits. Le vieil homme semblait tout à fait mal en point, et il n'avait pas encore commencé à pleurer.

— Vous pourriez peut-être essayer de tenir le coup, non? Vous comprenez, au cas où Mme Wellington ait besoin de quelque chose...

— Vous avez parfaitement raison, monsieur Garrison.

— Bon, d'accord, finissons-en là. Qui est Abernathy?

— Cela fait des années que je me tue à faire en sorte que madame accepte la situation. Mais elle refuse d'entendre raison. En toute honnêteté, si je peux me permettre d'être un peu brutal, madame n'est pas très douée pour admettre ses défauts. Elle préfère feindre d'ignorer le moindre petit travers. Diable! Il lui est déjà arrivé de prétendre ne plus se souvenir de ce garçon, ce que je sais être faux, de toute évidence. De temps à autre, elle murmure son nom dans son sommeil, parfois elle demande pardon, d'autres fois il lui arrive de se mettre en colère...

— Je vous en prie, Schmidty, j'essaye vraiment de me montrer patient, là... Qui est Abernathy? l'interrompit Garrison, que le verbiage du vieil homme irritait toujours plus.

— Il est sa plus grande faiblesse, et comme le dit le proverbe, c'est à l'aune de ses faiblesses qu'on sait vraiment qui l'on est.

— Schmidty, s'il vous plaît, pour la dernière fois, qui est-il?

— Son seul échec...

— Vous pouvez traduire? Dites-moi qui il est, tout simplement!

— Abernathy est le seul élève qu'elle n'a pas pu aider durant toutes ces années. Il en est passé tellement dans cette école, que j'en ai perdu le compte. Mais je peux vous assurer que tous sont repartis d'ici pour mener une vie meilleure. Tous, sauf Abernathy. Elle n'a jamais pu lui venir en aide. Et le plus étrange est que plus elle essayait, plus il devenait malade.

— Schmidty, vous êtes en train de me dire que Mme Wellington, cette vieille dingue en perruque qui m'a appris à me barbouiller de vaseline, a vraiment réussi à guérir des gens de leurs angoisses? demanda Garrison, effaré.

— Oh oui! madame est un excellent professeur.

— Et quand vous parlez d'élèves, vous voulez dire des êtres humains, pas seulement des chats?

— Oh non! Je fais bien allusion à des enfants, des petits humains. Madame en a tant guéri! Vous devriez voir toutes ces cartes postales qu'elle reçoit chaque année! Des cartons entiers!

— Je ne sais pas quoi dire, là, je suis soufflé.

— L'échec d'Abernathy a été une torture pour elle. Elle a manqué en mourir à plusieurs reprises! Et quand je parle d'échec, je parle d'un échec catastrophique, lamentable, épouvantable, terrible!

Garrison s'assit, stupéfait, ne sachant que penser de ce qu'il venait d'apprendre. Quelque chose ne collait pas. Schmidty était peut-être plus vieux et un peu plus sénile qu'il ne le paraissait tout d'abord. Garrison regarda le vieil homme qui tentait de redresser sa mèche sur son crâne, sans peigne ni miroir. La tâche était ardue; d'habitude, il lui fallait vingt bonnes minutes et une bombe entière de laque pour enrouler ses cheveux et les fixer sur son front. Garrison s'apprêtait à demander à Madeleine de l'aider, quand un rugissement retentit dans tout le manoir. Ce n'était pas celui d'un lion :

c'était plus proche du grondement d'un moteur diesel, sauf qu'il s'agissait bel et bien d'un être humain.

Ce cri déchirant éveilla la curiosité de tous. Madeleine, vêtue de sa robe de chambre rose avec son voile assorti, se précipita aussitôt au bas des escaliers, inquiète à l'idée que Munchauser et Schmidty en soient finalement venus aux mains. Voulant défendre Schmidty, Madeleine s'était préparée à vaporiser un ouragan d'insecticide. Dans la cuisine, Théo et Macaroni se figèrent sur place, la bouche pleine. En temps normal, Théo se serait rué pour voir de quoi il retournait; mais, comme il ne pensait plus être en mesure de supporter maintenant un autre drame, il continua tout simplement de manger, tout en tendant l'oreille au cas où d'autres bruits suspects surviendraient. Théo n'en était pas tout à fait certain, mais il avait bien l'impression que Macaroni lui-même mâchait plus doucement sa pâtée pour rester attentif à ce qui se passait dans le manoir. Théo enfournait tout juste un morceau de pain exceptionnellement gros lorsqu'il entendit la petite voix de Schmidty qui hurlait de douleur. Macaroni fut le premier à détaler, suivi de près par le jeune garçon.

La bouche de plus en plus sèche sous l'effet de l'angoisse, Théo suivait Macaroni en direction du terrain de polo. L'énorme morceau qu'il avait sur la langue lui paraissait impossible à avaler. Ne pouvant retourner sur ses pas pour aller chercher un verre de lait à la cuisine, Théo dut recracher son pain à demi mâché sur le sol avant d'entrer sur le terrain.

Madeleine, Munchauser et Schmidty se tenaient debout, formant un cercle, les yeux rivés vers le sol, l'air sinistre, tandis que Lou et Garrison demeuraient à l'écart dans un coin, échangeant des propos à voix basse.

— Qu'est-ce que c'est que tout ce grabuge? dit Théo en s'immisçant entre Schmidty et Munchauser pour voir ce qui était arrivé.

Il ne devait jamais oublier ce qu'il vit alors. Une vision plus troublante encore que tout ce qu'il avait connu jusqu'à ce jour, même lors du décès de sa grand-mère. Là, sous son nez, gisait le corps de Mme Wellington, le teint plus gris que jamais et les lèvres bleu pâle. Ses paupières étaient closes, sa perruque toute de travers, révélant une partie de son crâne chauve qui pelait.

— Welly est morte, déclara froidement Munchauser.

TOUT LE MONDE A PEUR DE QUELQUE CHOSE

*La mnémophobie est la peur irrationnelle
des souvenirs*

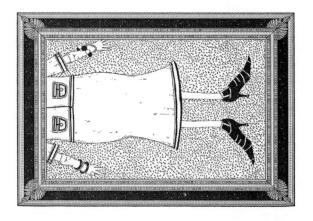

T héo demeurait interdit. Il ne trouvait pas de mots pour exprimer le caractère irrévocable du combat qu'il menait intérieurement. Cela dépassait les limites de la compréhension. Ses pensées se brouillaient : son professeur – qu'il n'avait jamais vraiment apprécié, tout d'abord – était mort. Elle ne reviendrait plus jamais à la vie. Mme Wellington ne connaîtrait pas le nom du prochain président, ni quels films séduiraient le cœur du public cette année, ni quels progrès seraient accomplis dans la science du rajeunissement capillaire. Lorsque ces événéments se produiraient, Théo se souviendrait que Mme Wellington, si étrange qu'elle ait pu être, n'était plus là pour partager cette expérience, avant que la vision de son corps sans vie ne s'impose de nouveau à son esprit.

Théo ne se souvenait pas comment il était arrivé à son

lit. Mais il avait bel et bien quitté le terrain de polo et s'était retrouvé dans son lit. Tout ce dont il était certain était qu'à son réveil, il vit Macaroni et Madeleine allongés à ses côtés, l'air grave. Lou était roulée en boule sur le sol de la chambre des garçons, une main sur l'œil gauche. Théo ne savait pas exactement où se trouvait Garrison, mais il était encore bien trop abasourdi pour user de ses cordes vocales.

Il songeait toujours à tous les changements que le monde allait connaître sans Mme Wellington lorsqu'il vint à penser à ce qu'il avait perdu. Il ne saurait jamais quel était son livre préféré, son meilleur ami, ni le prénom de sa mère. Avait-elle des enfants? Des petits-enfants? Des arrière-petits-enfants? Des arrière-arrière-petits-enfants? Comment en était-elle arrivée à diriger – même de cette façon inepte qui était la sienne – cette école perchée sur la colline? Bien entendu, il pourrait toujours le demander à Schmidty, mais ce ne serait pas pareil. Il ne l'apprendrait pas de la bouche de Mme Wellington. Triste, réduit au silence, Théo n'était plus sûr de rien, sauf de vouloir rentrer à la maison.

Garrison avait décidé de rester aux côtés de Schmidty pendant que ce dernier appliquait avec amour du vernis sur les ongles de Mme Wellington, la maquillait et brossait sa perruque. Il n'avait pas le cœur de laisser le vieil homme seul face à Munchauser. Le cadavre de Mme Wellington ne l'effrayait pas autant que l'étrange sourire narquois de l'avocat.

— Dix dollars qu'elle préfère le rouge pour ses funérailles! disait Munchauser tandis que Schmidty passait une épaisse couche de rose sur les lèvres de sa maîtresse.

— Je doute que ce soit vraiment le moment de faire des paris, siffla Schmidty, furieux. Sans compter que c'est absurde! Comment parier sur ce qu'elle préfère, puisqu'elle est morte! s'étrangla-t-il pour finir.

— Ah oui, je n'y avais pas pensé, dit Munchauseur qui faisait les cent pas devant le cadavre de la vieille dame.

Mais bien sûr, nous pourrons toujours parier sur autre chose.

— Tu te moques donc que madame soit morte? Elle est partie! Elle nous a quittés pour toujours!

— Bien sûr que non, ça ne m'est pas égal. Mais je suis un homme de loi, et en tant que tel, je dois mettre mes sentiments de côté tant que tout n'est pas réglé, ce qui implique la lecture du testament et notre petit pari amical sur celui à qui elle aura légué le plus.

— Je n'ai jamais fait ce pari, espèce de sale type!

— Hmm, tu ne l'as pas spécifiquement refusé, ce qui, d'après ma façon de voir les choses, signifie que tu l'as accepté. Bon, Welly avait laissé ses dernières volontés en sécurité dans un coffre; alors, dépêchons-nous de plier tout ça et venons-en à ce qui nous occupe.

— Quand tu dis «plier tout ça», tu veux parler de madame? Tu comptes vraiment que je l'emballe dans du papier journal et que je la jette au compost, avec les fleurs fanées? rugit Schmidty.

— Mais non, bien sûr que non! On va la laisser là, sur ce terrain de polo, le temps que tu lui creuses une tombe. Et ne t'inquiète pas, je mettrai la climatisation au maximum.

Garrison observait les deux hommes en proie à leurs émotions, tout en se demandant ce qui allait maintenant leur arriver, à lui comme aux autres.

— Tiens, une couverture! dit Munchauser en s'emparant d'un plaid de cachemire rose qu'il avait trouvé dans un coin de la pièce. Couvre-la, et finissons-en.

— Ta compassion est bouleversante, enragea Schmidty tandis qu'il recouvrait sa maîtresse avec délicatesse.

Puis il posa sa joue contre la poitrine de celle-ci et ferma les yeux. Sa main gauche tâtonna dans le vide jusqu'à toucher l'une de celles de Mme Wellington qu'il serra très fort entre ses doigts. Ses paupières avaient beau être closes, l'émotion du vieil homme était si forte que Garrison fut contraint de détourner le regard.

— Nous serons bientôt réunis, madame, dit Schmidty d'une voix douce, presque enfantine.

Le sentimentalisme des adieux de Schmidty à sa patronne irrita Munchauser, comme si cela contrariait le déroulement de son programme.

— Tu garderas tes larmes pour les funérailles, non? J'ai du travail, moi! Vous n'avez pas idée des projets que j'ai pour cet endroit! s'exclama Munchauser, qui salivait presque à la pensée d'entrer en possession du domaine.

— Tu es aussi bouché que tu es dérangé! Madame t'a peut-être laissé quelque argent pour que tu ailles consulter un dermatologue et un spécialiste de l'épilation au laser, mais crois-moi, Summerstone et tout ce qu'il contient me revient! Elle savait que je veillerai sur son bien après sa mort.

Sur ce, Schmidty s'éloigna, manifestement las de toutes ces disputes.

— Monsieur Garrison, comment vont les autres? demanda Schmidty.

— Ça va. Sauf Théo, mais je doute que quiconque ici ait pu penser qu'il supporterait une chose pareille.

— Est-ce qu'il pleure?

— Non. Il n'a toujours pas dit un mot. Pour être honnête, ça me fait un peu peur, il reste allongé, les yeux grands ouverts, comme s'il était dans le coma ou un truc dans le genre.

— Monsieur Théo a toujours été une âme très sensible, il a besoin de temps pour faire son deuil, comme nous tous...

— Hé, gamin? s'écria Munchauser du fond de la pièce.

— Enfin, pas tous, seulement ceux qui ont du cœur, se reprit Schmidty.

— J'ai dit «Hé, gamin»! Pourquoi tu ne réponds pas? Tu te crois tellement plus intelligent que tu ne veux pas me répondre, c'est ça? demanda Munchauser à Garrison, agressif.

— Désolé, balbutia le jeune garçon.

— T'as plutôt intérêt, d'être désolé, parce que je ne sais pas si tu l'as bien entendu tout à l'heure, mais c'est moi qui dirige l'établissement désormais.

— Tu vas arrêter, oui ? l'interrompit Schmidty.

Ignorant totalement le vieil homme, Munchauser poursuivit :

— Rassemble tes camarades dans le salon d'ici cinq minutes. Étant votre nouveau directeur, je tiens à ce que vous soyez présents pour la lecture du testament, pour le passage du flambeau !

À ces mots, Munchauser fit ce qui ressemblait le plus pour lui à un sourire, découvrant ainsi ses gencives proéminentes. Si Munchauser devait en effet hériter de l'école, Garrison espérait bel et bien qu'il consacrerait une partie de sa fortune à se faire redresser les dents.

— J'imagine que plus tôt on en aura fini, plus tôt tu débarrasseras le plancher, siffla Schmidty.

— Ou plutôt c'est toi qui quitteras les lieux ! Je vais me faire un malin plaisir de te jeter, toi et ton vieux chien obèse, par-dessus le bord de la falaise ! Le rêve de toute une vie, enfin réalisé !

Un peu plus tard dans la matinée, Garrison conduisit Madeleine, Théo, Macaroni et une Lou totalement renfrognée dans le couloir, en direction de la salle de classe. Schmidty avait allumé plusieurs chandelles et disposé un certain nombre de bouquets de roses dans toute la pièce. Sur la table basse, cerclée de petites bougies, étaient posées quelques photographies en noir et blanc de Mme Wellington lorsqu'elle était enfant. Schmidty et Munchauser se tenaient devant, une main sur une large enveloppe rose délicatement cachetée.

— Je vais faire la lecture ! dit Munchauser.

— Je n'ai aucune confiance en toi, cracha Schmidty avec dédain.

— Et moi, je ne t'aime pas non plus...

— Donnez-la-moi, les interrompit Garrison, pressé d'en finir.

— Très bien, consentit Munchauser après que Schmidty eut hoché la tête en signe d'acquiescement. Cependant, avant que lecture du testament soit faite, je tiens à prononcer un petit discours. Je crois que ce sera

plus dur, après cela, quand tu seras en train de sangloter, reprit-il en désignant Schmidty du menton.

Madeleine et Lou prirent place aux côtés de Théo et
de Macaroni sur un canapé, tandis que Schmidty et
Garrison s'asseyaient sur l'autre. Munchauser, manifestement galvanisé par la mort de Mme Wellington, faisait
les cent pas devant le petit groupe, impatient de prononcer son discours.

— Comme certains d'entre vous le savent peut-être
déjà, je suis depuis fort longtemps le représentant légal
de Welly, le membre de son cercle privé en qui elle avait
le plus confiance, son véritable ami, dit alors Munchauser
dans un effort lamentable pour faire croire que l'émotion
le submergeait.

Il porta la main à la poche de poitrine de son veston,
mais au lieu d'en extirper un mouchoir, il sortit un formulaire de pari, puis un autre, et encore un autre. Le sol
fut bientôt jonché de papiers de la sorte, après quoi
Munchauser décida qu'il serait plus simple de cesser là
toute cette comédie.

— Étant donné que la liquidation des biens prend toujours un certain temps, sans compter que je n'ai aucunement l'intention de rembourser vos parents des frais
qu'ils ont engagés, je prendrai la tête de cet établissement
jusqu'à la fin de l'été. Donc, dès maintenant, n'hésitez
pas à m'appeler «maître» tout court, reprit Munchauser,
tentant à nouveau un sourire. Je vais vous enseigner le
grand art de vivre du jeu, y compris le recouvrement des
dettes et l'art du pari. La maison prend tous les gains,
mais vous êtes seuls responsables de vos pertes.

— Pardonnez-moi, monsieur, je m'appelle Madeleine
Masterson, et je voudrais faire une autre suggestion. On
pourrait peut-être tout simplement nous redescendre au
pied de la montagne et nous rendre à nos familles.

— Ouais, on ne veut pas être remboursés, renchérit
Lou. On vous paiera même un supplément, si vous nous
laissez partir...

— Les enfants, croyez-moi, vous ne vous poserez plus

ces questions une fois lecture faite du testament. Garrison, si cela ne vous dérange pas, pourriez-vous commencer? la coupa Schmidty.

Tous deux très confiants, Munchauser et Schmidty ne quittèrent pas Garrison des yeux tandis que celui-ci décachetait bien vite l'enveloppe soigneusement scellée, pour en extirper une simple feuille de papier. Que ce testament fût rédigé à la main n'était une surprise pour personne, car ils connaissaient tous la méfiance de Mme Wellington à l'égard des technologies modernes telles que les ordinateurs.

— Je, soussignée Édith Wellington, d'une élégance partout enviée et cependant inimitable, forte de mon imposant charisme, déclare par la présente que ceci est mon dernier testament qui, par là, annule expressément tous les testaments et codicilles jusqu'alors par moi-même rédigés. Au Fonds d'Aide aux Concurrentes Pauvres des Concours de Beauté, je lègue perruques, dentiers, gaines, faux cils, ongles postiches, maquillage, couronnes, écharpes de soie et pots de vaseline. À l'Institut de la Confrérie des Chauves, ainsi qu'au Collectif de la Mèche sur le Crâne, je lègue cinq cent mille dollars au nom de mon *tout dernier* meilleur ami, Schmidty. Nul autre sur cette terre n'a montré plus grand sérieux dans l'art de braver tous les dangers relatifs à la perte de cheveux pour les hommes. À mon représentant légal, Léonard Munchauser, je lègue la somme totale de un dollar, correspondant, comme vous en conviendrez, à la somme que vous avez pariée avec moi le jour où nous nous sommes rencontrés, tant vous étiez certain de devoir mourir le premier. Eh bien, vous aviez tort. Puis-je ajouter que, eussiez-vous eu raison, je n'aurais rien eu à vous verser, car vous auriez alors été mort. Quant au restant de mes avoirs et de mes biens, y compris le domaine de Summerstone, mes titres et mes bons, ainsi que les CD, je le lègue à mon chien bien-aimé, Macaroni.

TOUT LE MONDE A PEUR DE QUELQUE CHOSE

La somniphobie est la peur irrationnelle
de s'endormir

G arrison et les autres élèves s'étaient endormis bien avant l'heure du dîner, totalement épuisés par les horribles événements de la journée. L'arrivée inopinée de Munchauser, l'interminable parade d'Abernathy, la mort de Mme Wellington et enfin la lecture du testament, c'était plus que l'on n'en pouvait supporter en un an, et pour ne pas dire en un jour À 23 heures, Munchauser et Schmidty s'étaient tous deux retirés dans leurs appartements pour la nuit. Summerstone était plongé dans l'obscurité la plus totale.

Ayant toujours eu le sommeil léger, Garrison sentit qu'on lui frôlait doucement le bras. Sans même ouvrir l'œil, il chassa d'un geste de la main ce qu'il croyait être une mouche, puis s'efforça de se rendormir. Quelques secondes plus tard, un nouveau frôlement sur son bras le fit s'éveiller tout à fait, et s'asseoir d'un bond sur son lit.

— Monsieur Garrison ? murmura une voix.

— Schmidty ?

— Chhhhut ! Il ne faut pas qu'on nous entende.

— Qu'est-ce que vous faites par terre ? demanda Garrison en se penchant par-dessus le bord de son lit.

Schmidty était bel et bien là, allongé sur le dos, vêtu d'un pyjama rayé et d'un bonnet de nuit. Et, si cela n'était pas déjà en soi suffisamment surprenant, il tenait dans sa main un grand plumeau. Garrison sourit au vieil homme.

— Je devrais peut-être réveiller Madeleine ou Théo, proposa Garrison, pensant que l'un ou l'autre serait sans doute plus à même de faire face à la peine de Schmidty.

— Non, non. C'est à vous que je dois parler. Vous êtes le seul en qui j'aie toute confiance pour cela.

— OK. Quand mon oncle Spencer est mort, j'ai cru que je ne m'en remettrais jamais, mais avec le temps..., soupira Garrison, luttant pour trouver les mots susceptibles de rassurer Schmidty.

— Monsieur Garrison, s'il vous plaît. Nous n'avons pas le temps de nous allonger sur le divan, là... Je viens de passer les vingt-cinq dernières minutes à ramper ainsi sur le sol dans le couloir, comme un gros serpent bouffi.

— Quoi ? Pourquoi ?

— C'était la seule façon de venir vous trouver sans me cogner dans un meuble et réveiller Munchauser. Je ne vois déjà pas grand-chose en plein jour, alors la nuit !

— Que se passe-t-il ?

— Munchauser trame quelque chose. Il a démonté la grue après que vous êtes allés vous coucher. Je l'ai vu à travers mon télescope : il a jeté le crochet dans le vide, par-dessus le bord de la falaise. Il ne sait pas que j'ai tout vu parce que, quand il est revenu au manoir, j'ai prétendu être resté tout ce temps auprès de madame pour faire sa toilette mortuaire.

— Ça fait un sacré paquet de maquillage, même pour Mme Wellington!

— Monsieur Garrison! souffla le vieil homme, offusqué.

— Désolé.

— Lorsque Munchauser est rentré, il a passé le reste de la soirée à étudier le testament. À le lire en long, en large et en travers.

— Je ne m'inquiéterais pas, à votre place, Schmidty. À moins qu'il ne se transforme en Mac, il ne peut rien contre vous.

— Non, monsieur Garrison, vous vous trompez. Lorsqu'un animal hérite d'une importante somme d'argent, il faut toujours un tuteur pour veiller sur ses biens. Quelqu'un qui aura la charge de l'animal et qui devra faire fructifier l'argent.

— Ah, eh bien, de toute évidence, ce sera vous!

— Non, le testament ne stipulait pas le nom de ce tuteur. Il suffit que Munchauser emmène Mac avec lui. Vous ne comprenez pas? Il va tout prendre! Summerstone et ce chien, c'est tout ce qu'il me reste. Je ne peux pas le laisser me les voler. J'ai besoin de votre aide.

— Schmidty, il fait deux fois ma taille! Je ne peux pas m'en charger tout seul!

— Mon cher monsieur Garrison, je ne parlais pas de ça... J'ai besoin que vous m'aidiez à emmener Mac loin d'ici. À l'aube, je veux que vous descendiez, vous, les autres et Mac, au réfectoire pour prendre votre petit déjeuner. Je vous ferai passer par la Porte Réservée aux Terribles Désastres. Par là, vous tomberez dans le bunker de Munchauser, au pied de la montagne. Après, vous n'aurez qu'à suivre la route en direction de la ville.

— Vous viendrez avec nous?

— Non, je dois faire comme si tout était normal, distraire Munchauser aussi longtemps que possible, de façon qu'il ne remarque pas votre absence.

— Et Abernathy?

— Il ne quittera pas la forêt. Monsieur Garrison, vous

245

ne devez pas pénétrer dans la forêt, sous aucun prétexte!

— Ce ne sera pas un problème.

— Bien. Bon, maintenant, vous allez avoir besoin de quelques affaires pour votre voyage, une simple précaution, au cas où vous rencontreriez des problèmes en chemin. Prenez cette liste, dit Schmidty en tendant au jeune garçon une feuille de papier blanc pliée en deux.

— Mais je ne peux pas lire dans le noir!

— Ne vous inquiétez pas, une fois dans le Grand Salon, vous pourrez allumer une bougie sans craindre que Munchauser ne vous voie.

— OK, je vais chercher les autres.

— Non, attendez. Donnez-moi une demi-heure pour que je retourne à ma chambre, comme ça je pourrai l'intercepter s'il lui prenait l'envie de sortir de son lit.

— Il dort dans la chambre de Mme Wellington?

— Oui, il a dit qu'il voulait s'imprégner du souvenir de son essence, mais je suis sûr qu'il farfouille dans tous les tiroirs, à la recherche du moindre petit rien qu'il pourrait revendre!

— Schmidty, j'ai une question. Et j'ai besoin que vous réfléchissiez très fort avant de me répondre. Est-ce qu'il y a de l'eau...

Garrison n'acheva pas sa phrase, honteux de penser à lui-même dans un moment comme celui-ci.

— Non. La route est loin de la rivière. Tout se passera bien. Je suis désolé d'avoir à vous demander ça, mais je n'ai pas le choix.

— Ne vous inquiétez pas, Schmidty. Nous veillerons à ce qu'il ne vous arrive rien, à vous comme à Mac.

Schmidty roula doucement sur le ventre et entreprit de remuer son corps dodu jusqu'à la porte. Peut-être était-ce la fatigue, ou bien ses nerfs, mais jamais Garrison n'avait eu la sensation que le temps passait à un rythme si affreusement lent. N'y tenant plus, il essaya de déchiffrer la liste dans l'obscurité de sa chambre, mais il ne put distinguer que quelques lettres. Il leva les yeux vers l'horloge. Trois minutes seulement s'étaient écoulées.

Garrison fixa son attention sur le souffle de Théo et celui de Macaroni, comptant les secondes entre chaque inspiration. Tous deux, étendus côte à côte sur le lit, avaient inconsciemment synchronisé leur respiration. Il se demanda, inquiet, comment Théo allait réagir en apprenant qu'une menace pesait sur Macaroni, et qu'il leur faudrait se rendre seuls en ville. Assez intelligemment, Garrison décida d'attendre d'avoir convaincu les filles avant de l'annoncer à Théo, qui n'avait pas prononcé une seule parole depuis la triste disparition de Mme Wellington.

Alors qu'il pensait ne plus pouvoir attendre encore un seul instant, l'horloge sonna minuit. Il poussa un soupir de soulagement et rejeta les couvertures au pied du lit. La peur de renverser un objet et de réveiller Munchauser l'obligea à considérer attentivement tout ce qui l'entourait dans l'obscurité. Il lui fallut près de cinq fois plus de temps que d'habitude pour traverser la salle de bains et entrer dans la chambre des filles. Par bonheur, le retour en compagnie des filles fut beaucoup plus court, après avoir déjà parcouru le trajet.

Debout au pied du lit, tous trois considérèrent Théo et Macaroni qui expiraient au même moment.

— Lou, couvre-lui la bouche au cas où il crierait. Maddie, je crois qu'il le prendra mieux si c'est toi qui lui annonces la nouvelle.

— D'accord, dit Madeleine. C'est vrai.

— On va vraiment faire tout ça pour un chien ? demanda Lou.

— Oui, soupira Garrison en se tournant vers Madeleine. (Puis, songeant à la première fois où il l'avait vue, dans le bus de Pittsfield :) Il faut que tu soulèves ton voile. Parfois, ça peut effrayer les gens, tu sais, quand ils n'y sont pas préparés.

Lou détestait la sensation du souffle chaud de Théo sur la paume de sa main, mais elle reconnaissait qu'il avait toutes les chances de hurler à son réveil, en particulier avec la journée qu'ils avaient passée.

— Euh, qu'est-ce que tu attends ? Il me bave dessus ! aboya Lou en direction de Madeleine, qui secoua aussitôt le bras de Théo en l'appelant doucement :

— Théo... Théo ! Théo... Réveille-toi ! Théo...

Les yeux du jeune garçon jaillirent hors de leur orbite quand il les vit tous les trois penchés sur lui autour de son lit. Cependant, fait remarquable, il ne se mit pas à crier. Dès qu'elle eut la certitude qu'il ne le ferait plus, Lou retira sa main et l'essuya vivement sur l'édredon.

Lorsqu'il comprit que Macaroni et Schmidty étaient en danger, Théo se montra prêt à coopérer. Enfin, pour être tout à fait exact, il demanda d'abord à rentrer chez lui, mais après que Garrison le lui eut refusé, il accepta de se joindre à l'expédition vers le Grand Salon. Manifestement, l'idée que Munchauser puisse détruire l'héritage de Mme Wellington, liquider Summerstone et en évincer Schmidty avait suffi à le décider à parler de nouveau. Il proposa même de porter Macaroni dans les escaliers, mais abandonna l'idée une fois qu'il eut tenté de soulever le chien qui pesait près de trente kilos.

— On est tous ensemble, dans cette histoire. D'accord ? murmura Garrison à tout le groupe, tandis qu'ils se préparaient à quitter la chambre des garçons. Je ne veux voir personne à la traîne !

N'ayant pas l'habitude de ces paroles d'encouragement, les trois autres répondirent à l'engouement de Garrison par de faibles hochements de tête.

Ils sortirent ensuite de la chambre en file indienne, sur la pointe des pieds, à minuit sept exactement. Garrison ouvrait la marche, avançant dans le couloir jusqu'au palier de l'escalier dans l'obscurité. Malheureusement, sitôt qu'ils eurent posé pieds et pattes sur la première marche, les lattes du plancher se mirent à craquer sous leur poids. Le manoir était plongé dans un tel silence qu'il était difficile d'évaluer à quel point ce bruit résonnait et s'il pouvait en effet réveiller Munchauser.

Angoissé à l'idée de trahir Schmidty, Garrison s'arrêta pour réfléchir un instant, puis décida de longer le mur. Les planches des marches gémissaient toujours quand il y posait le pied, mais déjà beaucoup moins. Après quelques pas, Garrison entendit un grattement, sentant aussitôt une légère odeur soufrée, suivie d'un petit halo de lumière.

— Qu'est-ce que tu fabriques ? murmura Garrison, très en colère contre Madeleine.

— C'est une bougie qui repousse les insectes. Les araignées adorent l'obscurité, et puis ça nous aidera à voir où l'on va.

— Et si Munchauser se lève et qu'il aperçoit la lumière ?

— C'est mieux que si l'un de nous tombe. Parce que, alors là, Munchauser se lèverait, c'est certain ! répondit fermement Madeleine. Ou pire ! si une araignée atterrit sur ma main, je hurle à la mort !

— Je n'aime pas spécialement les bougies, mais je crois que Madeleine a raison, dit Théo, diplomate. Nous avons besoin de lumière !

— Très bien, consentit Garrison.

— Sérieusement, si quelqu'un m'offre des bougies comme cadeau, j'écris toujours un petit mot à cette personne pour la remercier d'avoir placé une arme très dangereuse entre les blanches mains innocentes d'un enfant. Je considère que c'est un service rendu à la communauté.

— Théo, je suis ravie de t'entendre parler de nouveau, mais ce n'est vraiment pas le moment, dit Lou avec irritation. Et qui t'offrirait des bougies, bon sang ?

Le petit groupe traversa le vestibule rose sur la pointe des pieds, passant devant la multitude de photographies des concours de beauté. Le tic-tac de l'horloge résonnait bruyamment aux oreilles des enfants cependant qu'ils commencèrent la lecture de la liste établie par Schmidty :

Garrison,
Vous aurez besoin de vous procurer ce qui va suivre pour vous rendre en ville sans encombre. Je vous ai laissé une besace dans la cuisine afin que vous puissiez tout emporter.
CASSE-CROÛTE : pour que Théo et Mac puissent faire le trajet, ils auront besoin de nourriture. Ni l'un ni l'autre ne se montrent très coopératifs tant qu'ils n'ont pas mangé.
LES PIERRES PUANTES DE MADAME : à utiliser en cas d'extrême urgence. Elles peuvent immobiliser une personne pendant deux minutes au moins.
LICHEN DU GROENLAND : un déguisement très pratique et très rapide à enfiler, qui vous sera très utile pour vous fondre dans n'importe quel paysage de verdure.
CHAUSSURES DE MACARONI : il a une étrange aversion de la sensation des pavés sous les coussinets de ses pattes. Ses bottes jaunes préférées se trouvent dans le tiroir à ustensiles de la cuisine.
Courage. Je ne saurais décrire l'immense gratitude que j'ai à l'égard de vous quatre.

Schmidty.

Tandis que Garrison parcourait une nouvelle fois la liste avec les filles, Théo se frottait les tempes pour libérer ses tensions. Debout au-dessus de l'horloge nichée dans le sol, et dont les aiguilles tournaient à grand bruit, il se mit à faire les cent pas, très nerveux. L'horloge était la première des portes du Grand Salon et l'une de celles qui se trouvaient sur le plancher plutôt que sur les murs. Alors qu'il était en train de l'enjamber avec soin, son pied droit se prit dans le cadre métallique de l'horloge qui s'entrouvrit légèrement. Théo glissa son pied sous la porte pour l'ouvrir plus grande : les rouages d'argent, essieux, pênes et ressorts scintillèrent à la lueur de la bougie.

Lou, Madeleine et Garrison s'approchaient de Théo pour inspecter la porte lorsqu'une douleur abominable leur perça les tympans. Jamais, de toute leur vie, ils n'avaient entendu pareil bruit, une véritable torture auditive. Les enfants portèrent les mains à leurs oreilles pour se protéger lorsque Macaroni se mit à hurler à la mort. Les chiens ont une ouïe bien plus fine que les humains ; il souffrait plus terriblement encore. L'écho de ce cri se répercuta dans le couloir, rebondissant sans cesse du mur au sol en passant par les fenêtres. Le corps de Théo était tout entier parcouru de vibrations, car il s'était jeté contre la porte horloge. Celle-ci résistait, peut-être dans un dernier effet de cette gigantesque clameur, si bien qu'il fallut que Madeleine, Lou et Garrison se précipitent également sur lui pour parvenir à la fermer.

Comme après un coup porté par un pistolet hypodermique, le bruit laissa un instant les enfants et le chien totalement interdits. Le son leur fit vibrer le cerveau, les oreilles internes et enfin les conduits auditifs externes. Cette expérience les avait tous grandement minés. Théo, par exemple, aurait habituellement beuglé de se retrouver ainsi comprimé sous le poids de trois corps. Mais le bruit l'avait tellement abasourdi qu'il se contenta de fermer les yeux. Lou, qui gisait par-dessus Madeleine, repoussa Garrison avant de se redresser, vacillante, pendant une seconde cinq centièmes exactement. Après quoi elle s'effondra comme les autres sur le sol.

Garrison évita avec soin le corps de Lou lorsqu'il se releva et tenta de recouvrer ses esprits. Il était pourtant habitué à être ainsi plaqué au sol, après toutes ses années de pratique de différents sports, mais rien ne pouvait se comparer à ce battement qu'il sentait maintenant dans ses tempes. Sa tête se mettait à tourner comme si son sang se retirait, quand une pensée terrifiante lui vint soudain : Munchhauser avait certainement dû entendre ce bruit.

— Levez-vous ! Levez-vous ! Il faut qu'on remonte dans nos chambres !

Sous le voile de Madeleine, Garrison vit combien elle avait le teint vert. Manifestement, elle était au bord de se répandre en vomissements. Garrison souleva Madeleine de terre, tout en s'efforçant d'ignorer la douleur sourde qui lui vrillait le crâne.

— Voilà ce qu'ils auraient dû faire avec Noriega, balbutia Madeleine, incohérente.

— Elle délire, dit Garrison aux autres.

— Mais non! reprit Madeleine d'un air de défi, du moins tant qu'elle pouvait se montrer défiante sans vomir. C'était un dictateur au Panama. Les États-Unis lui ont asséné du rock dans les oreilles pour l'obliger à sortir de la nonciature apostolique où il avait trouvé refuge...

— Comment ça se fait que tu sais tout ça, bon sang? lui demanda Lou, toujours à terre.

— Je lis beaucoup. Mais ne te sens pas humiliée, tu sais, les gens ont généralement bien du mal à me suivre, dans mon entourage.

— Ce bourdonnement, là, va-t-il cesser un jour? demanda Théo, ôtant ses mains de ses oreilles.

— Il s'est déjà écoulé une minute, ou presque. Pourquoi Munchauser n'est toujours pas descendu? s'interrogea Madeleine, très rationnelle.

— Il n'a pas pu ne pas entendre ce bruit, c'est impossible, répliqua Lou. Même s'il dort avec des bouchons d'oreilles.

— Les miennes sifflent encore! Vous croyez que ça va durer toujours? gémit Théo. Je serai sourd dans une heure! Je suis le nouveau Helen Keller[1]!

— Sauf que tu vois et que tu entends! explosa Lou.

— Plus pour longtemps.

— Oh, là, là! tu en rajoutes toujours des tonnes, toi! reprit-elle en levant les yeux au ciel.

---

1. Helen Keller (1880-1968) était une écrivaine, activiste et conférencière américaine. Bien qu'elle fût sourde, aveugle et muette, elle parvint à obtenir un diplôme universitaire et à défendre la cause des ouvriers, les droits des femmes et à lutter contre la guerre. Sa détermination a suscité partout l'admiration.

— Eh, ça suffit! rappela Garrison. Nous n'avons pas le temps de nous disputer. Madeleine et moi, on va prendre Mac et aller à la cuisine préparer des sandwichs et récupérer ses chaussures. Je peux vous faire confiance, à tous les deux, pour aller chercher les pierres puantes et le lichen?

— À ta place, je ne me ferais pas confiance, répondit Théo très honnêtement. À part pour donner une leçon sur les règles de sécurité à adopter, et encore, même ça, je pourrais le rater.

— Oh, allez, on va bien y arriver, dit Lou avec confiance en tirant Théo vers la bibliothèque.

Il leur fut facile de se repérer dans les rayonnages de la Bibliothèque des Odeurs Infâmes, car le bocal qu'ils cherchaient se trouvait sur l'étagère de bronze, à l'écart des autres. Théo, tout en sachant que c'était une erreur, consentit à grimper sur l'échelle accrochée au mur pour s'emparer des pierres. Lentement, avec précaution, il se hissa le long du mur, s'approchant toujours plus du pot de verre qui n'était pas plus gros que trois fois la taille d'un dé à coudre. Bien entendu, toutes les dix secondes, Théo se sentait obligé de se retourner vers Lou et de lui jeter des regards terrifiés.

— Tu vas arrêter, dis? Tu ne vas PAS tomber.

— Comment le sais-tu? Je dois être à quinze mètres du sol au moins! Je pourrais facilement rater une marche et me tuer!

– Grimpe déjà à trois mètres, et si tu as autant le vertige que tu le dis, tiens, arrête donc de regarder vers le bas!

— Ne me crie pas après! C'est très stressant. Je suis comme un contrôleur du trafic aérien, là-dessus!

— Théo, je n'ai pas beaucoup dormi. Tu es vraiment certain de vouloir me pousser à bout aujourd'hui?

— Voilà une drôle de façon de me témoigner ta solidarité, Lou.

Le bocal miniature était maintenant à portée de sa main. Théo ferma les yeux et se pencha vers la droite. Après avoir tâtonné dans le vide durant quelques secondes, ses petits doigts potelés touchèrent le pot de verre. Il recula bien vite, tint plus solidement l'échelle d'une main, et ouvrit les yeux. Les petits cailloux jaunes, de forme irrégulière, se trouvaient bien dans le bocal, entassés les uns sur les autres.

— Ne le fais pas tomber, hein? Mme Wellington a dit que ces pierres étaient ce qui sentait le plus mauvais de tout ce qu'il y a dans cette bibliothèque!

— Tu dirais à un contrôleur du trafic aérien de ne pas faire de boulette, toi, parce que le destin de millions de personnes est entre ses mains? Non, parce que tu n'aurais pas envie de le stresser plus qu'il ne l'est déjà, surtout si ses paumes sont moites quand il est nerveux!

— Bon, si je comprends bien, tu es ce contrôleur du trafic aérien qui transpire des mains? soupira Lou, très agacée.

Théo grommela, mécontent, tout en descendant l'échelle en se tenant d'une main.

— Je ne rigole pas, Théo, ne le fais pas tomber! J'ai déjà failli mourir quand elle a ouvert le bocal du steak. Rien que d'y penser, ça me donne envie de vomir!

— Lou Punchalower, tu vas la fermer, oui? Tu me perturbes! Déjà que je suis quelqu'un de très facilement perturbable, au cas où tu ne l'aurais pas remarqué! hurla Théo en posant le pied sur l'échelon inférieur.

Lèvres pincées, Lou demeura silencieuse, patientant le temps que Théo, qui grommelait et tremblotait toujours, daigne atteindre le bas de l'échelle. Une fois le pied posé à terre, Théo sourit, fier d'avoir accompli sa mission. Une demi-seconde plus tard, le bocal s'échappait d'entre ses petits doigts potelés. Le visage de Lou se tordit dans une expression de terreur pendant qu'elle tombait à genoux, le nez entre les mains, se préparant au pire.

Théo ouvrit grand la bouche, prêt à hurler «NON!» mais aucun son ne sortit. Comme on le voit souvent dans les films, il se précipita au ralenti vers le pot qui tombait.

Il étendit le bras aussi loin que possible, étirant au maximum tous ses muscles. À moins d'un centimètre du plancher, il parvint à glisser sa main d'albâtre, paume ouverte, sous le bocal avant qu'il ne s'écrase. L'instant était héroïque, du moins selon Théo, qui gisait à plat ventre sur le sol, le minuscule bocal potentiellement dangereux entre ses doigts.

— C'est quoi, des pierres salivaires? demanda-t-il quand il lut l'étiquette sur le couvercle.

— Des quoi?

— C'est écrit « pierres salivaires », tu crois que ça a un rapport avec la salive?

— Je crois que je vais dégueuler. C'est vraiment immonde. C'est des calculs qui se forment dans les glandes salivaires!

— Peut-être que tu devrais porter le bocal? dit Théo en le lui tendant.

— Dans tes rêves!

— Bon, d'accord. Ensuite, qu'est-ce qu'on fait?

— Le lichen du Groenland.

Théo rentra la tête dans les épaules, manifestement dégoûté. L'idée de cette matière verte et collante lui nouait l'estomac, plus encore que les pierres salivaires.

— T'inquiète pas, je n'avais pas l'intention de te confier de nouvelles responsabilités!

— Enfin, quelqu'un qui me comprend!

TOUT LE MONDE A PEUR DE QUELQUE CHOSE

*L'autophobie est la peur irrationnelle
de se retrouver seul*

A près s'être de nouveau glissées sous leurs draps pour attendre le lever du soleil, Madeleine et Lou se rendirent à la salle de bains encore un peu endormies, prêtes à entrer dans la chambre des garçons avant de descendre au rez-de-chaussée. Lou, les nerfs en pelote à la perspective d'avoir à emprunter un passage souterrain, se mit à tousser très fort lorsque Madeleine s'aspergea une nouvelle fois d'insecticide.

— Tu ne veux pas laisser tomber tes machins ? railla Lou.

— Pardon, Lou, mais tu comprends, on va devoir s'engouffrer dans le nid de milliers d'araignées, grillons, mille-pattes, scolopendres, cafards, et de bien d'autres horreurs encore, alors je suis plus qu'autorisée à procéder à une pulvérisation minutieuse !

Lou tâta la chemise de Madeleine, pour s'essuyer aussitôt la main sur son jean.

— Tu dégoulines! dit-elle dans une grimace. Et tu pues! C'est quoi?

— Huiles essentielles de basilic et d'eucalyptus. Ce sont des répulsifs naturels contre les insectes. Tu ne crois quand même pas que j'irais affronter le grand air sans protection supplémentaire? Je veux dire, sérieusement, Lou, tu n'es guère en mesure de m'accuser de chercher à me défendre! répondit Madeleine d'un ton sévère, du moins aussi sévèrement qu'il lui était possible.

— Hmm, ça me paraît légèrement excessif, mais bon, c'est toi qui le dis.

— Lou, tu es vraiment la fille la plus dure de tout l'univers! Tu sais peut-être ce que je vis, en ce moment?

— Toi? Et moi, hein? Je vais devoir passer par un tunnel sous la terre!

— Et alors, moi aussi!

— Oui, mais toi, tu n'en as pas peur!

— C'est vrai, tu as raison sur ce point, répondit Madeleine, très rationnelle.

Au même instant, Garrison ouvrit la porte de la salle de bains, les yeux voilés de sommeil.

— Mac est avec vous?

— Quoi? Non! Il est avec Théo! dit Lou.

— Non! s'écria Garrison, comme l'horreur de la situation lui apparaissait dans toute sa lumière.

Les quatre enfants dévalèrent l'escalier vers la salle à manger où ils trouvèrent Schmidty debout près de la Porte aux Terribles Désastres.

— Il s'est enfui! déclara Garrison.

— Quoi? demanda Schmidty d'une voix tremblante, tandis que la terreur commençait à le gagner.

— Munchauser a volé Mac!

— Pas étonnant que j'aie trouvé la trappe déjà ouverte. J'ai cru que c'était vous, les gosses, qui l'aviez ouverte cette nuit, pendant que vous vous prépariez! dit le vieil homme en tombant à genoux.

— Je suis désolé, Schmidty, balbutia Théo. Je ne sais pas comment j'ai pu ne pas me réveiller! Tout est ma faute!

— Non, non, c'est faux. Seulement, je n'arrive pas à croire que madame soit morte, et que j'aie maintenant perdu Mac et ma maison!

— Non! Nous ne le laisserons pas vous chasser! dit Garrison avec défi. Maddie, passe-moi la sacoche! Nous allons récupérer Mac.

— Je ne l'ai pas! dit tristement Madeleine. Munchauser doit nous l'avoir prise cette nuit, également.

— Laissons tomber cette sacoche! s'exclama Garrison en allumant le candélabre. (Et, s'approchant de l'entrée du tunnel :) Vous êtes prêts?

Madeleine hocha la tête, puis s'aspergea une fois encore rapidement d'insectifuge sous toutes les coutures. Théo se précipita quant à lui à la cuisine, pour en revenir quelques secondes plus tard des poignées de chocolat dans les mains. Il entreprit d'enfourner le tout dans sa bouche, croquant, mâchant et avalant tout à la fois à toute vitesse, comme s'il voulait absorber le plus de chocolat possible en un temps record.

— Théo, tu es sûr que c'est une bonne idée de manger autant de chocolat? demanda gentiment Madeleine, inquiète qu'il lui prenne l'envie de vomir durant leur descente dans le souterrain.

— Je veux en manger autant qu'il est possible pour un être humain... au cas où... je n'aurais plus... jamais... la possibilité... d'apprécier le goût du chocolat..., bafouilla l'enfant entre chaque bouchée.

Garrison se faufila le premier dans le souterrain, tenant le candélabre avec précaution tandis qu'il descendait à l'échelle de corde. Madeleine s'engagea derrière lui, priant en silence pour ne pas rencontrer d'insecte ni d'araignée en chemin. Théo enfourna le dernier carré dans sa bouche, et serra Schmidty dans ses bras, les mains noires de chocolat.

— Dites bien à ma famille que je l'aimais et, si je meurs, assurez-vous que ma mère ne se sente pas coupable de ne pas m'avoir laissé mon portable. De toute façon, je suis sûr qu'on ne capte pas, là-haut dit-il, les larmes aux yeux.

— Monsieur Théo, je ne saurais vous dire combien je vous suis reconnaissant. Courage : je sais que vous retrouverez bientôt votre famille.

Lou, très silencieuse contrairement à son habitude, se tenait immobile aux côtés de Schmidty. Mais, si son corps demeurait étrangement calme, sa paupière gauche tressautait en revanche très rapidement.

— Allez, Lou, l'appela Théo depuis la profondeur du tunnel.

— Je... Non... Je n'y arriverai pas... Vous allez devoir partir sans moi... Je ne peux pas... descendre là-dedans...

— Mademoiselle Lou, vous devez les suivre. Théo a besoin de vous. Je ne pense pas qu'ils puissent y arriver sans vous.

Lou respirait à grand-peine; elle se forçait à souffler très fort, tout en maintenant sa paupière pour l'empêcher de trembler.

— Je n'arrive pas à respirer et je ne suis même pas descendue dans le souterrain. Je suis désolée, mais je n'y arriverai pas. Je reste là avec vous, Schmidty.

— Lou Punchalower, se mit à brailler Théo. J'ai besoin de toi! Qui est-ce qui se montrera méchant avec moi, sinon? Qui pourra me raisonner si tu n'es pas là? Je risque de piquer une crise d'hystérie totale si tu n'es pas à mes côtés pour me dire de la fermer!

— Désolée, le Joufflu, soupira Lou, avec un profond mépris d'elle-même.

— Mais Lou, nous sommes comme les Trois Mousquetaires, plus un. Ça ne marchera que si tu nous accompagnes.

— Je... Non... Je ne peux pas...

— Mademoiselle Lou, je comprends. Ce n'est pas grave. Qui sait, peut-être qu'il vaut mieux, finalement, que vous restiez près de moi.

— Merci, Schmidty.

— Madame l'aurait compris, si elle était encore là. Elle vous aurait amenée à vous faire à cette idée, pas à pas, un barreau après l'autre, reprit judicieusement le vieil homme. Peut-être pourriez-vous, en sa mémoire, poser le pied sur le premier échelon, puis ressortir. Je sais qu'elle aurait été très fière de vous.

— Je ne sais pas, Schmidty.

— Heu, allô? On attend, nous, là-dedans! hurla Théo.

— Juste une seconde, monsieur Théo, cria Schmidty en direction du tunnel avant de se retourner vers Lou Cela représenterait tellement de choses, à mes yeux!

Lou ne pouvait soutenir plus longtemps le regard chagriné et angoissé du vieil homme. Aussi inspira-t-elle profondément et descendit dans le trou.

— Tu es venue? s'exclama Théo tout joyeux à la vue de Lou un pied sur l'échelle.

— Ne t'emballe pas trop. Je ne reste pas.

— En vérité, j'ai bien peur que si, dit Schmidty en tranchant l'échelle d'un geste sûr.

— Non, Schmidty! hurla Lou dont le visage parsemé de taches de rousseur s'empourprait sous l'effet de la terreur.

— Je suis navré, mais ils ont besoin de vous! lança le vieil homme tandis que les quatre enfants disparaissaient dans l'abîme de ténèbres.

TOUT LE MONDE A PEUR DE QUELQUE CHOSE

*La chirophobie est la peur irrationnelle
des mains*

CHAPITRE 24

N oir. Le noir était complet. Le candélabre s'était éteint pendant la chute des quatre enfants dans le tunnel. La terreur de Lou avait eu le temps de s'accroître de manière exponentielle avant qu'ils atterissent lourdement sur une surface plane. Son cou s'était raidi sous une incontrôlable panique qui s'intensifiait, et sa respiration s'était réduite à un sifflement douloureux. C'était exactement la situation dont elle avait eu une peur épouvantable toute sa vie. L'endroit n'était pas éclairé, il n'y avait pas d'issue en vue et, comme les voix des autres allaient en diminuant alentour, elle se crut pratiquement abandonnée de tous.

Lou se recroquevilla et ferma les yeux. Évidemment, qu'elle les ouvrît ou non ne faisait aucune différence, puisque l'obscurité était totale. Elle lutta désespérément pour trouver de l'air, prenant soudain conscience que la réserve d'oxygène était limitée sous terre. Lou songea à ses parents, son frère, ses professeurs et ses amis. Tous lui semblaient si lointains, presque imaginaires.

Se préparant à affronter la terrible réalité, elle souleva finalement une paupière. Redresser la tête se révéla bien plus difficile qu'elle ne l'aurait cru, ce qui ne pouvait être, elle le devinait, que la conséquence de sa suffocation imminente. Où était donc Théo, maintenant qu'elle s'apprêtait à se laisser aller à sa propre scène de mélodrame ?

Lou se mit à ramper sans but le long du souterrain jusqu'à déboucher sur une étroite bifurcation dans la terre. À sa droite, un tunnel et, à sa gauche, un autre. Elle se demanda lequel la conduirait hors de ce cauchemar. Tous deux menaient peut-être à une impasse : il n'y avait tout simplement aucun moyen de le savoir.

Lou prit sur sa droite, sans autre raison que celle de devoir prendre une décision. Elle se déplaçait aussi vite qu'il était humainement possible étant donné sa gêne respiratoire, la douleur lancinante dans ses tempes et l'avènement soudain et violent de sa pire terreur.

Lou ne désirait qu'une chose : ne pas être là, dans cette obscurité oppressante.

— Je t'en supplie, je t'en supplie, je t'en supplie, marmonnait-elle, priant pour se donner la force de poursuivre son chemin.

Étrangement, elle parvint à trouver suffisamment de courage pour avancer toujours plus loin dans l'étranglement du tunnel, et s'arrêta lorsque ses cheveux se prirent dans quelque chose. Levant le bras pour tâter du bout des doigts, Lou sentit des petites branches qui dépassaient de la terre. Elle les empoigna alors et tira dessus avec acharnement pour s'en dégager. Mais plus elle tentait de retenir son souffle, plus douloureuses étaient ses inspirations. Ses yeux s'embuaient, ses paumes devenaient moites, et le sang battait dans ses tempes.

À cet instant précis, Lou décida qu'elle ne s'en irait pas sans se battre pour ses amis, pour Schmidty et pour

Mac. Les petites mains nubiles de Lou s'agrippèrent à ce qui se révéla être des racines et tirèrent dessus. Elle s'énerva, tirant et ruant tel un cheval furieux. Tandis qu'elle s'acharnait, elle entendit une voix. Était-ce son imagination? C'était plus que probable, étant donné le tumulte de son esprit depuis qu'elle était tombée dans cet abîme de ténèbres.

— Maman... Maman... Papa! Vous m'entendez? Je suis coincé!

Une lueur d'espoir la traversa. Mais était-ce bien lui? N'avait-elle pas inventé ce bruit de toutes pièces?

— Tu crois que ces feuilles sont empoisonnées? disait Théo, dont la voix lui parvenait dans un écho.

— *Que Dieu protège notre gracieuse reine, longue vie à notre noble reine!*

— Qu'est-ce que tu nous chantes, là? Sauver la reine? demanda Garrison à Madeleine, très agacé. Elle n'est pas coincée sous terre, elle! Elle est assise bien tranquillement dans son château!

— Désolé, c'est l'hymne national anglais. Je pensais que ça nous porterait chance.

— De la chance? Je crois que c'est plutôt d'un jardinier que nous avons besoin, et de notre méchante amie Lou! brailla Théo.

— Estime-toi heureux de ne pas avoir les cheveux coincés dans ces lianes! Je ne sais pas pourquoi, mais j'ai le sentiment que tu ne serais pas très beau, une fois chauve! lui répondit Garrison.

Lou ne se trompait pas : elle les avait bien retrouvés! Enfin, pas tout à fait, mais ils n'étaient pas très loin. Curieusement, l'objectif de les rejoindre dissipa aussitôt la douleur cuisante derrière sa paupière gauche, et elle retrouva une respiration moins sifflante dès qu'elle se mit à creuser dans la boue, tendant l'oreille pour se diriger au son de ces voix qui devenaient plus nettes à chaque instant.

— C'est une araignée! hurla Madeleine, comme folle.

— Où?

— Cette boule noire, là! Non, au secours, je ne peux plus bouger!

— Maddie, s'il te plaît, garde ton calme. Je ne crois pas que ce truc soit vivant. On dirait un morceau de feuille ou quelque chose dans le genre.

— Qu'avons-nous fait pour mériter ça? gémit Théo. Pourquoi nous? J'ai toujours été gentil avec les gens, et Madeleine aussi, je pense. Garrison, bon, il s'adoucit progressivement, c'est l'essentiel, non?

Lou avançait toujours à genoux dans le tunnel, hurlant :

— J'arrive!

— Lou? s'écria à son tour Théo.

— Oui, je suis là!

— Lou! Merci, mon Dieu! hurla Madeleine.

Lou leur apparut soudain, plissant aussitôt les yeux pour les protéger de la lumière du jour. C'était la sensation de brûlure la plus délicieuse qu'elle ait jamais éprouvée. Jamais, de toute son existence, elle ne s'était imaginé qu'elle serait un jour aussi heureuse de déboucher ainsi maculée de boue dans le bureau souterrain d'un avocat véreux, pour découvrir que ses amis étaient prisonniers des racines poisseuses d'une liane.

Lou garda un instant le silence et observa cette salle miteuse plongée dans l'obscurité, les murs disparaissant sous une couche de vieux tickets de paris et d'extraits de journaux relatant d'anciennes courses. Au centre de la pièce se trouvait un grand bureau de métal couvert d'une peinture noire qui s'écaillait. Cela changeait sensiblement des photographies de reines de beauté qui décoraient les murs du manoir de Mme Wellington.

À gauche du bureau métallique, Théo, Madeleine et Garrison étaient enchevêtrés comme des mouches prises dans une toile d'araignée, dans un entrelacs de lianes manifestement plantées là pour empêcher quiconque de sortir du tunnel principal. Lou était entrée par un autre souterrain à cinq mètres de là, évitant ainsi cette masse de lianes poisseuses.

270

— Aux oubliettes, la reine! Que Dieu protège notre gracieuse Lou! s'exclama Madeleine, les larmes aux yeux. Tu vois ce truc noir, sur ta gauche? Tu peux me dire ce que c'est?

— Maddie! Nous n'avons pas de temps à perdre avec ces idioties! Nous avons besoin d'aide! Schmidty compte sur nous pour récupérer Mac! répliqua Garrison avec sévérité.

— Schmidty, si tu nous entends, on ne te laissera pas tomber! Nous ne permettrons pas que tu perdes Mac ni le manoir! déclara Théo, plein d'emphase.

— Il y a encore dix minutes, je me serais moquée de ta grande scène, digne d'une tirade d'écolier à son spectacle de fin d'année. Mais là, non, je ne peux pas. Je suis trop contente de te revoir! dit Lou, le plus sincèrement du monde.

— Oh non, nous allons manquer d'oxygène, s'écria Théo, souriant à demi. Lou a des hallucinations! Elle pense qu'elle m'aime bien!

— Que dirais-tu de nous aider un petit peu, là? C'est plus délicat qu'il n'y paraît. Munchauser a planté ces lianes pour nous piéger! dit Garrison, nerveux. Il y a un coupe-papier sur la table, mais il faudra que tu fasses très attention à ne toucher aucune de ces lianes, sinon nous serons *tous* coincés là!

Sans hésiter plus longuement, Lou s'empara du coupe-papier sur le bureau et tira une caisse en bois près de Garrison.

— Fais attention, Lou.

— Tais-toi. Tu m'empêches de me concentrer.

— Ne la dérange pas! renchérit Théo.

La petite main droite toute crasseuse de Lou tremblait tandis qu'elle manœuvrait à travers les lianes poisseuses entremêlées.

— Lou, il faut que tu te calmes.

— Euh, pardon? Ce n'est pas moi qui veux que mes mains tremblent, hein! Je n'arrive pas à les arrêter.

— Attends. Prends une seconde et pense à quelque chose de rassurant, lui conseilla Garrison.

Lou leva les yeux au ciel, exaspérée.

— Comme un téléphone portable, par exemple, dit Théo.

— Ou une bombe insectifuge, ajouta Madeleine.

Lou soupira, puis songea un instant à la joie qu'elle avait ressentie en entendant les voix de ses amis de l'autre côté du tunnel. Les tremblements de sa main cessèrent bientôt, et ses doigts maculés de boue devinrent aussi précis et agiles que ceux d'un chirurgien. Garrison brûlait de dire à Lou de se dépêcher, mais décida qu'il valait mieux ne pas risquer d'ébranler la confiance qu'elle venait de retrouver. Lou découpa les lianes qui enserraient les mains de Garrison, après quoi elle lui confia très volontiers le coupe-papier, de manière qu'il puisse libérer Madeleine et Théo de leurs liens.

Madeleine s'aspergea aussitôt de la tête aux pieds d'huiles essentielles. Quelques secondes plus tard, elle retourna son spray contre un adversaire digne de ce nom, la petite chose noire qu'elle avait repérée lorsqu'elle était encore prisonnière des lianes.

— C'est un morceau de bois mort tout desséché! Ouf, quel soulagement! s'exclama-t-elle. Je l'ai échappé belle.

— Les gars! Il faut se concentrer un instant tous ensemble. Pourquoi Munchauser a-t-il construit un bureau sous terre, à votre avis? demanda Garrison en parcourant la pièce poussiéreuse du regard.

— C'est un ancien abri antiatomique, dit Madeleine, comme s'il s'agissait de la plus évidente des réponses.

— Un quoi? demanda Lou.

— Un abri contre les bombes. On en a construit principalement dans les années 1950, pendant la guerre froide, en cas d'attaque nucléaire.

— D'accord, mais comment on est censés sortir de là? dit Lou qui commençait à sentir poindre un nouvel accès de claustrophobie.

— Il y a une porte, là! dit Garrison en tendant le doigt devant lui.

Mais, quelques nanosecondes à peine après l'avoir ouverte, il la refermait brusquement.

— Vous êtes sûrs qu'il n'y a pas une autre issue quelque part? articula Garrison, dont la lèvre supérieure ruisselait déjà de sueur.

— Tu veux dire une porte qui nous permettrait de ne pas avoir à escalader une pente de plus de cinquante mètres dans l'obscurité? demanda Théo, sarcastique.

Garrison était pâle comme un linge et transpirait à grosses gouttes après avoir entrevu ce qui les attendait; mais, s'essuyant le front du revers de son bras, il fit de nouveau tourner la poignée de cuivre entre ses doigts. Puis il pénétra dans la pièce, suivi de Lou, Madeleine et Théo.

Jamais enfants, dans toute l'histoire de l'humanité, ne poussèrent de hurlements plus perçants. Ces derniers ne durèrent pas plus de huit secondes, mais la douleur fut si vive que leurs oreilles sifflèrent encore bien longtemps après.

TOUT LE MONDE A PEUR DE QUELQUE CHOSE

La geliophobie est la peur irrationnelle du rire

C inq ampoules brillaient au plafond du bunker, éclairant tous ses coins et recoins. Au centre de la pièce se trouvait une pile de plusieurs vieux meubles de rangement en fer rouillé, où s'empilaient formulaires de paris, livres et papiers de toutes sortes. Il y avait dans un coin une échelle murale qui menait à une trappe dans le plafond.

De toute évidence, ce n'étaient pas le bureau, ni les classeurs ou les livres qui avaient déclenché les hurlements des enfants, mais une chose bien plus sinistre Plantée sur une plaque de cuivre, derrière les meubles de rangement, ils avaient reconnu la tête d'un ami. Ses grands yeux tristes et son impressionnante mâchoire inférieure étaient bien trop caractéristiques. Macaroni.

— Mac ! soupira Garrison, profondément accablé.

— Macaroni! Comment a-t-il pu oser? demanda Théo avant de se mettre à sangloter.

— Je ne comprends pas. C'est absurde. Il a besoin de Macaroni vivant pour mettre la main sur l'héritage! répliqua Lou, très logique.

— Et comment a-t-il pu le faire empailler et l'installer sur cette plaque aussi vite? demanda Garrison tandis qu'il s'approchait du mur, suspicieux.

— Il faut huit à dix mois à un taxidermiste de renom pour exécuter un tel travail. Pas huit à dix minutes! ajouta Madeleine. Sans parler du corps. Où est-il?

— Ce n'est pas Macaroni! s'écria Garrison qui était maintenant sous l'œuvre du taxidermiste. C'est Parmesan!

— Qu'est-ce que Parmesan fait ici? brailla Théo.

— Il est mort! répliqua Lou, sarcastique. C'est sa tête qui est là, empaillée, sur le mur!

— Tu crois que c'est Munchauser qui l'a tué? interrogea le jeune garçon, un éclair de terreur dans les yeux.

— Il aime peut-être bien les têtes empaillées au-dessus de son bureau, simplement. Ma mamie en possède quelques-unes de daims dans sa maison de campagne. Je les ai toujours trouvées assez laides, mais chacun ses goûts, n'est-ce pas? expliqua Madeleine.

— Bon, nous n'avons pas le temps de rester plantés là à nous demander pourquoi Munchauser a installé une tête de chien empaillé sur son mur. Il faut retrouver Mac! dit Garrison d'un ton ferme. Avant qu'il ne finisse comme ça!

Après avoir dévissé l'écoutille du sous-marin, Garrison conduisit les autres enfants hors du cachot de Munchauser. L'écoutille était enchâssée dans la pierre, entre les premiers pavés gris du chemin et la montagne de granit où était construit le manoir de Summerstone. Tout comme ils en avaient gardé le souvenir depuis leur trajet en compagnie du shérif, des lianes poussaient d'un bout à l'autre de la forêt, encerclant la route de tous les côtés. Sans la sécurité que leur avait offerte la fourgonnette, la végétation de la forêt obscure, si dense, leur apparaissait particulièrement lugubre.

— Plus tôt on s'y lance, plus tôt on en sortira, dit Lou, partant sur le chemin en direction de la ville. Je ne sais pas pour vous, mais moi, cet endroit me colle la chair de poule!

— Tant que nous resterons sur la route, il ne nous arrivera rien, rappela Garrison à tout le groupe.

— Je marche au milieu. Je ne veux pas m'approcher trop près de ces lianes! dit Théo à voix basse. Qui sait ce qui se cache là-dedans!

— Schmidty a dit qu'Abernathy ne nous causera pas de soucis tant que nous ne nous enfoncerons pas dans la forêt, et je ne sais pas ce que vous en pensez, mais moi, je n'ai aucune envie de m'y aventurer! dit Garrison, passant devant Lou pour ouvrir la marche.

— Vous entendez? s'écria Madeleine affolée, tout en s'aspergeant de répulsif. Des insectes! Des bestioles! Ils se parlent, ils sont prêts à lancer l'attaque!

— Je n'entends rien, dit Lou. Peut-être quelques écureuils qui bavardent, mais c'est tout.

— Ils vont attaquer! Vous m'entendez, vous autres? C'est une invasion! hurla Madeleine.

— Une invasion? demanda Théo. Tout ça n'augure rien de bon. On n'a jamais entendu dire qu'une immense vague de bonheur ou de sécurité avait suivi une invasion d'insectes. Ça n'annonce jamais que des malheurs. Vous vous souvenez de la peste bubonique?

— Madeleine, dit Garrison avec fermeté. Il faut que tu te reprennes. Il n'y a ni attaque, ni invasion.

— Mais ce bruit! reprit Madeleine, toujours plus hystérique. Tu ne l'entends pas? Si, j'en suis certaine, tu ne peux pas ne pas l'entendre. C'est de plus en plus fort!

— Il n'y a pas de bruit! C'est dans ta tête, voilà tout! Il faut que tu te ressaisisses avant que Théo ne fasse une crise cardiaque à cause de toi!

— Ils arrivent! dit Madeleine, des larmes dans les yeux.

Je les entends qui bourdonnent dans ma direction, prêts à me piquer d'un instant à l'autre!

— Hé, les copains, dit Théo, s'adressant à Lou et Garrison, elle a l'air bien sûre d'elle. Peut-être qu'on devrait l'écouter. Peut-être qu'un fléau va vraiment s'abattre sur nous et qu'elle le devine avant tout le monde, après toutes ces années où elle n'a plus mis le pied dehors! Elle est comme un super-héros, avec un sens ultradéveloppé, un radar qui lui permet de sentir la venue des insectes! Ça paraît logique, non?

— Non, répliqua Lou d'un ton sec et définitif. C'est parfaitement absurde!

— Les voilà! hurla Madeleine, se lançant aussitôt le long du chemin dans une course effrénée et maladroite, secouant bras et jambes dans tous les sens pendant qu'elle aspergeait tout son corps de répulsif.

Théo n'avait pas vu «qui» arrivait au juste, mais son instinct lui dictait de fuir. Et ce fut exactement ce qu'il fit.

— Tu te moques de moi, là? Des lucioles? Un fléau, ça? demanda Lou, réprimant un rire. On aurait dit qu'elle avait vu des sauterelles croisées avec des araignées, au hurlement qu'elle a poussé!

— Ne rigole pas avec les mutations génétiques d'insectes! lui cria Madeleine. C'est un blasphème!

— Pour être tout à fait juste, Madeleine n'a pas complètement tort, reprit Garrison qui se sentait coupable de l'avoir rabrouée si durement un peu plus tôt. Je n'ai jamais vu de lucioles voler en une nuée aussi compacte! Je comprends que ça puisse faire peur, quand on n'y est pas préparé.

— Je trouve ça joli, on dirait une petite comète, dit Théo, suivant des yeux les quelques lucioles qui disparaissaient dans l'obscurité de la forêt.

— Joli? Aaah.... Est-ce qu'elles ont des antennes? Plein de pattes? Des poils partout sur l'abdomen? Est-ce qu'elles laissent un fil poisseux derrière elles? demanda

Madeleine, littéralement hantée par ses images de cauchemar.

— Ne t'inquiète pas, dit Théo, très calme. Ce n'est pas comme si elles pouvaient te foncer dessus! Elles ne voient rien devant elles, avec leur petite lumière sur le dos!

— C'est vrai, acquiesça Madeleine tout en scrutant les environs. Tout de même, je ne dirais pas que c'est joli, ces bêtes-là.

La route pavée serpentait en virages serrés comme des épingles à cheveux, obstruant la vue à tout le petit groupe à plus de cinq mètres devant lui. Malgré cela, Lou, Madeleine, Garrison et Théo appréciaient le silence de ce moment de promenade, jusqu'à ce dernier tournant. Là, ils n'eurent besoin que de voir le violet criard pour comprendre qu'ils avaient devant eux Munchauser. Personne, à part lui, ne portait de costume violet dans tout le Massachusetts ou, plus exactement, dans toute la Nouvelle-Angleterre.

Après des années passées sur les terrains de sport, l'instinct de stratège de Garrison était bien affûté. Il s'accroupit aussitôt derrière l'un des nombreux panneaux interdisant d'entrer dans la forêt et fit signe aux autres de l'imiter. Le visage hideux et ratatiné de Munchauser se contorsionnait, agacé d'avoir à tirer Macaroni derrière lui. De toute évidence, il ne connaissait pas l'aversion du chien pour la sensation des pavés sous ses coussinets.

Tenant la laisse d'une main, il plongea l'autre dans la sacoche pour en extirper un sandwich.

— Oh non! murmura Théo à Lou. Que va-t-il faire au sandwich?

— Tu t'inquiètes pour le sandwich? Non, mais ça va pas la tête?

— Non, je me demandais simplement... Bien sûr que je m'inquiète plus pour Macaroni... C'était juste une question.

— Chut! leur fit Garrison, cependant que Munchauser

tentait d'attirer Macaroni sur le chemin en lui promettant un morceau de pain et de fromage.

— Lou, Théo, vous restez là tous les deux, reprit-il. Maddie et moi, on va traverser la route. À mon signal, on se précipite sur lui. Essayez de l'encercler, pour l'obliger à ne pas pénétrer dans la forêt.

— T'as pas mieux, comme plan ? Foncer droit sur lui ? Ce gigantesque monstre violet, tu veux qu'on lui fonce dessus ? demanda Lou, indignée.

— T'as une meilleure idée, peut-être ?

— Peut-être bien, rétorqua Lou tout en soutenant le regard de Garrison.

— Alors, dis pour voir ?

— Eh bien... Heu... Je pensais qu'on pouvait... essayer de l'encercler ? lâcha-t-elle finalement, piteuse.

— J'en étais sûr ! pouffa Garrison.

— *J'en étais sûr !* répéta Lou avec agacement, tandis que Madeleine et Garrison s'aplatissaient pour traverser la route plus discrètement.

— Tu sais, ça ne te va pas d'imiter les gens, un peu comme la couleur jaune, lui murmura Théo, à quoi Lou ne put s'empêcher de lever les yeux au ciel.

Près du feuillage, Madeleine se mit instinctivement à pulvériser du répulsif autour d'elle. Elle se tenait bien trop proche des arbres, où nichaient divers insectes et araignées, pour ne pas prendre toutes les précautions à sa disposition. Manifestement, toutes les créatures n'avaient pas la grâce de se présenter avec une petite lumière sur le dos ; il lui fallait donc se préparer à l'éventualité d'une attaque d'ennemis surgissant à la dérobée.

La vaporisation du spray de Madeleine parvint aux oreilles de Munchauser et lui sembla étrangement familier. Il se retourna alors dans cette direction, quittant un instant Macaroni des yeux. Garrison se jeta sur Madeleine pour étouffer aussitôt le bruit. Bien qu'elle eût en horreur d'être ainsi arrêtée dans son geste de pulvérisation, c'était encore ce qui, entre eux deux, s'approchait le plus d'un câlin ; aussi n'en fut-elle guère fâchée.

Et, si elle avait toujours eu énormément de reconnaissance à l'égard de son voile, elle en eut plus encore en
cet instant, car celui-ci empêchait Garrison de voir
qu'elle était devenue rouge écrevisse.

— Allez, cinq boulettes de viande si tu fais un pas sur
ce chemin. Je ne te parle pas de cette infâme pâtée, là,
mais de vrai bœuf haché! Tu n'as qu'à avancer d'un bon
sang de pas sur cette route! disait Munchauser, serrant
les dents tandis qu'il tirait comme un diable sur la laisse
du chien. Tu sais combien de chiens seraient prêts à tuer
pour du bœuf haché? Hein? Je te parie un million de dollars que tu ne sais pas combien de chiens feraient un
massacre pour ça. Et ne t'inquiète pas, si tu te trompes,
je retirerai cette somme de ton héritage!

Non loin de là, Garrison observait Munchauser, crai-
gnant que son maigre plan n'échoue. Lou avait raison :
l'idée n'était pas très brillante ni très astucieuse. D'un
autre côté, c'était leur seul plan d'action. Garrison baissa
son bras, indiquant par là aux autres qu'il était temps de
se lancer. Lou et Théo partirent les premiers dans l'espoir de devancer Munchauser sur la route. Malheureusement, les pas lourds de Théo sur les pavés trahirent bien
vite leur présence.

— Rendez-nous notre sandwich! hurla Théo.

— Théo! cria Lou.

— Je veux dire le chien! Rendez-nous notre chien!

Garrison et Madeleine se précipitèrent tout droit sur
Munchauser, qui tentait maintenant de porter dans ses
bras le corps lourd de Macaroni. Théo et Lou poursui-
virent leur course. Leur plan semblait avoir une chance
de fonctionner lorsqu'une masse noire et poilue descendit du ciel. Manifestement, l'agitation et les cris avaient
dérangé toute une colonie d'écureuils volants. Aussitôt
sur le pied de guerre, ceux-ci s'étaient élancés telles des
bombes dans les airs. Ils se jetaient bravement depuis
les branches des arbres, jacassant bruyamment pendant
leur plongée jusqu'au sol.

Lou fut la première à être touchée : un écureuil lui

atterrit directement sur la tête. Madeleine hurla de terreur lorsque deux d'entre eux s'agrippèrent à son voile avec leurs petites dents acérées, tirant pour l'arracher. Mais elle se débattit férocement. Elle n'avait aucunement l'intention d'abandonner son bien le plus cher sans lutter de pied ferme. Il fallut l'arrivée d'un troisième écureuil presque obèse pour admettre qu'elle ne ferait pas le poids. Les écureuils gagnèrent la partie, emportant son précieux voile dans leur bouche. Quelques secondes plus tard, ils avaient déjà disparu dans la forêt, alors que Madeleine demeurait hébétée au beau milieu du chemin.

Garrison parvint à se débarrasser d'un écureuil particulièrement opiniâtre qui s'était accroché à ses cheveux, repoussant en même temps deux autres du dos de Théo. Ce n'est qu'une fois que la nuée d'assaillants se fut dissipée qu'ils découvrirent que Munchauser s'était enfui.

TOUT LE MONDE A PEUR DE QUELQUE CHOSE

*L'héliophobie est la peur irrationnelle
du soleil et de la lumière du jour*

CHAPITRE 26

D ans sa précipitation, Munchauser avait laissé tomber le sandwich. Celui-ci gisait sur les pavés gris, délicieusement appétissant avec ses lamelles de fromage sur d'épaisses tranches de pain au levain. Grand adepte de sandwichs, Théo ne put s'empêcher d'essayer de ramasser ce mets succulent tout en courant pour rattraper Garrison. Seul le rappel de Madeleine arrêta le geste malheureux du jeune garçon à l'appétit insatiable.

— Ses doigts sales, Théo! Des années de crasse sous ses ongles! hurla-t-elle, bras levés au-dessus de sa tête dans l'espoir de se protéger de tous les ennemis présents au grand air.

Lou et Garrison amorcèrent les premiers le virage suivant, débouchant sur un chemin qui s'enfonçait au loin, et disparaissait sous le feuillage.

— C'est impossible! Il n'a pas pu courir si vite en por-

tant un chien de près de trente kilos dans les bras!
s'écria Garrison, scrutant la route devant lui.

En vain : rien que de la verdure à perte de vue.

— Il s'est peut-être enfoncé dans la forêt?

— Je ne crois pas. S'il avait voulu affronter ce danger, il aurait déjà choisi cette option.

Tels des prédateurs du désert, Lou et Garrison marchaient très lentement, dans l'espoir de ne pas se faire repérer de leur proie. Madeleine et Théo étaient quant à eux bien trop préoccupés par leurs angoisses respectives pour prêter attention à tout autre chose.

— Merci, merci, Madeleine, vraiment, gémissait Théo. Je ne sais pas ce qui m'a pris. Je ne suis pas habitué à sauter le petit déjeuner, ce doit être ça. Dire que j'ai failli ingérer un sandwich que Munchauser avait tripoté de ses doigts!

— Sauter un repas peut être un vrai traumatisme pour l'organisme, un peu comme de perdre son ombre, dit Madeleine qui songeait à son voile.

Ignorant totalement le tumulte émotionnel de Madeleine, Théo ne cessait de babiller :

— Mad, tu veux bien être ma marraine pendant ce voyage? M'arrêter si jamais je mange un fruit dangereux, trop salé ou bien un produit à base de viande? Je ne voudrais pas ruiner des années de végétarisme pour une bêtise, tu compr...

— Théo, regarde-moi! J'ai perdu mon voile! Il n'y a plus rien entre *eux* et *moi*! dit Madeleine, en proie à une grande agitation. Ils pourraient venir déposer leurs œufs dans mes cheveux! Ou bien me les jeter dessus en plein vol!

— Donne-moi tes bombes d'insecticide. Je vais tellement t'asperger la tête que tu risqueras d'en perdre les cheveux! Tu m'as sauvé la vie, je vais te sauver!

— C'est très bien, tout ça, reprit Garrison, sarcastique, mais qui va sauver Mac et Schmidty, hein? Comment un homme immense en costume violet qui porte un gros bouledogue sur ses épaules peut-il bien disparaître comme ça, sans laisser de trace? C'est tout simplement impossible!

— Tu crois que c'est normal d'attraper des rhuma-
tismes du jour au lendemain? demanda Théo tandis qu'ils
avançaient tous les quatre, lugubres, le long du chemin,
alors qu'ils avaient perdu toute trace de Munchauser et
de Macaroni. Parce que j'ai très mal aux articulations
depuis peu. Si seulement on pouvait croiser des gens sur
cette route! Ils pourraient me conduire chez un médecin.
Non pas que je me fie au stop; d'habitude, je n'envisage-
rais même pas une seule seconde de monter dans la voiture d'un inconnu. Mais dans cette situation, je crois que
j'accepterais de revoir mon jugement...

Il continuait de jacasser ainsi, manifestement indifférent au fait que personne ne lui réponde vraiment.

— Tu veux bien te taire un petit peu? l'interrompit
soudain Lou.

— Elle n'est pas très gentille avec moi, murmura Théo,
volontairement un peu fort, à l'attention de Madeleine.

— Toi, je ne te parle plus, Théo Bartholomew! s'écria
Madeleine, dont les cheveux ruisselaient littéralement
d'insecticide.

— Mad, je t'ai déjà dit que c'était un accident! Je ne
savais pas que ta bombe pouvait se vider entièrement!
Au moins, tu peux être sûre qu'aucun insecte ni araignée
ne va approcher de ta tête!

— Ah oui, et le reste de mon corps? Mes bras, mes
jambes, mon visage? Ils sont complètement exposés,
maintenant! Regarde-moi : plus de voile, plus d'insecticide,
en première ligne sur le champ de bataille des insectes!
Partout où je me tourne, je ne vois que la nature! La nature,
la nature, et encore la nature! Et tout le monde sait que les
araignées et les insectes vivent dans la nature!

— Je suis sûre que tu as un taux massif d'insecticide
dans le sang, depuis le temps! Il se passera des années
avant qu'un moustique n'ose t'approcher! lui dit Lou.

Madeleine ne lui répondit pas, mais réfléchit en
silence à la pertinence de cette remarque.

— Et ça fait combien de temps qu'on marche? J'ai

l'impression de n'avoir rien eu à manger ni à boire depuis des jours!

— Ça fait deux heures, Théo. Du calme! répondit Lou.

— Deux heures? C'est tout? Seulement 120 minutes, ou encore 7 200 secondes!

— Merci pour ce décompte mathématique, Joufflu. Ça ne manquera pas de nous être utile, hein, pendant cette petite marche sur une route pavée au beau milieu de nulle part.

— Pas la peine de me rembarrer! Je faisais juste remarquer depuis combien de temps nous sommes là, dehors, à braver les éléments.

— Tu sais quoi, Théo? Cela ne fait peut-être que deux heures, mais si ça peut te rassurer, grâce à tes jérémiades, j'ai l'impression que ça fait beaucoup plus. Genre, une journée entière, et au cas où tu ne le saurais pas, ça fait vingt-quatre heures, 1 440 minutes et... Euh..., fit Lou avant de se taire pour compter dans sa tête. Et des milliers de secondes!

— Je vois que ne suis pas le seul à être un peu grincheux de ne pas avoir mangé ce matin!

— 86 400 secondes, pour être exact, murmura Madeleine à Garrison.

— Grincheux, ça? Attends un peu qu'on soit arrivés en ville, et tu regretteras le bon vieux temps où Lou ne t'avait pas encore asséné son regard qui tue pour t'empêcher de parler!

— C'est une menace?

— Peut-être bien...

— Je crois que je vais devoir t'avertir que tout ce que tu vas dire pourra et sera utilisé contre toi devant le tribunal.

— Les droits Miranda[1]! précisa Madeleine à Garrison,

_____

1. Ces droits sont des notions de la procédure pénale aux États-Unis dégagées par la Cour suprême en 1966, et qui se manifestent par la prononciation d'un avertissement lors de l'arrestation d'un individu, lui signifiant notamment son droit à garder le silence et celui de bénéficier d'un avocat.

comme si elle lui faisait un commentaire détaillé de la scène.

Cela se produisit si brusquement et si vite que Garrison en eut, une seconde, le souffle coupé : il fut littéralement subjugué en voyant pour la première fois le visage de Madeleine. Ou, pour employer les termes d'un jeune de treize ans, il la trouva mignonne.

— Je ne suis pas sous arrestation! protesta Lou.

— On peut utiliser cette phrase dans d'autres circonstances. Et de toute façon, je voulais juste te signaler que je tiens le compte de toutes les méchancetés et les menaces que tu m'as lancées pour les répéter à ma mère et à mon avocat, une fois qu'on sera rentrés.

— Tu vas arrêter, oui? Pour l'instant, tu n'as même pas de téléphone portable, alors un avocat!

— Je n'ai peut-être pas d'avocat sous la main, mais nous sommes dans un pays où tout le monde est libre d'engager des poursuites judiciaires, même un enfant de douze ans. Alors, prépare-toi, Lou Punchalower!

— Attends! l'interrompit cette dernière. Est-ce que l'un de vous aurait entendu ce gémissement?

— Tu l'as entendu, toi aussi? répondit Garrison, aussitôt en alerte.

Théo, Madeleine, Lou et Garrison s'immobilisèrent, voulant déterminer d'où venait le bruit qu'ils avaient perçu. Quelques secondes s'écoulèrent avant qu'ils entendent une nouvelle fois la plainte étouffée. Lou s'approcha des premiers arbres de la forêt, le long du chemin, les yeux écarquillés de curiosité aussi bien que d'angoisse. Le reconnaissant soudain, son sang se figea dans ses veines. Mais elle eut le mérite de ne pas pousser de hurlement.

— C'est lui!

— Qui? demanda Garrison. Munchauser?

— Non. Abernathy. Je le sais, parce que je l'ai aperçu un jour par la fenêtre de la salle à manger, dit Lou sans quitter des yeux les traits grossiers d'Abernathy, blême, au beau milieu des branchages.

291

— Et c'est maintenant que tu nous le dis! la gronda Théo.

— Je croyais que c'était mon imagination... Ce visage...

Madeleine vint se poster derrière Lou, littéralement fascinée par le visage d'Abernathy.

Ce dernier fixait les enfants en silence, sans bouger d'un pouce d'entre les arbres, en lisière de forêt. L'étranger se savait protégé. Personne, et encore moins des enfants, n'oserait braver les dangers de ce territoire.

— On devrait peut-être dire quelque chose? Lui offrir à boire ou à manger? demanda Théo, tout à fait sincère.

— Euh, pardon? Au cas où tu ne l'aurais pas remarqué, nous ne sommes pas dans un hôtel-restaurant, ici! le reprit Lou.

— Oui, mais au moins, en lui offrant quelque chose, on se montre poli. Et ça le rendra peut-être plus aimable à notre égard?

Avant même que quiconque ait pu se prononcer sur la question, Théo s'élança, prenant soin de parler bien distinctement :

— Bonjour! Voilà, je m'appelle Théo, et je vous présente Madeleine, Garrison et enfin, Lou. Nous venons de l'école, là-haut sur la colline. Enfin, je crois que vous le savez déjà puisque vous êtes venus nous épier, monsieur Abernathy. Par épier, j'entends nous regarder gentiment par la fenêtre. Rien de mal à cela. Nous serions ravis de vous offrir quelques rafraîchissements ou encore une petite collation, mais malheureusement nous n'avons rien de tout cela.

Théo, qui n'arrêtait pas de parler, ne vit pas qu'Abernathy avait passé son pouce très lentement sur sa gorge. Le jeune garçon était bien trop préoccupé par un bruit étrange qu'il avait entendu pour prêter attention à ce geste menaçant.

À quelques pas seulement de la forêt maintenant, Théo avait de nouveau entendu le gémissement. Il comprit alors que celui-ci était bien trop proche pour provenir d'Abernathy.

— Attendez une minute! dit-il en se retournant sur sa gauche. Espèce de mauvais génie!

Munchauser et Macaroni, couverts des pieds à la tête de lichen du Groenland, disparaissaient presque totalement, sous ce camouflage, dans la végétation luxuriante de la forêt. Avant que les enfants aient pu se ressaisir, Munchauser jeta une poignée de petites particules jaunes dans leur direction. L'odeur était épouvantable et paralysante : les quatre élèves tombèrent aussitôt à genoux. La puanteur était même si âcre et si atroce qu'ils en perdirent connaissance. Avant de sombrer, ils virent la silhouette verte de Munchauser qui emportait Mac sur son dos au loin dans la forêt.

Madeleine fut la première à recouvrer ses esprits après le lancer de pierres salivaires. L'odeur était encore très forte et rance. Elle porta la main à son visage et sentit deux pierres collées sur sa peau. Sans la moindre hésitation, elle courut alors en lisière de la forêt et se frotta vigoureusement le visage au feuillage. La puanteur était tellement infâme qu'elle en oublia que des larves d'insectes pouvaient s'agglutiner sous une feuille.

— Je crois que je vais mourir, gémit Lou, à terre.

— Essuie-toi le visage! brailla Madeleine, se souvenant soudain de ce que Lou avait dit au sujet de son taux d'insecticide dans le sang.

Elle pria intérieurement pour que cela fût vrai tandis qu'elle se passait sur la peau ce qui avait pu dernièrement abriter une araignée.

— Abernathy s'est enfui, dit Garrison en sondant la forêt.

— Qui pourrait lui en vouloir? Cette odeur! Il faut qu'on s'en aille! dit Lou. Garrison, tu porteras Théo. C'est lui qui en a reçu le plus, il ne se réveillera peut-être pas avant des jours!

Garrison essuya le visage de Théo tout en retenant son souffle. Par bonheur, Théo sortit de sa torpeur, les sens fouettés par ce supplice olfactif.

— Au secours! Au secours! Cette odeur...

— Allez, il faut partir, dit Garrison avec fermeté en aidant Théo à se redresser sur ses pieds.

Les quatre enfants se mirent alors à courir, autant que le leur permettait leur estomac éprouvé, cherchant d'un œil les masses vertes fondues dans le feuillage et Abernathy de l'autre.

TOUT LE MONDE A PEUR DE QUELQUE CHOSE

La cynophobie est la peur irrationnelle
des chiens

M adeleine, Théo, Lou et Garrison atteignirent l'orée de la forêt bien plus vite qu'ils ne l'avaient envisagé ; ils débouchèrent dans la lumière, plissant les yeux face au vif soleil du matin. La route pavée se poursuivait, traversant des prés d'herbes hautes plantés çà et là de grands arbres. Cependant, aussi douce que fût la caresse du soleil sur les joues des quatre enfants, elle signait également leur défaite.

Dans l'obscurité des profondeurs de la forêt, retrouver Macaroni leur paraissait encore possible, et même très probable. Mais maintenant qu'ils cheminaient en direction de Farmington, ils sentaient que l'écart entre le probable et le possible s'était sérieusement accentué. Le temps qu'ils arrivent en ville, Munchauser se serait à coup sûr déjà déclaré tuteur légal du chien, privant par là Schmidty de tout recours. Garrison, plus encore que

297

les autres, se sentait particulièrement accablé, car il avait été en personne désigné par le vieil homme pour l'aider à protéger Macaroni.

Garrison marchait en tête de la brigade assaillie d'idées noires, le long de cette route qui serpentait, s'enroulait, revenait sur elle-même pour tourner encore tout en menant à Farmington. S'ils étaient bien certains de s'approcher de la petite bourgade, ils n'avaient cependant toujours pas vu de panneaux. Alors quand Théo repéra une maisonnette de brique rouge à quelques mètres de la route, la troupe, soulagée, laissa exploser sa joie. Quelqu'un passerait peut-être et pourrait les conduire en ville, leur permettant de gagner le temps nécessaire pour rattraper Munchauser.

Théo était enchanté à l'idée non seulement de sauver Macaroni, mais aussi de manger un morceau. Jamais, de toute son existence, il n'avait éprouvé pareille torture. D'ailleurs, il n'avait presque pas osé dire qu'il avait vu la maison de brique rouge, de peur que cela n'eût été une hallucination générée par la faim.

— Je parie qu'ils ont des bombes d'insecticide! se réjouissait Madeleine, qui courait derrière Théo.

— Et des sandwichs!

— Quel bonheur, de l'insecticide et des sandwichs! répondit Lou, de son ton froid habituel.

— Écoutez, les copains, vous me laisserez parler. Il faut nous rendre en ville le plus vite possible, et je ne veux pas qu'on perde de temps à se disputer et à raconter mille versions différentes de l'histoire.

Lou, Madeleine et Théo acquiescèrent. Ils approchaient de la petite maison de brique rouge aux volets bleus. Garrison grimpa d'un bond les marches du perron et fit tinter la cloche suspendue près d'une pancarte peinte à la main qui indiquait «Famille Knapp». Théo et Madeleine coururent aux fenêtres pour tenter de voir à l'intérieur pendant que Lou patientait avec Garrison sur le seuil.

Une minute s'écoula sans que personne vienne leur

ouvrir. Garrison fit de nouveau tinter la cloche, priant pour que quelqu'un les entende. Une autre minute passa. Personne ne vint.

— Je crois que la maison est vide! s'écria Garrison à l'attention de Théo et Madeleine.

La jeune fille fit alors une chose qui ne lui ressemblait pas du tout. Elle marcha sur la plate-bande sous une fenêtre, écrasant au passage quelques tulipes jaunes, et frappa au carreau.

— On sait que vous êtes là! On vous voit! Ouvrez immédiatement cette porte! Vous devriez avoir honte de vous! Vous cacher de quatre enfants qui ont besoin d'aide! C'est vraiment honteux de votre part!

Théo, qui ne voyait rien de là où il se tenait, se joignit à elle avec enthousiasme. Il n'était pas du type à se priver d'une quelconque comédie.

— Bande de minables! De gentils petits enfants qui ont grand besoin d'aide! Et de sandwichs!

Sur le sol, dans le salon, tapis pour se cacher des visiteurs, se trouvaient un homme et une femme âgés de trente ans environ. Vêtus tous deux de pulls jaunes d'un genre très chic, ils se redressèrent finalement en souriant et allèrent leur ouvrir. Madeleine bouscula Garrison qui s'acharnait vainement à soulever le loquet de la porte d'entrée, et endossa le rôle de porte-parole du groupe.

— Quelle sorte d'immondes personnages ose donc ne pas ouvrir à des enfants? dit Madeleine, poussant le couple pour pénétrer dans le salon.

— Désolé, jeune demoiselle, nous croyions que vous étiez des orphelins à la recherche de parents, et vous comprenez, nous ne voulons vraiment pas d'enfants, répondit M. Knapp, très embarrassé.

— Et depuis quand les orphelins font du porte à porte comme des scouts qui vendent des gâteaux? s'emporta Madeleine.

— Maddie, nous n'avons pas de temps à perdre avec ça. Il faut qu'on se rende en ville, expliqua posément

Garrison. Écoutez, nous ne voulons pas savoir pourquoi vous ne vouliez pas nous ouvrir. Pouvez-vous nous conduire en ville? C'est une urgence, en quelque sorte.

— Nous serions ravis de pouvoir vous aider, répondit gaiement Mme Knapp.

— Merci, dit Garrison dans un soupir de soulagement.

— Mais c'est impossible, reprit-elle. Notre voiture n'a plus d'essence.

— Heureusement que vous n'avez pas d'enfant, mon Dieu! Quelle sorte d'irresponsables êtes-vous, pour oublier de remplir votre réservoir? demanda Théo.

— Alors, permettez-nous d'utiliser votre téléphone, dit Garrison d'une voix lasse.

— Navré, jeune homme, répondit M. Knapp, ce n'est pas possible non plus.

— Je ne vous crois pas.

— Regardez vous-même! reprit l'homme, désignant d'un geste de la main les fils coupés du téléphone.

Ceux-ci avaient été tranchés d'un coup sec, mais ils étaient recouverts d'empreintes de doigts crasseux. Aussitôt, Garrison comprit que Munchauser était venu dans cette maison. Des gens normaux n'endommageraient pas leur propre ligne de téléphone.

— Est-ce que vous avez vu passer un monsieur très laid qui portait un gros chien, tous les deux couverts de mousse des pieds à la tête? demanda Garrison, très sérieux, ignorant totalement l'extravagance absolue de sa question.

— Nous sommes dans le Massachusetts, pas sur Mars, répondit M. Knapp avec un sourire chic très agaçant. Il n'y a pas de bonshommes verts par ici.

— Mais alors, qui a coupé les fils du téléphone?

— Moi, expliqua M. Knapp. Je trouvais que nous étions devenus trop dépendants des conversations que nous pouvions avoir avec les autres gens, alors j'ai coupé la ligne téléphonique. Maintenant, si vous n'avez plus d'autres questions, j'aimerais que vous nous laissiez tranquilles afin que nous conversions, mon épouse et moi.

— Vous nous jurez que vous n'avez pas vu d'homme ni de chien? demanda Garrison.

— Oui, promis, dit Mme Knapp avec son air faussement poli.

— Très bien, soupira Garrison, accablé.

Les quatre adolescents allaient quitter le salon de l'étrange couple, lorsque Madeleine aperçut quelque chose qui n'allait tout simplement pas dans ce cadre. Un chat vert.

— Espèces de monstres! Vous mentez lamentablement! explosa Madeleine. Je ne sais pas ce qui me retient de vous laver la bouche avec du savon!

— Madeleine, qu'est-ce qui te prend? lui hurla Garrison.

— S'ils n'ont pas vu Munchauser et Macaroni, comment expliquez-vous que le chat soit vert? rugit-elle, faisant aussitôt fondre en larmes Mme Knapp.

— Je suis désolée, cet homme nous a menacés de kidnapper Jeffrey, notre caniche, si on ne vous mentait pas, dit alors M. Knapp. Il est dans la salle de bains, avec Jeffrey et un chien vraiment très gros.

— Quelle honte, vraiment! reprit Madeleine.

— J-Jeffrey, notre caniche, vagit Mme Knapp dans un torrent de pleurs. C'est un peu comme notre bébé... Je suis vraiment désolée...

À travers la vitre du salon, Garrison aperçut Munchauser, toujours recouvert de lichen, qui essayait de faire passer Macaroni dans le jardin derrière la maison par une fenêtre.

— Il est là! hurla-t-il en fonçant vers la porte qui donnait sur le jardin.

— Ne le laissez pas faire de mal à Jeffrey! s'écria Mme Knapp.

Madeleine, Théo et Lou se précipitèrent à la suite de Garrison, tandis que le couple se ruait en direction de la salle de bains, pressés de libérer leur petit Jeffrey.

Munchauser courait aussi vite qu'il lui était possible avec un énorme chien vert dans les bras, jetant des regards inquiets par-dessus son épaule toutes les dix secondes. C'est en tournant ainsi la tête qu'il se rendit compte qu'il était en train de perdre l'équilibre. Il avait en effet marché sur une bâche recouvrant une piscine. Il dérapa sur le mince carré de plastique, laissa échapper Macaroni qu'il fit tomber dans le trou de la bâche. Faisant preuve de son courage habituel face au drame qui s'annonçait, Munchauser reprit sa course, d'un pas plus alerte maintenant qu'il n'avait plus à porter le bouledogue.

Garrison, au bord de la piscine, comprit que Macaroni allait se noyer sous la bâche. Sans réfléchir, il plongea dans l'eau et se faufila dans le trou du carré de plastique noir. C'était son instinct qui l'avait poussé à agir plus qu'à décider en toute conscience. Son cœur lui avait dicté de sauver Macaroni : aussi s'était-il exécuté sans la moindre hésitation.

Ce n'est que lorsqu'il se retrouva immergé dans l'eau froide que Garrison se souvint qu'il ne savait pas nager. Il allait couler quand il aperçut Macaroni qui faisait littéralement la nage du petit chien. Naturellement, les chiens étant de bons nageurs, Macaroni parviendrait à se sortir de cette mauvaise passe, guidé par les appels de Madeleine et de Lou au bord de la piscine. Il aurait seulement besoin que quelqu'un l'aide à se débarrasser de l'excédent de mousse sur son museau. Garrison n'aurait malheureusement pas cette chance.

Le jeune garçon se débattait violemment, noyant un peu plus la bâche de plastique à mesure qu'il s'y agrippait dans l'espoir de garder la tête hors de l'eau. Théo faillit l'assommer quand il plongea dans un élan héroïque, mais disgracieux, pour secourir son ami. Enroulant ses bras autour de Garrison qui suffoquait, il le tira adroitement jusqu'au bord. Puis, aidé de Madeleine et de Lou, il le hissa hors de l'eau. Le jeune garçon étouffait, le visage rougi par l'effort fourni pour trouver de l'air.

— Tout va bien, Garrison, le rassura Madeleine d'une voix douce. Tu vas t'en remettre. Tu es avec nous.

Garrison aurait voulu les remercier, mais il ne pouvait pas parler. Il toussait encore trop, à recracher l'eau qu'il avait avalée. Il se contenta de lever les yeux vers ses amis et de leur adresser un sourire.

— Gary est en vie! Gary est en vie! se mit à chantonner Théo, tout joyeux.

— Ce n'est pas parce que tu m'as sauvé la vie que je t'autorise à m'appeler Gary, lui dit le jeune garçon qui s'était ressaisi.

— Est-ce qu'il faut vraiment que Jeffrey s'asseye dans son rehausseur? soupira Lou cependant que M. et Mme Knapp s'attardaient à attacher la ceinture du caniche brun à longs poils dans le siège de voiture tout spécialement conçu pour lui.

— Déjà que vous nous avez fait attendre des plombes pour lui ôter le lichen du pelage! Nous perdons un temps précieux, là! lança Garrison, agacé.

— Vous laisseriez, vous, votre bébé monter en voiture sans l'attacher, sachant qu'au moindre arrêt un peu brusque du véhicule, il pourrait être projeté à travers le pare-brise? s'écria Mme Knapp, outrée.

— Si vous voulez, nous avons un autre siège pour votre bouledogue. Il sera peut-être un peu serré, mais je crois qu'il pourra tenir, offrit généreusement M. Knapp.

— Nous n'avons plus le temps! explosa Garrison. Il faut qu'on aille trouver le shérif!

— Vous savez ce que dit toujours le shérif, à propos? demanda Mme Knapp à Garrison, avec un sourire sincère prodigieusement énervant.

— Non, admit-il à regret face à cette rangée de dents blanches parfaitement brossées.

— Attachez vos ceintures, c'est la loi!

— Oui, mais pour les humains, pas pour les chiens! rugit soudain Lou.

— Elle a peut-être raison, balbutia Théo. Je serais très

fâché d'avoir fait tout ce chemin pour perdre Mac dans un stupide accident de la route! Sans compter qu'il pourrait blesser quelqu'un, s'il était projeté à travers le pare-brise!

— Enfin quelqu'un qui a un peu de bon sens! dit Mme Knapp avec un soupir de satisfaction quelque peu exagéré. Chéri, va chercher l'autre siège pour chien! ordonna-t-elle alors à son époux avant de se retourner vers les enfants : Ça ne prendra qu'une minute!

Mme Knapp avait largement sous-estimé le degré de difficulté (et le temps nécessaire) que représentait l'installation d'un chien de la taille d'un éléphant dans un siège conçu pour un animal qui avait les dimensions d'un melon. Lorsque enfin ils parvinrent à boucler correctement Macaroni sur son rehausseur, celui-ci faisait plutôt songer, avec ses bourrelets de graisse qui dépassaient de partout, à un origami raté qu'à un bouledogue.

— Vous êtes absolument certains que la ceinture de sécurité soit utile? demanda Madeleine. Il a l'air drôlement coincé, tout de même.

— Personne n'a jamais dit que la sécurité était confortable! expliqua Mme Knapp dans un soupir.

— Voilà ce que je me tue à dire à ma famille depuis des années! dit Théo tout en secouant la tête tandis qu'il grimpait à l'arrière du véhicule.

Lou et Théo s'assirent de part et d'autre de Macaroni sur la banquette arrière, tandis que Madeleine et Garrison furent contraints de prendre place dans le coffre de la berline des Knapp. Jeffrey, cela n'étonnera personne, se trouvait à l'avant, entre les deux époux. Mme Knapp tendait à son caniche des petits morceaux de fromage qu'elle refusait obstinément de donner à Théo, pendant que M. Knapp s'engageait dans un chemin de traverse.

— Que faites-vous? s'écria Lou depuis la banquette arrière. Vous tournez dans le mauvais sens!

— Non. Cela fait sept ans que j'habite ici, je sais quand même par où passer pour me rendre en ville! dit M. Knapp, très sûr de lui.

— Euh, mon chéri, ajouta tendrement Mme Knapp, je crois qu'en réalité, elle a raison.

— Non, chérie, non, répondit M. Knapp, agressif.

— Mais c'est la forêt, droit devant!

— Pourquoi ai-je toujours tort, d'après toi? explosa M. Knapp en tapant du poing sur le volant.

M. Knapp exécutait une manœuvre à grand-peine pour faire demi-tour, malmenant le moteur qui se coupa. La voiture demeura alors obstinément silencieuse. Enfin, à l'exception des grognements de Macaroni, boudiné par sa ceinture de sécurité.

— C'était une question purement rhétorique, non? demanda Théo à M. Knapp. Ou bien vous vouliez vraiment savoir pourquoi vous aviez toujours tort? Parce que j'ai une ou deux idées sur la question...

Le regard noir qu'il aperçut dans le rétroviseur lui suffit. Théo hocha la tête en silence, prévoyant de lancer une campagne pour l'interdiction des questions purement rhétoriques à la rentrée prochaine, dans son école. Elles généraient bien trop de problèmes, selon lui.

Le temps que la berline arrive en ville et se gare devant le bureau du shérif de Farmington, Macaroni ressemblait à un gros bretzel. Jamais n'avait-on vu de chien si heureux de bondir hors d'une voiture. De tout ce qu'il avait enduré pendant la journée, on eût dit que ces dix minutes de trajet avaient été les plus douloureuses.

— Doit-on vous attendre? demanda M. Knapp aux quatre adolescents après qu'ils eurent claqué la portière arrière.

— Certainement pas! répondit d'abord Lou.

— Et ça vient du fond du cœur, ajouta Madeleine. Nous savons que vous devez être pressés de reconduire Jeffrey chez vous.

— Ma foi, je dois reconnaître en effet que Jeffrey m'inquiète un peu, dit Mme Knapp en bouchant les oreilles de son caniche. Il montre quelques signes alarmants de...

De manque de confiance en lui, après le passage de

Munchauser qui lui a préféré un bouledogue, le croiriez-vous ? Entre toutes les races !

Et, comme les quatre camarades regardaient s'éloigner la voiture, Mme Knapp empoigna la patte de Jeffrey pour leur adresser un signe d'adieu.

Les enfants répondirent obligeamment à ce salut, mais Lou aurait juré voir Macaroni lever les yeux au ciel.

TOUT LE MONDE A PEUR DE QUELQUE CHOSE

La phobophobie est la peur irrationnelle des phobies

L orsque les quatre enfants déboulèrent avec leurs
vêtements trempés, crasseux et puants dans le
bureau du shérif McAllister, en compagnie du chien de
Mme Wellington, ce dernier se demanda si son épouse
n'était pas en train de lui faire une mauvaise blague.

— Qu'est-ce que c'est ce raffut?

— Mme Wellington est morte, et elle a tout laissé à
Macaroni en héritage, parce qu'elle croyait que Schmidty
serait mort, mais non, alors Munchauser, son avocat,
a volé le bouledogue, et nous avons dû le poursuivre.
On a récupéré Macaroni, mais on n'a pas pu attraper
Munchauser! lâcha Théo d'un même jet.

— J'ai bien entendu? Vous avez dit que Mme Wellington était morte? demanda le shérif dont les yeux commençaient à s'embuer.

— Oui, j'en ai bien peur, répondit posément Madeleine.

— Je la connais depuis mon enfance! Tenez, c'est elle qui m'a permis de surmonter ma peur de voler! dit le shérif en tapotant ses yeux avec son mouchoir. Dans le temps, je prenais le bateau *Queen Mary* pour aller voir ma grand-tante Melba à Liverpool, parce que j'avais une peur panique de prendre l'avion! J'avais un mal de mer abominable pendant tout le trajet, mais heureusement j'ai eu la chance de rencontrer Mme Wellington, et ma vie tout entière a changé!

— Écoutez, shérif, je serais ravi de vous entendre raconter comment elle vous a aidé, vraiment, mais pour l'instant nous devons retourner à Summerstone. Je m'inquiète pour Schmidty! soupira tristement Garrison.

— Ne te bile pas, fiston. Je vais chercher la fourgonnette! déclara le shérif en plantant son chapeau sur son crâne.

— La grue est hors service! dit Lou. Schmidty affirme que c'est Munchauser qui l'a cassée.

— Ce qui signifie qu'on va devoir repasser par le tunnel! conclut Garrison, accablé.

— Non, je ne crois pas, dit le shérif qui paraissait très confiant, tandis qu'il se dirigeait vers la porte de son bureau.

Il parvint à convaincre le capitaine des pompiers de Farmington, Huckleford, de conduire la petite troupe dans la forêt jusqu'au pied de Summerstone. L'échelle du camion qui s'étirait sur près de soixante-dix mètres leur permettrait d'éviter d'avoir à escalader le redoutable tunnel au sein de la montagne.

Pendant le trajet, les élèves regardèrent par la fenêtre, réfléchissant à tout ce qu'ils avaient enduré dernièrement. Il ne s'était pas écoulé une semaine, mais ils avaient la sensation qu'une année entière avait passé, riche de multiples expériences, depuis qu'ils avaient quitté leurs familles. Et jamais, que ce soit dans leurs rêves les plus fous ou dans leurs pires cauchemars, aucun d'eux n'avait imaginé vivre un jour pareille aventure.

Après ce qui leur sembla une éternité, le camion de pompiers arriva au pied du plateau de granit. Le capitaine Huckleford rassembla tout ce petit monde dans la cabine et se mit à déployer l'échelle mécanique.

— Le shérif montera vérifier que Schmidty va bien, expliqua le capitaine Huckleford aux enfants.

— On y va aussi, dit Théo, dont les paumes des mains commençaient à transpirer.

— C'est très haut, vous êtes certains de vouloir y aller?

— Certains! répliqua Théo, têtu, se faisant le porte-parole de tout le groupe.

Alors Madeleine, Lou, Garrison, Théo et le shérif escaladèrent l'échelle à un rythme surprenant et avec une aisance relative. Cependant, sitôt qu'ils eurent atteint le sommet, Théo regarda vers le bas et commença à sentir sa tête tourner.

— Je crois que je redescendrai par le tunnel, si vous n'y voyez pas d'inconvénient...

— Dépêchons-nous! leur cria le shérif en courant vers Summerstone.

Dès qu'ils eurent pénétré dans le vestibule du manoir, tous se mirent à crier le nom du vieux domestique.

— Schmidty! Schmidty!

— Où êtes-vous?

— Schmidty? Ohé?

Une petite voix leur parvint, résonnant dans l'étrange maison tout entière.

— Je suis dans la salle à manger! les appela Schmidty, d'une voix plus faible qu'à son habitude, ce qui n'était pas bon signe.

Ils franchirent des portes qui leur étaient dorénavant familières, depuis celle qui avait tout le mécanisme d'une horloge jusqu'à celle qui avait une poignée en bouton de cuivre, pour s'arrêter finalement devant le tableau noir qui menait à la salle à manger. Le shérif s'apprêtait à ouvrir la porte, lorsque Garrison le bouscula pour entrer le premier. Lou, Madeleine, Théo, et enfin le shérif le suivirent aussitôt.

Assis autour de la table richement dressée, se trouvaient Mme Wellington, Schmidty et Munchauser. Les quatre enfants demeurèrent interdits, trop choqués pour prononcer une seule parole, tandis que le shérif prenait une chaise pour s'asseoir à son tour à la table en riant. Celui-ci considérait en effet son rôle dans l'école de Mme Wellington un peu comme du théâtre amateur, une façon amusante d'exercer ses talents d'acteur.

Théo s'approcha le premier de Mme Wellington, et tendit sa petite main vers son visage couvert de maquillage.

— Vous êtes vraiment vivante? demanda Théo le plus sincèrement du monde.

— Oui, Théo, lui répondit gentiment la vieille dame.

Le jeune garçon se jeta à son cou et planta un gros baiser sur sa joue.

— J'ai envie de vous poser des milliers de questions, mais d'abord, êtes-vous consciente de ce que vous nous avez fait vivre, madame?

— Non seulement vous n'êtes pas morte, mais vous êtes en plein déjeuner avec l'ennemi! s'écria Lou en désignant Munchauser du doigt.

— J'en connais certains qui feraient mieux de s'expliquer, dit Garrison qui s'efforçait de garder son calme.

— Félicitations, vous voilà diplômés de l'École de la Peur! déclara Mme Wellington de son ton très solennel. Et haut la main, faut-il le préciser! Nous sommes extrêmement fiers de vous.

— Je ne comprends pas très bien, dit Madeleine, et je suis toute chamboulée. J'ai du mal à me remettre de mes émotions...

— Ainsi, tout était faux? se lamenta Théo avec colère. Toute cette histoire n'était qu'un piège soigneusement élaboré?

— Eh bien, pas exactement. L'arrivée de Munchauser n'était pas prévue. Mais sachant Abernathy dans la forêt, j'ai décidé d'improviser, de façon qu'il vous accompagne jusqu'en ville. C'était la première fois que Munchauser participait à l'aventure ; d'habitude nous essayons de le tenir à l'écart des élèves, pour des raisons évidentes. Il n'est pas très délicat, comme vous l'avez sans doute remarqué, et il a un sérieux penchant pour les paris.

— J'étais convaincu qu'aucun d'entre vous n'allait y arriver. J'ai parié un dollar avec Schmidty, et j'ai perdu, marmonna Munchauser, très impoli. Quelqu'un aurait un dollar à me prêter ?

— J'ai failli mourir dans ce tunnel, madame Wellington ! s'exclama Lou, très fâchée. Vous en êtes consciente ?

— Aucune inquiétude, Lou. Nous avons surveillé les opérations de près, chaque étape de cette aventure, grâce à des caméras de télévision reliées les unes aux autres. Il n'y avait pas un centimètre du tunnel ni de route qui ne fût filmé, y compris la maison des Knapp !

— Garrison serait mort dans cette piscine, si je n'avais héroïquement plongé pour le sauver ! raconta fièrement Théo à Mme Wellington.

— Les époux Knapp sont des maîtres nageurs certifiés, ma petite saucisse nageuse. Il n'a jamais couru de véritable danger.

— Mais que se serait-il passé si nous nous étions enfoncés dans la forêt ? demanda Madeleine. Nous aurions pu gravement nous blesser !

— Oh, mon ancienne petite apicultrice, si l'un de vous avait vraiment fait mine de pénétrer dans la forêt, je vous aurais alerté par le biais d'un haut-parleur pour vous en dissuader !

— Et Abernathy ? demanda Lou, suspicieuse. Il était aussi dans le coup ?

— Je crains que ce pan-là de l'histoire, précisément, ne soit vrai, avoua Mme Wellington, honteuse. Il est le seul élève pour qui j'ai échoué, et reste un souvenir très douloureux.

Pendant que la vieille dame se tortillait sur sa chaise à

la seule évocation d'Abernathy, Théo s'approcha d'elle, une expression très sérieuse sur le visage.

— Est-ce que cela signifie que nous allons enfin pouvoir retourner chez nous? Ou bien faut-il que nous restions ici jusqu'à la fin de l'été?

— Vos familles vous attendent demain. Vous rentrerez chez vous plus courageux, et infiniment plus forts que vous n'êtes arrivés. Votre famille sera très fière que vous ayez réussi à surmonter vos peurs.

— Je ne voudrais pas vous décevoir, mais je crois que j'ai encore un tout petit peu peur de la mort, murmura Théo. Juste un tout petit peu. Un léger brin!

— Et moi, je ne suis pas complètement folle des araignées non plus, ajouta Madeleine.

— Mais cela prend du temps, chers concurrents! Vous êtes sur le chemin, vous avez compris qu'il s'agissait de vous confronter à vous-mêmes en permanence. Maintenant que vous avez accompli le premier pas ici, vous allez continuer à progresser chaque été, et bientôt vous ne vous souviendrez même plus que vous souffriez de telles phobies.

— Je vous demande pardon, mais vous avez bien dit «chaque été»? demanda Madeleine.

— Tout à fait, c'est exactement ce que j'ai dit, Madeleine. Je suis certaine que vous avez bien lu le petit alinéa sur la brochure concernant notre programme.

Les quatre élèves étaient bien trop épuisés pour répondre à ce qu'ils venaient d'entendre; après les émotions de la journée, ils ne pouvaient tout simplement pas imaginer avoir à revivre une expérience aussi pénible.

— Prenez place, je vous prie, cela va refroidir! dit Schmidty à toute l'assemblée.

— Fiona, Errol, Annabelle, Ratty, s'écria Mme Wellington pour appeler ses chats, les concurrents ont besoin de s'essuyer les mains.

Aussitôt les quatre chats entrèrent en trottinant dans la pièce, en file grise et noire. L'un après l'autre, ils sau-

tèrent sur la table et déposèrent devant l'assiette de chaque enfant une serviette fumante.

— Alors comme ça, ils sont vraiment dressés? s'exclama Théo, incrédule.

— Bien sûr qu'ils sont dressés! déclara Mme Wellington
avec suffisance. Ne me dites pas qu'après tout ça, vous
me sous-estimez toujours!

Les quatre adolescents considérèrent la vieille dame
avec intensité, soupesant chaque facette de cette
étrange personnalité.

— Vous êtes diaboliquement rusée! s'écria pour finir
Lou, ne dissimulant plus son admiration.

— Merci, répondit Mme Wellington avec un hochement de tête entendu.

— Et quelle détermination! Absolument impossible de
vous percer à jour! ajouta Madeleine, de plus en plus fascinée.

— Ça fait un peu drôle de dire ça, mais je dois reconnaître que vous savez exactement ce que vous faites, dit
Garrison, surpris.

— Merci, champion, acquiesça-t-elle en se tournant
vers Théo, dans l'attente d'un compliment.

— Je crois que vous devriez tout de même sérieusement songer à ne plus confier votre maquillage à
Schmidty.

— Théo! s'écrièrent ensemble Madeleine, Lou et
Garrison, tandis que les lèvres de Mme Wellington tournaient au rouge camion de pompiers, avant de s'entrou-
vrir dans un sourire plein d'ironie.

— Vous avez peut-être raison, mon cher et gras ami!

Cet ouvrage a été imprimé par
CPI Firmin Didot à Mesnil-sur-l'Estrée
pour le compte des Éditions Plon
76, rue Bonaparte
Paris 6ᵉ
en août 2010

La photocomposition de cet ouvrage
a été réalisée par
GRAPHIC HAINAUT
59163 Condé-sur-l'Escaut

Dépôt légal : septembre 2010
N° d'édition : 14609- N° d'impression : 101079
Imprimé en France